L'AMOUR DU PROCHAIN

DU MÊME AUTEUR

Romans et récits

LUNES DE FIEL, « Fiction et Cie », Seuil, 1981 ; Points Roman n° 75.
PARIAS, « Fiction et Cie », Seuil, 1985 ; Points Roman n° 270.
LE PALAIS DES CLAQUES, Points-Virgule, Seuil, 1986.
LE DIVIN ENFANT, Seuil, 1992 ; Points Roman, 1994.
LES VOLEURS DE BEAUTÉ, Grasset, 1997 (Prix Renaudot).
LES OGRES ANONYMES, Grasset, 1998.
AU SECOURS LE PÈRE NOËL REVIENT, *illustrations de Hervé Di Rosa*, Seuil, 2003.

Essais théoriques et critiques

LE NOUVEAU DÉSORDRE AMOUREUX *(en collaboration avec Alain Finkielkraut)*, « Fiction et Cie », Seuil, 1977 ; Points Actuels, 1979.
LE SANGLOT DE L'HOMME BLANC, « L'histoire immédiate », Seuil, 1983 ; Points Actuels, 1986.
LA MÉLANCOLIE DÉMOCRATIQUE, « L'histoire immédiate », Seuil, 1990 ; Points Actuels, 1992.
LA TENTATION DE L'INNOCENCE, Grasset, 1995 (Prix Médicis).
L'EUPHORIE PERPÉTUELLE. *ESSAI SUR LE DEVOIR DE BONHEUR*, Grasset, 2000.
MISÈRE DE LA PROSPÉRITÉ. *LA RELIGION MARCHANDE ET SES ENNEMIS*, Grasset, 2002.

PASCAL BRUCKNER

L'AMOUR DU PROCHAIN

roman

BERNARD GRASSET
PARIS

Pour Danièle et Albert en souvenir de l'Olive.

Pour François Samuelson, mon complice du Paris-Strasbourg.

« La nudité de la femme est plus sage
que l'enseignement du philosophe. »

Max Ernst

Prologue

Je venais d'avoir vingt ans, j'allais par les rues comme un fou, les yeux brûlés par les corps. Sous les robes, les chemises, il y avait des peaux d'une incroyable douceur que je ne toucherais jamais. J'étais plus malade de ces êtres inaccessibles que satisfait des partenaires déjà obtenues. Je me sentais comme un pauvre assis devant un milliardaire, le moindre ventre m'était un luxe dont j'étais privé. J'avais vingt ans, j'étais timide, mes amours réelles ne reflétaient qu'une infime proportion de mes désirs.

Un jour que je déambulais sur les boulevards, ému plus que de coutume par la diversité des visages, la grâce des promeneuses, j'eus une révélation : tous ces corps m'étaient dus comme je me devais d'offrir le mien à qui le voulait. Mon appétit ricochait d'une silhouette à l'autre, réunissait les passantes en combinaisons toujours plus vastes, plus improbables. Je les voyais déjà à califourchon sur moi, se posant sur ma figure, m'étouffant entre leurs cuisses. Je fus contraint de m'asseoir sur un banc pour ne pas tomber. Il y avait trop de merveilles sur terre : je refusais d'être banni du festin.

Un vieux monsieur, inquiet de mon état, m'aborda :

— Ça va, jeune homme, vous vous sentez bien ?

D'un ton exalté, désignant la foule qui s'écoulait, je répondis :

— Regardez, il y a tellement... à convoiter, à toucher.

Il tourna la tête, incrédule. Il ne voyait pas les mêmes splendeurs. Comment lui dire le ravissement qui m'avait saisi ? Je restai là près d'une heure, le temps que se dissipe mon vertige. Quand je me relevai enfin, j'avais tout compris.

Je jurai de rester fidèle à la vérité de ces instants éblouissants.

CHAPITRE PREMIER

Le sacre du chérubin

Bien sûr, je m'empressai de trahir mon serment, de l'enfouir au plus profond de ma mémoire. C'était promesse d'ivrogne qui ne résista pas à l'épreuve de la réalité. La réussite sociale et familiale, ces deux pièges collectifs, me happèrent. Je me mariai à vingt et un ans, fis trois enfants, m'engageai dans une carrière enviable. Bref, je commis, un peu plus tôt que les autres, les bêtises de tout le monde.

Les bontés de la vie

J'ai été un petit garçon gâté, un caniche de luxe. Cadet d'un aîné de huit ans plus vieux que moi, je fus choyé par mes parents comme un don de la providence, le petit dernier qu'on n'espérait plus. J'ai vécu dans un univers calfeutré, celui des jouets en bois, du train électrique et des châteaux forts. Aujourd'hui encore, je vois le Paradis comme un huis clos, une chambre fermée propice aux miracles. J'ai connu une enfance douce qui a éveillé en moi le sentiment de mon importance : je ne suis jamais surpris d'être aimé et encore moins préféré. Toujours stupéfait en revanche d'être ignoré. J'ai baigné dans l'arôme du compliment perpétuel. On pouvait m'en décocher autant qu'on voulait, je ne feignais même pas d'en être importuné. J'ai grandi dans un cocon dont j'étais le joyau, toujours serein, d'humeur égale, indifférent aux peines qui affectaient mes proches.

Il m'est arrivé à la naissance une chose étrange : l'annonce de ma venue au monde parut dans le quotidien préféré de mes parents (de gauche naturellement) sous la rubrique nécrologique, suite à une erreur de composition. Si bien que je fus déclaré mort vingt-quatre heures après être sorti de ma mère, ce qui déclencha un afflux d'appels angoissés. L'on me traita ensuite comme un ressuscité, le rescapé d'un grand naufrage. Mes parents en conçurent une inquiétude tenace et veillèrent jusqu'à ma majorité à me protéger du monde et de ses vilenies. Aussi loin que je m'en souvienne, ma mère s'extasiait sur moi : nourrisson, que je dorme, suce mon pouce ou boive mon biberon, j'étais adorable. Mon pauvre frère, Léon, pâtit de ces égards particuliers. Mon arrivée sur terre marqua pour lui le déclin d'une éphémère souveraineté. J'étais l'Unique, il ne serait jamais qu'un brouillon. A l'âge de dix ans, constatant que ses géniteurs le négligeaient à mon profit, il avait épousé le frigidaire et y puisait des raisons de vivre. Grignoteur compulsif, il atteignit à quinze ans les 120 kilos à force d'ingurgiter hamburgers, crèmes glacées, bonbons, féculents. A table, il refaisait toujours un deuxième service après les repas. Quel crève-cœur pour ma mère et moi que de le voir revenir de la cuisine, avec un plat de pâtes fumantes et luisantes de beurre quand tout le monde avait fini son dessert ! Traitements, hospitalisations, régimes n'y changèrent rien. Il retomba à 90 mais il était trop tard. Difforme, il devint le paria de la famille, celui que l'on cachait aux hôtes importants. C'était un adolescent gonflé et transpirant dont le souffle court m'angoissait, un poussah qui débordait toujours sur les autres, nous marchait sur les pieds. Je craignais que sa graisse ne se déverse en moi, ne me remplisse à mon tour. Il n'avait réussi qu'une école de commerce de seconde zone et végétait dans une boîte de fournitures scolaires dont il dévalisait les distributeurs de barres chocolatées. Alors que mon père, lui-même porté à l'embonpoint, avait démissionné face à ce problème, ma mère prévenait régulièrement Léon qu'il mourrait d'un infarctus avant quarante ans, ne trouverait jamais une épouse, serait renvoyé de toutes les entreprises. Avec un taux de cholestérol déjà élevé, mon frère s'ingéniait à lui donner raison et sombrait un peu plus dans l'intempérance alimentaire.

Je me souviens de deux épisodes marquants : le jour de mes deux ans, ma mère me présenta à ses amis en me portant nu comme un ver, sur un plateau d'argent garni de pétales de roses. On m'applaudit, on me couvrit de baisers sur les mollets, les cuisses, les bras, les joues, il s'en fallut de peu que je ne sois dévoré tout cru par les convives. J'en gardai un goût durable pour l'exhibition et j'adorais ensuite me dévêtir devant mes petits camarades, certain qu'ils allaient venir m'embrasser, m'ovationner. Un autre incident devait accentuer cette tendance : j'avais quatre ans, ma mère prenait le thé avec une amie, c'était l'heure de mon bain. Je devais me déshabiller, je ne voulais pas les quitter, continuais à jouer dans leurs jambes. Ma mère, navrée de ce refus, n'osait me gronder devant témoin. Alors son amie, une grande dame brune piquante, choisit la ruse : en riant, elle se mit à me chatouiller, disant que j'avais des yeux et une peau de fille.

— Mais tu n'es pas une fille, n'est-ce pas ?

Je protestai.

— Je ne te crois pas.

Je rugis de colère.

— Alors, défais-toi, montre-moi que tu es un petit garçon.

J'hésitais encore.

— Ecoute-moi bien : chaque fois que tu enlèveras un vêtement, tu auras un bonbon.

Cet argument me décida : j'ôtai donc mes chaussures, mon pantalon. Les bonbons affluèrent, maman se mit de la partie et quand je retirai enfin mon slip, dans un grand éclat de rire, mon petit engin dressé à la verticale, j'étais en possession d'un trésor de friandises. Le pli était pris et pendant longtemps je refusai de me dévêtir, y compris à la gymnastique, sauf rétribution. Au point qu'une maîtresse, choquée par mon comportement, pria mes parents de mettre fin à ces mauvaises habitudes. Je devais apprendre à me changer sans être récompensé.

Poupon prodige, je semblais promis à un destin hors pair. Connaissant le pouvoir des mots, j'usais et j'abusais de la formule « je t'aime », ce qui avait le don de bouleverser les miens. Je fus si entouré que jusqu'à l'âge de dix ans, on fêtait mes « moisiversaires », un anniversaire par mois alors que celui de mon frère donnait lieu à une brève formalité sans gâteau où nous lui offrions invariablement une balance de pesage parlante, précise au milligramme près, des livres de diététique et des vêtements trop étroits pour bien le culpabiliser.

Mes parents aussi avaient connu une heureuse conjonction des astres, une liberté sans limites. Anciens gauchistes, passés par les sectes trotskistes – le choix du prénom de mon frère était un hommage à Lev Davidovitch Bronstein, alias Léon Trotski –, ils cultivaient une aversion profonde pour la religion. L'église, le temple, la mosquée, la synagogue n'avaient pas bonne presse chez nous. Un anticléricalisme épidermique nous tenait lieu de credo. Mon père, jeune, avait bénéficié d'une pilosité abondante. Il nourrissait pour les cheveux une passion, célébrait en eux un signe extérieur de richesse comme une tiare, une couronne végétale qui ennoblirait les têtes les plus banales. Par malchance, après le chaume dru de l'adolescence, son crâne s'était clairsemé, de vastes zones arides avaient chassé les dernières mèches sur la nuque où elles pendouillaient en brins de paille. A trente ans, dégoûté, il s'était rasé l'occiput après avoir tenté la barbe et les rouflaquettes. Finies, l'épaisseur et la souplesse d'antan quand la chevelure brillante se soulevait au vent à la façon d'une voile. Etudiant, sur ses photos, il avait l'air d'un romanichel, d'un flibustier de trottoir, prenant d'assaut, avec d'autres zigomars de son acabit, les cafés de la Contrescarpe et du boulevard Saint-Michel, allant porter la bonne parole jusqu'au fin fond des gorges de l'Ardèche ou des marchés du Luberon. A l'époque, il citait pêle-mêle Deleuze, Led Zeppelin, Castaneda, Wilhem Reich, Jerry Rubin, Jim Morrison, Dylan, selon l'art d'enfiler les perles propre à ces années. Avide de ressusciter le climat de ses vingt ans, il nous soûla, pendant toute ma jeunesse, de musiques rock, funk ou soul avec une application qui frisait le fanatisme. Sa haine militante de Dieu n'empêchait pas une certaine superstition. En 1968, il avait été très affecté par une séance de spiritisme tenue à l'instigation de l'AJS (l'Alliance des Jeunes pour le Socialisme, une branche de la nébuleuse trotskiste). Interrogé par de graves gauchistes sur l'avenir de la Révolution Mondiale, l'Esprit dont le rôle était tenu par une Cubaine adepte de la *santeria* (ce culte africain proche du vaudou) avait répondu par la négative : la révolution prolétarienne n'avait aucune chance de réussir en France ou en Europe occidentale, ces bastilles embourgeoisées du monde capitaliste. Il fallait partir pour les Tropiques ou l'Outre-mer. Mon père qui détestait voyager, que l'avion et les maladies paniquaient, en était ressorti abattu.

Quant à ma mère, elle avait traversé en touriste toutes les idéologies de gauche, en parlait à la perfection chaque dialecte, même si elle pencha sur le tard vers l'écologie. En France tout le monde se doit d'être de gauche, y compris les gens de droite, c'est un passeport indispensable à la vie sociale. Ma mère l'était plus que quiconque : vous n'auriez jamais pu la prendre en flagrant délit de complaisance pour « le système ». Membre d'un groupe féministe radical dans les années 60, elle professait alors que « le pénis est une arme de destruction massive ». Mon père l'avait séduite en rétorquant : oui, mais c'est une arme qui s'enraye souvent. Enseignante devenue conseillère pédagogique, elle s'était découvert sur le tard une passion pour la gourmandise et conviait chaque semaine des amies de son âge à des parties de cartes où elles refaisaient le monde en se gavant de pâtisseries qu'il eût fallu égoutter sur des fils tant elles étaient chargées d'alcool et de matières grasses. Mes parents pratiquaient cette religion hypocrite de l'argent, héritage du catholicisme, si répandue en France : ils le méprisaient en public, le vénéraient en privé. Le fait d'en manquer à leur âge les mettait à la peine. Ils avaient tenté de brouiller leur appartenance de classe mais sous le débraillé du discours et de la tenue, la vérité sociale refaisait surface : eux-mêmes, enfants de cheminots et de commerçants, ils faisaient partie de la petite bourgeoisie supérieure française, bien que mon père, directeur d'une modeste agence immobilière dans le Sentier, rue Saint-Sauveur, rêvât de se hisser jusqu'à la classe moyenne. Contrairement à la plupart de ses anciens camarades, devenus chefs d'entreprise, hommes d'affaires, directeurs de journaux, il n'avait jamais fait fortune et regardait non sans amertume ces ex-radicaux passés de la clandestinité à l'opulence. Ma mère, déçue par l'étroitesse de nos moyens financiers – nous vivions dans un trois-pièces boulevard Magenta –, avait reporté sur moi ses aspirations et en voulait à mon frère Léon de donner une si mauvaise image de la famille. Longtemps j'avais dû batailler contre son amour dévorant, c'était même la seule bataille que j'avais jamais menée. Quand à quinze ans, dans un élan d'indépendance, j'avais décidé de faire laver mon linge ailleurs, elle en avait été blessée et se mit à me chiper slips et chaussettes pour en prendre soin elle-même. Un jour, une chemise avait été perdue à la blanchisserie du coin : ma mère avait provoqué un tel scandale dans le magasin que le gérant m'avait interdit d'y remettre les pieds. Garder le contrôle absolu sur mes sous-vêtements constituait son principal titre de gloire. Elle avait une mémoire phénoménale du contenu de mes tiroirs, se souvenait du moindre bouton manquant, de la plus petite retouche. L'hiver, elle m'attendait parfois avec un goûter, à la sortie des cours, et me nouait une grosse écharpe autour du cou, sous les sarcasmes de mes copains, tandis que Léon allait toujours gorge nue, veste ouverte. « Sa couenne le protège », disait ma mère avec charité. Il aurait pu sortir en pagne qu'elle n'y aurait pas prêté attention. Alors qu'il gonflait en se renfrognant, je grandissais en m'ouvrant. J'étais le boutefeu, lui l'empoté. Adulé à la maison, je me sentais pourtant vulnérable face aux autres. Le monde m'effrayait parce qu'il n'avait pas le visage aimable de mes parents, il ne me suffisait pas d'y apparaître pour exister. Si bien qu'à la puberté, les barrières entre les sexes devinrent pour moi quasi métaphysiques, aussi infranchissables que les frontières entre espèces. Fanfaron chez moi, je restais poltron au-dehors.

Admis par dérogation au lycée Henri-IV, je réussis de brillantes études, intégrai Normale Supérieure et l'Ecole Nationale d'Administration d'où je sortis trentième de ma promotion. J'optai pour la diplomatie, le rêve de ma mère depuis toujours. J'avais choisi cette voie aussi par admiration pour les rares figures d'ambassadeurs ou de consuls qui, dans des circonstances dramatiques, avaient fait preuve de courage voire d'héroïsme sans céder aux marchandages, à la raison d'Etat. A l'ENA, j'avais appris la déférence, à Normale Supérieure la dissidence. Les deux s'équilibrèrent pour faire de moi un vrai Français, demi-soumis, demi-révolté. J'entrai jeune encore aux Affaires Etrangères, dans la section Coopération culturelle. Entre-temps, à vingt et un ans, j'épousai Suzanne, ravissante fille surdouée de la bourgeoisie lyonnaise, elle-même fraîchement émoulue de HEC, et lui fis trois enfants coup sur coup, sans y penser, dans l'élan de notre rencontre. Au premier, Suzanne m'avait annoncé : j'ai le garçon, il me faut la fille comme elle aurait dit : j'ai la machine à laver, il me faut la chaîne laser. Nous nous entraînions sur des bébés vivants prêtés par des mères célibataires qui venaient nous apprendre les gestes fondamentaux. Vers la fin de la première grossesse, nous en testions un différent par jour : aucun par chance n'était tombé de nos mains maladroites et je savais désormais enlever une couche, doser un biberon avec une dextérité de puéricultrice. Suzanne m'avait conquis par une habitude délicieuse : quand elle m'embrassait, elle protégeait nos bouches avec ses mains de peur que nos baisers ne s'envolent. Elle dégageait un charme fou avec sa peau crémeuse où les taches de rousseur semblaient des flocons d'avoine dans un bol de lait, éclatait de rire à tout propos et jugulait une énergie débordante par des exercices quotidiens. Mais derrière ses rondeurs, elle manifestait une volonté de fer et m'imposait une discipline de travail qui m'avait sauvé et permis de passer haut la main mes concours. Elle possédait de l'ambition pour deux et me rappelait à mes devoirs chaque fois que je déviais du chemin tracé. En outre, elle avait endigué les intrusions de ma mère, lui signifiant que je n'étais plus désormais son « poutou » mais un homme mûr à traiter comme tel. Suzanne s'était donné jadis des allures bohèmes et y avait mis bon ordre ensuite, sauf le dimanche où elle endossait à nouveau le costume de la décontraction. Elle aussi, adulée par les siens – ils formaient une société d'admiration mutuelle où les compliments rebondissaient comme balles sur les murs –, elle avait conscience d'appartenir à une caste hors du commun ; sa mère, analyste financier dans un groupe pharmaceutique, l'avait élevée dans cette certitude. Refusant la plupart des postes qu'on lui proposait, elle était entrée, par passion des sciences et des maladies graves, dans une chaîne de télévision publique où elle assurait les reportages médicaux. Son sens du dévouement, sa sensibilité lui valaient l'affection générale. Elle parrainait des enfants cancéreux ainsi que des handicapés et leur consacrait quelques heures hebdomadaires. Elle n'avait connu après le bac qu'une brève saison d'insouciance : entrée tôt dans l'âge des responsabilités, elle n'avait pas renoncé pour autant au romanesque, certaine de pouvoir concilier le foyer conjugal avec la fantaisie. Citant je ne sais quel philosophe allemand, elle entendait réfuter les autres avec notre bonheur et porter haut cette exigence. Pas question de se plaindre ni de déchoir !

La vérité c'est que j'étais devenu fonctionnaire par automatisme et mari par manque d'imagination. Suzanne avait bien voulu de moi à une époque où j'étais seul, nous nous étions accommodés l'un de l'autre. Les gens vous disent toujours qu'ils ont vécu une folle jeunesse : en réalité, il s'agit d'excuser leur piteuse maturité. Leur jeunesse était déjà médiocre, l'état adulte n'a rien arrangé. Je jouais le jeu : j'étais emporté dans un mouvement qui me dépassait et seules les assurances de mes proches me certifiaient que j'avais pris place à bord de la vraie vie. Je feignais un immense intérêt pour mes enfants, Adrien, Jules et Zabo, je gazouillais avec eux, parlais des heures durant, avec d'autres papas, de leurs problèmes scolaires, de la composition des programmes, du poids excessif des cartables sur l'ossature de nos bambins. On me donnait pour un père modèle. La maison bruissait de cris, de cavalcades, de larmes. C'est le bruit même de la vie, me disait ma belle-mère, Irène, d'un air exalté, quand elle me trouvait enfermé aux cabinets, en train de lire une bande dessinée pour échapper au vacarme de ma progéniture. Oui, c'était cela l'existence : une épouse belle, énergique et des moutards qui vous détesteront ensuite, mettront vingt ans à se défaire de votre emprise avant de recommencer les mêmes erreurs avec leurs rejetons.

Tout me souriait : on me promettait déjà, fait exceptionnel, un poste de sous-directeur à la DGCID (Direction Générale de la Coopération Internationale et du Développement). Je m'occupais de la gestion des Instituts et des Centres, de la politique culturelle et artistique de la France à l'étranger. J'étais entré là passionné par les relations internationales. J'avais vite déchanté. Cantonné à mon petit secteur, je me sentais perdu, humble rouage de cette grande machine à niveler qu'est l'administration. Mon labeur était simple : j'acquiesçais aux ordres de mes supérieurs et les transmettais à mes subordonnés, enjolivés de quelques paraphrases. J'étais passé maître dans l'art du pastiche, j'épousais la langue, les mœurs de qui je côtoyais. Au bureau, j'étais populaire, je manifestais un enjouement constant, multipliais les sourires à chacun, un compliment aux hommes sur leur physique, aux femmes sur leur esprit – très bon d'intervertir les préjugés – et le tour était joué.

Mon patron, Jean-Jacques Bremond, un petit homme roux à bajoues qui lui faisaient autour des mâchoires une collerette de graisse, m'invitait à déjeuner une fois par mois, pour prendre la température des bureaux. J'étais son informateur, je lui signalais les fortes têtes, collectais deux ou trois anecdotes sur les amours de couloir, les tensions entre départements. Parfois quand la comédie me pesait, que j'étais fatigué de subir la tutelle de despotes mesquins, il grommelait :

— Sébastien, arrêtez de geindre. Le secret de ce ministère, c'est la forme. Tout enrober dans une forme élégante. Le fond n'a aucune importance. Pour réussir, il faut se faire enlever la colonne vertébrale, être souple comme du caoutchouc. La diplomatie est d'abord une carrière. On ne vous demande pas de réfléchir mais de garder le doigt sur la couture du pantalon. Pensez à votre prochain poste !

Je détestais son cynisme. A quarante-sept ans, désabusé, il grenouillait dans le service, attendant une promotion et tuait le temps en prenant des maîtresses dans le petit personnel, leur faisant miroiter un avancement. Sur les conseils de Suzanne et de ma belle-mère, j'avalais toutes les couleuvres, certain qu'un jour je deviendrais à mon tour un satrape des chancelleries, disposant sous moi d'une armée de larbins. Je prenais patience, on me promettait un sort exceptionnel voire un poste d'ambassadeur avant quarante ans, à un âge où d'autres végètent encore dans de vagues sous-préfectures.

Ta Zoa Trekei

Tout commença le jour de mes trente ans, un 10 juillet. Mes amis avaient organisé pour moi une petite fête surprise dans un restaurant de la rue Oberkampf. La veille, mes parents, toujours en quête de la jouvence perdue, m'avaient emmené à un concert des Rolling Stones à l'Olympia, ayant obtenu à prix d'or trois places (mon frère Léon n'avait même pas été convié). Tandis que les pantins britanniques surannés sautillaient sur scène comme autant d'arguments publicitaires pour la DHEA – Mick Jagger avait l'air d'une vieille Anglaise montée sur ressorts –, Jerry Hall et son fils jetaient de l'eau minérale sur le public du haut d'un balcon où se trouvait le carré VIP. A ma grande honte, mes parents se tortillaient en jubilant, m'invitant à faire de même, à oublier les barrières entre générations pour nous fondre dans la foule en transe. A la fin, mon père, plus survolté que jamais, boudiné dans son jean, portant des Nike bleu fluo qui soulignaient son âge au lieu de l'atténuer, avait poursuivi avec d'autres l'acteur Robert De Niro qui sortait d'une loge et se faufilait dehors en quête d'un taxi. Mon père, rouge d'essoufflement, avait pris la tête de cette meute de fans et hurlait en anglais de Paname :

« Bob, we met in les Bains-Douches, I gave you a cigarette, a Gauloise, typical french cigarette, you remember, c'est moi Marcel, Marcello ? »

Il était fou de joie, tout le monde lui demandait s'il avait réellement offert une cigarette à De Niro la veille, il répondait, bien sûr que non, la seule chose vraie, c'est que je m'appelle Marcel. Je dus intervenir pour l'arracher à ses admirateurs. Il m'en voulut, proposa d'aller boire un verre dans une boîte au Queen ou chez Castel. Je déclinai, Suzanne m'attendait à la maison, il me traita de sénile prématuré. C'était le problème avec mes parents, ils voulaient toujours devenir mes copains.

Ce soir du 10 juillet, nous n'étions qu'entre nous, entre égaux plus ma famille. A ma table, avaient pris place mes fidèles les plus proches et tout autour, formant le second, le troisième cercle, ceux que nous appelions la claque, la piétaille. Avec mes six amis indéfectibles, j'avais fondé une mini-société secrète appelée Ta Zoa Trekei. En grec ancien, cela signifie « les animaux courent », un célèbre exemple de grammaire prouvant qu'un sujet neutre, même au pluriel, régit toujours un verbe au singulier. Nous avions juré de rester unis autour de cette devise énigmatique dont nous seuls comprenions le sens et que chacun pouvait interpréter à sa guise. Seize années plus tard, il s'agissait de savoir si les animaux voulaient toujours courir ensemble, si nul n'avait rompu le pacte. Au départ, nous n'étions que deux au lycée Henri-IV à Paris : j'étais en troisième, j'avais été plaqué contre un mur par quelques élèves pressés de me voler mon blouson. Un escogriffe maigre et nerveux, un certain Julien, avait pris ma défense et mis en fuite mes racketteurs. A l'époque, il se jetait dans les bagarres avec une telle sauvagerie, les yeux fous, la face écumante, résolu à y perdre la vie, qu'il décourageait les costauds de terminale ou de prépa. Bref, j'avais quatorze ans, je succombai au syndrome de la cour d'école : aller demander protection au plus fort. Il se fit entre nous un accord aussi improbable qu'immédiat. Nous devînmes inséparables, unis contre les brimades, les caïds, les profs imbéciles. Le cercle s'élargit, avec l'arrivée de Jean-Marc, de Mario, de Théo et de Gérald et l'année d'après avec celle de Fanny. Alors, de façon pompeuse, nous avions édicté un règlement qui stipulait soutien et assistance réciproque. Attaquer l'un de nous, c'était nous offenser tous. A l'époque, nous étions des adolescents braillards, des apaches à la casquette à l'envers, déconneurs professionnels, lançant des pétards dans le bureau de nos camarades, des grenouilles dans les chemises des filles, chapardeurs à la petite semaine, communiquant par signes cabalistiques ou jargon spécial. Déjà, nous nous voulions une élite à l'intérieur de l'élite. Purs produits de l'école républicaine, nous ne devions notre ascension qu'au mérite. Nul d'entre nous n'était un héritier : un fils de grand patron ne pouvait appartenir à notre clan, lequel avait compté jusqu'à vingt-cinq membres vers nos dix-huit ans. Beaucoup d'affiliés étant partis à l'étranger, il s'était rétréci ensuite jusqu'au noyau originel.

Et de même que le Tout-Paris, c'est tout sauf Paris, une poignée de gens qui se prennent pour le sel de la capitale, nous formions une minuscule partie de la société française : les anciens élèves des grandes écoles. Nous étions unis par quelque chose de plus fort que les liens du sang : une histoire et une volonté communes. Rien en principe ne devait nous séparer. Epouses, enfants, maîtresses étaient intégrés dans le groupe et bénéficiaient de sa protection. Ta Zoa Trekei jouait un rôle de mutuelle : nous versions au pot commun une somme fixe annuelle qui payait les repas, les sorties, les spectacles et permettait d'éponger dettes ou emprunts abusifs. Nous tenions à la fois du comité d'entreprise et de la loge maçonnique. Autre chose encore nous rattachait : la passion de juger nos aînés, cette génération de 68 qui dominait la France et dont nous décortiquions sans pitié les mensonges, les retournements de veste. Rien ne nous surprenait de leur part, ni leurs accès de nostalgie ni leurs farces du repentir. Nous haïssions leurs postures d'anciens combattants comme leur pseudo-sagesse de désenchantés. Nous ne voyions qu'une chose : les insurgés d'hier étaient devenus les maîtres d'aujourd'hui, les nouveaux dominants. Nul ne pouvait intégrer notre club qui ne vouât à nos prédécesseurs une solide antipathie. Cela ne faisait pas de nous des êtres plus authentiques, seulement de vieux enfants révoltés contre leurs parents comme nos parents l'avaient été contre les leurs : on ne récuse jamais ses géniteurs qu'en reproduisant leurs défauts. Bref, nous n'étions même pas des jeunes gens en colère, juste des individus qui tentaient de se repérer dans le noir en maudissant leurs devanciers.

Mon meilleur ami

Pour commencer, chacun de mes six compagnons me porta un toast. D'abord Mario Desoto, centralien qui avait fait fortune en moins de cinq ans dans les cosmétiques en important une argile spéciale, aux propriétés miraculeuses, de la Terre de Feu. Il vivait avec Prakash, un jeune Pakistanais d'une grande élégance, et ils formaient à eux deux un touchant ménage de garçons. Puis vint Gérald Berthet, normalien défroqué, qui tentait à la fois d'écrire et de composer, vouant une même passion à la littérature et à la musique : il avait été tour à tour chauffeur de maître, groom, disc-jockey, liseur de nuit à SOS lectures. Aujourd'hui pianiste de bar dans un grand hôtel, Gérald avait ceci de sympathique qu'il sabordait toute possibilité de carrière offerte par ses diplômes. Ensuite Théo Vandervelt, énarque comme moi, leva son verre : consultant de groupes pétroliers, spécialiste d'arabe et de farsi (sa mère était syrienne, son père hollandais), il était le tombeur du groupe : visage allongé, grosse bouche, larges épaules, cheveux savamment désordonnés et ce « regard de chambre à coucher », ces prunelles bleu délavé qui troublaient les plus récalcitrantes. A ces trois-là succéda la seule femme du cercle : Fanny N'Guyen, métis vietnamo-africaine, normalienne elle aussi, agrégée d'histoire, ancien mannequin, auteur d'une thèse sur les origines françaises du communisme indochinois. Son père, commerçant à Hué, avait épousé une Béninoise en France après avoir fui le régime vietcong en 1975. Esprit fantasque, Fanny avait refusé les deux clichés de la condition féminine : les enfants et le mariage. Sans être belle au sens étroit du terme, elle était spectaculaire, déployait une plastique exubérante avec une peau bistre et de grands yeux en amande, jaune vert, qui exerçaient sur les hommes un agacement sexuel immédiat. Très libre de mœurs, elle se disait volontiers bouddhiste-échangiste. Tout le monde avait un jour couché avec elle sauf moi qui avais raté mon tour et n'avais plus postulé à nouveau. Elle m'en gardait une petite dent comme si j'incarnais un échec personnel. Comédienne occasionnelle, Fanny exerçait plusieurs métiers aussi imprécis que lucratifs dont celui de « créatrice d'événements ». D'un snobisme exacerbé, elle possédait comme personne une intelligence des rapports entre les sexes : elle prenait les hommes, les abandonnait avec une régularité qui tenait du scrupule. Elle se déguisait en jolie pêche posée sur le bord d'un compotier et dans laquelle chacun avait un jour le droit de mordre : le fruit était empoisonné et c'est lui qui vous croquait. Son célibat très peuplé l'enveloppait comme un isolant et lui valait le respect de tous.

Jean-Marc Donnadieu fut le cinquième à m'adresser un bref compliment : administrateur d'une société immobilière, c'était l'homme de la droiture absolue. Il incarnait le chic type par excellence, toujours prêt à aider les autres avec ce rien de mollesse et de flagornerie qui s'accorde à l'adjectif de gentil. Sa disponibilité ne connaissait pas de limites. Héros d'une vie domestique épanouie, il faisait chez lui la cuisine, les courses, s'occupait de l'éducation des trois gamins, Mélusine, Omega et Cassiopée. Jean-Marc était mal marié à une jolie actrice chanteuse, Sabine, dont la carrière ne démarrait pas et qui en concevait de la rancœur. Non contente de passer ses nerfs sur son époux, par des rafales quotidiennes de récriminations, elle le trompait avec opiniâtreté et ne s'en cachait pas. Après chaque passade, elle était prise de cafard, revenait au bercail. Jean-Marc devait la consoler et même lui demander pardon. C'était sa faute à lui si elle découchait, il était si laid, si prosaïque ! Elle recommençait ensuite parce qu'elle s'ennuyait en couple et rêvait d'un destin flamboyant. Cancanière, méchante, jalouse de toutes les femmes, elle constituait le genre même de la ravissante chieuse. Jean-Marc, éternel mari jusqu'au bout, lui passait ses moindres écarts.

Enfin mon meilleur ami, Julien Drancourt, prit la parole. Fondateur du groupe, et avocat pénal, il dégageait une autorité qui ne souffrait aucune contestation. Intrigant, volontiers conspirateur, il cachait un secret que nous étions peu à connaître. Son père, vendeur de pièces détachées et nostalgique du IIIe Reich, l'avait élevé dans la terreur. Il avait commencé par le payer dès qu'il eut trois ans pour qu'il se taise à la maison. L'enfant devait rester des journées entières sans émettre un son, tousser ou renifler. Le soir il percevait son petit salaire, quelques sous. Sa mère, apeurée, réfugiée dans un quasi-mutisme, n'avait jamais osé défendre son fils unique contre l'arbitraire de son mari. Par la suite ce dernier, qui levait le petit en pleine nuit, le faisait sortir en chemisette dans le froid pour l'endurcir, lui avait proposé le marché suivant : il souhaitait le battre moyennant une somme fixe. Il avait établi un barème rigoureux et variable pour les claques, les fessées, le fouet. Julien n'avait pas le choix : il serait rossé de toutes les façons, il le méritait comme les gosses de son âge. Alors autant percevoir un dédommagement. Ne voyait-il pas sa mère se faire cogner, sans raison, et gratis ? L'enfant accepta, il était si faible face à ce colosse détraqué, avec l'intuition que cet accord financier allait modérer son père plutôt que l'encourager. L'échange était bien réglé : Julien, dès qu'il voyait une pièce de 5 francs sur son lit, se déshabillait et attendait la raclée. L'argent achetait son consentement mais aussi son silence. Il arrivait en classe, couvert d'ecchymoses, qu'il cachait mal sous des manches longues. Il suppliait les autres élèves de ne rien dévoiler au maître. Le père ne trichait pas, respectait scrupuleusement le contrat, rémunérant la moindre variation. A la même période, ma mère m'offrait des bonbons pour que je consente à changer de vêtements, à me mettre en pyjama. L'adulte allongeait des claques au petit à tout propos, histoire d'entretenir sa forme mais prenait soin de ne pas le marquer au visage. Il développait une rage froide, méthodique qui n'avait pas besoin d'alcool ou d'excitant pour se déclencher. Lancé dans la surenchère, il avait ensuite édicté une sorte de Code civil interne à l'usage de la maison. Par exemple, à la question : que faire quand un enfant casse un objet précieux, vase, verre ou lampe ?, le géniteur répondait : il faut casser l'enfant dans les mêmes proportions, lui infliger un préjudice équivalent. Fidèle à ce principe, il brisait délicatement, avec un petit marteau, comme une brindille de bois, un doigt de son fils chaque fois que ce dernier commettait une maladresse ou lâchait une soucoupe par mégarde. En quelques mois Julien se retrouva avec toutes les phalanges de la main gauche plâtrées (aujourd'hui encore son médium et son index sont tordus). Le médecin et le directeur de l'école commencèrent à s'interroger mais l'on était en province, à la fin des années 70, dans le bassin minier du Nord, une région déshéritée où la protection infantile n'était pas développée comme maintenant. Tous les deux, trois mois, M. Drancourt inventait un nouveau tour à sa façon : il forçait, par exemple, son fils à jouer au poker. Le gagnant avait le droit de corriger le perdant, comme il l'entendait, avec un bâton, un nerf de bœuf voire une barre de fer. L'enfant faisait exprès de perdre pour ne pas porter la main sur le vieux. Ce dernier le battait comme plâtre pour violation du règlement jusqu'à le laisser évanoui. Il l'obligeait aussi à l'accompagner dans des marches à travers de sombres forêts et soudain accélérait l'allure, l'abandonnait. Le garçon criait : papa, attends-moi, où es-tu ? L'autre s'était éclipsé au détour d'un chemin. Plusieurs fois, des gardes-chasse, des braconniers avaient trouvé le petit, griffé par les branches et les ronces, couché dans un fossé, grelottant. Le père l'accusait de fugue, le tapait sans merci pour le punir d'avoir inquiété sa mère. Celle-ci confirmait le récit de son époux, en rajoutait. A dix ans, Julien priait Dieu tous les soirs que son père se tue en voiture. Il avait lu les statistiques et savait que les probabilités d'accident pour un conducteur assidu sur les routes du département étaient grandes. Dieu n'avait pas exaucé son vœu, l'homme rentrait chaque soir, plus véhément que jamais, les mains agitées de tremblements, incapable de contenir la violence qui le submergeait. Dans le petit pavillon de campagne où il habitait, Julien élevait des lapins, des chats et des chiots. C'était son refuge à lui, sa consolation. Le point de non-retour fut atteint le jour où son père dévissa la grille de protection d'un ventilateur, le poussa au maximum et sur les pales lancées à grande vitesse, sifflant de leur tranchant acéré, jeta une à une les bestioles jusqu'à ce qu'elles fussent en charpie dans un magma de poils, d'os et de sang. Alors Julien, désespérant de la justice divine, confectionna en cachette une sagaie en bois de noisetier terminée d'une pointe d'acier rougie au feu. Il tuerait son père lui-même, lui planterait la lance dans le ventre au moment où ce dernier sortirait de sa voiture. Mais au soir dit, un 15 novembre glacé où tombait une première neige fondue, M. Drancourt père, mû par l'intuition, ne revint pas chez lui. Les témoignages des voisins, des enseignants se multipliaient d'autant qu'il avait apparemment séquestré et battu d'autres enfants dans la région. Il disparut du jour au lendemain. Julien le chercha partout, dans les villages, les bourgs avoisinants et jusqu'à Lille, Cherbourg, Dunkerque, fou de frustration, avide de lui régler son compte. Le plus triste pour lui, qui s'en voulait de ne pas avoir mieux protégé sa mère, fut de voir cette dernière pleurer le départ de son bourreau et ne pas lui survivre plus d'un an alors qu'il l'avait rossée, bafouée. Julien, au lieu d'être placé en foyer, avait été sauvé par un oncle lointain qui l'avait recueilli à Paris et mis au lycée Henri-IV. Il était miraculeux qu'il ait survécu à de tels traitements : il semblait avoir tiré de ces épisodes une endurance peu commune, la certitude que rien ni personne ne pourraient le briser. Il en avait gardé aussi une vocation de justicier et menaçait parfois dans la rue d'anonymes pères ou mères qui houspillaient un peu rudement leur progéniture. Pour lui tout bébé qui pleurait était un martyr en puissance. Des années de thérapie ne l'avaient pas tout à fait guéri de ces traumatismes. Il m'avoua une fois que sans l'affection qui nous liait, il se serait suicidé à l'adolescence.

La soirée fut tendre, réussie, un flot d'amour un peu artificiel nous rassembla tous. Il y eut même une surprise : au moment de souffler les bougies, un mime s'engouffra dans l'établissement, sauta sur ma table et joua une pleureuse et une rieuse. En pleureuse, il versa de vraies larmes sur les années passées : « Déjà trente ans, hélas. » En rieuse, il se réjouit du temps à venir : « Seulement trente ans, hourra ! »Il grimaçait avec tant de conviction que j'en fus remué. Chacun fit assaut de bel esprit et rivalisa pour m'offrir les plus beaux cadeaux. Nous ressassions nos souvenirs, rongions les événements comme un os, commentant sans fin nos prouesses et bêtises d'autrefois. Jean-Marc, un peu éméché, nous rappela que Mario, à l'école, sortait sa verge à tout instant à la façon d'un grigri que nous devions toucher pour nous garantir des amours bénéfiques. Que Prakash, fraîchement immigré du Pakistan, l'avait séduit dès le premier jour, en repassant au fer chaque page de son journal quotidien. Fanny nous avoua qu'à partir de quatorze ans, elle ne manifestait entre Bastille et République qu'en tailleur Chanel – « plus c'est popu, plus faut être classe » – et payait des cobayes pour faire la queue à sa place au cinéma ou dans les musées. Gérald nous lut les premières pages d'un nouveau manuscrit intitulé : « Les jolies filles voyagent plutôt en seconde », mon père nous récita un bref poème qui nous fit rire : « Le jour où j'ai perdu mon dernier cheveu », et Théo raconta son dépucelage à quinze ans dans un avion sur la ligne Paris-San Francisco. Nous pouffions comme des collégiens, nous vantions d'exploits ridicules. Nous avions l'air d'une réunion de gangsters à la retraite.

J'étais au centre mais tellement central que j'en acquérais un statut d'observateur étranger. J'examinais ces hommes et femmes sur qui flottait encore un parfum de jeunesse comme un rayon de soleil colore les nuages avant la pluie. C'étaient des chiots que la raison sociale n'avait pas encore tout à fait disciplinés et qui riaient trop fort, s'agitaient de façon excessive. Avec l'alcool et l'allégresse, les visages retrouvaient une certaine juvénilité et ces êtres déguisés dans le civil en PDG, en cadres, redevenaient des mômes turbulents. Nous avions trente ans, l'âge des premiers bilans, du ventre qui pointe, de la calvitie qui gagne. Assez jeunes encore pour dilapider notre énergie, assez vieux pour savoir certaines voies fermées. Quelques-uns se sentaient déjà floués, d'autres en attente du destin qui les récompenserait de leurs sacrifices. L'insouciance était passée, l'innocence ne reviendrait plus. Trente ans : c'est le moment où les croqueuses d'hommes se transforment en mères de famille et les rebelles romantiques en ronds-de-cuir. Qu'on le veuille ou non, l'âge est une prison qui nous condamne à être d'un temps, d'une langue, d'un style. Il forme une nation commune, un ensemble de croyances, que la génération suivante devra récuser pour s'imposer. Je les adorais ces fabuleux gaillards tout en muscles et souplesse, ces femmes sur qui planaient toujours les promesses d'un autre monde et je me demandais comment nous allions vieillir, de quelle façon le temps nous tordrait ou nous épargnerait.

A la fin du dîner Julien, vêtu d'une chemise indienne blanche immaculée, prononça une brève allocution. En toutes circonstances le dernier mot lui revenait :

— Sébastien, ce n'est un secret pour personne. Tu es un sacré emmerdeur, affligé d'un égoïsme en béton armé. Tu fais des caprices d'enfant dont un marmot rougirait, tu as l'habitude d'être servi, assisté. Pourtant, tu restes attachant et je crois traduire le sentiment général en te disant, au nom de tous, que nous t'aimons.

Les applaudissements fusèrent.

— Depuis que nous nous connaissons, il y a près de dix-huit ans, il n'est pas de jour où je n'aie envié ta mémoire phénoménale, tes capacités intellectuelles, ton épouse et tes enfant magnifiques, tes parents toujours insurgés, bref ton écœurant... ton écœurant petit bonheur.

Il y eut d'autres rires, des bravos. J'eus beau protester que ces louanges n'étaient pas méritées, n'étaient dues qu'à l'ignorance de ma nature réelle, il poursuivit :

— Quand tu paraderas dans les ors de la République, n'oublie jamais qui nous sommes : ton bercail, ta seconde patrie, celle que tu as choisie librement. Joyeux anniversaire, mon Seb.

Il m'embrassa, son col de chemise dégageait une odeur épicée, cannelle ou cardamome peut-être, Suzanne fondit en larmes ainsi que ma mère. Il avait l'air si sûr de lui, si formidable dans son affection, avec sa haute taille, sa masse épaisse de cheveux noirs, son regard qui vous fixait jusqu'à l'indécence, vous enchaînait à lui ! Il ne doutait pas que dans vingt ans, nous serions tous réunis, cacochymes peut-être mais liés comme les doigts d'une seule main. Jusqu'au bout, il exercerait son pontificat, son ministère de l'infaillibilité. Il était notre protecteur, notre prophète, notre père spirituel, celui qui nous avait dit un jour : Ne soyez jamais des ombres, restez dans la lumière, devenez les enfants de la lumière.

Nous continuâmes à boire, à danser jusqu'à une heure avancée de la nuit. Les couples se déhanchaient avec des mouvements saccadés, un entrain démonstratif. Mon frère Léon, exilé en bout de table, terminait les plats, s'empiffrait jusqu'à réplétion et je détournais les yeux pour ne pas me gâcher la fête. Le restaurant s'était rempli après minuit d'habitués, noceurs, noctambules qui venaient ajouter à notre rassemblement une touche de clandestinité. Je dansais avec chacune des femmes présentes et quand ce fut le tour de Fanny, pour mon malheur sur un slow langoureux que mon père avait imposé au disc-jockey, une autre rengaine des années 60, « A whiter shade of pale », elle me glissa à l'oreille :

— Comment as-tu fait pour m'échapper, petit salopard ? Quand je te vois aujourd'hui, si sage, si propre sur toi, tu me fais craquer.

Elle portait de larges boucles d'oreilles, qui chatouillaient ma joue, et collait ses seins durs contre mon buste. Elle sentait bon, un mélange d'alcool, de sueur et de parfum qui m'étourdissait. Je dus me ressaisir pour ne pas l'embrasser.

— Viens avec moi au sous-sol, il n'est pas trop tard. Suzanne est d'accord, elle te prête à moi pour la soirée, c'est son cadeau.

— Tu parles, tu n'en as pas plus envie que moi, c'est juste un jeu.

— Pas du tout, j'en meurs d'envie. Viens le constater par toi-même, je suis trempée.

La situation devenait embarrassante.

— Si tu es gentille, dans dix ans, tu pourras me sucer, debout, sur une table devant tout le monde.

— Dans dix ans, nous serons tous morts, Sébastien ! Qu'est-ce que c'est chiant les mecs fidèles !

Elle haussa les épaules, mi-vexée, mi-amusée, et me quitta en souriant. Fanny souriait beaucoup mais pour garder les gens à distance, non pour les accueillir. Ce sourire disait : je vous ai remarqué, ne m'approchez pas. Vers deux heures du matin, transpirant, je sortis dans la rue pour me rafraîchir. Les ténèbres grasses de Paris m'enveloppaient. La ville suffoquait, j'aimais cette haleine de four, ce sentiment de baigner dans une étuve. Des couples passaient en chemise ou torse nu, excités par la chaleur, brandissant des bouteilles d'eau dont ils s'aspergeaient, cherchant sous les porches ou dans les cours intérieures des lieux discrets pour s'enlacer. Le feulement sinistre d'un chat, d'une pauvre bête en rut, monta du dessous d'une voiture et presque au même instant lui répondit le cri joyeux, affairé d'une mouette. Cette intrusion d'un oiseau marin si loin de la mer m'émut plus que de coutume. La mouette est présage de liberté, de grands départs : qu'elle envahisse Paris depuis des années, appâtée par les décharges et le marché de Rungis, plus poissonneux que la Manche, me parut une invitation à larguer les amarres à mon tour. J'imaginais déjà toute une migration volatile, goélands, albatros, cormorans venant se nicher dans les tours de Notre-Dame, les croisées métalliques de la Tour Eiffel tandis que morues, thons, sardines remonteraient le cours de la Seine et proliféreraient sous le pont des Arts. Adossé contre un mur, le mime, toujours maquillé, crachotait furieusement dans un portable et je n'eus même pas envie de le complimenter sur sa prestation. Au moment de retourner dans le restaurant, le mot de Fanny me revint. C'est vrai, j'étais trop sage, trop lisse : le prototype du bon élève. Je n'arrivais même pas à me faire des ennemis. Si odieux que je fusse, on me pardonnait. Je me croyais adulé, j'étais inconsistant. Cette anodine parole m'avait frappé au cœur comme un mot lancé au hasard et qui résume la vérité d'un être à l'insu de celui qui le prononce.

Le poison du doute

Tout à coup un soupçon m'envahit : et si j'étais en train de faire fausse route ? Si je n'étais que le prisonnier de mon petit milieu ? Quelle faute avais-je bien pu commettre ? Aucune précisément, c'était bien le problème : pas un seul éclat en trente ans, pas un dérapage. Je présentais la netteté d'une plaque de verre. Je me croyais l'auteur de mon existence : ce n'était pas la mienne mais celle de tout le monde. Je fis un bref bilan : il était bon, trop bon même. Positif à en être inquiétant. Je réussissais dans mon métier, dans ma vie amoureuse, la chance me souriait chaque matin. Et que j'habite avec Suzanne rue de l'Arrivée, une voie cernée de blocs de béton près de la gare Montparnasse, me parut d'un terrible augure. Nous aussi, je suppose, nous étions arrivés, nous ne pouvions aller plus loin. Notre adresse collait à notre état. Un homme jeune est sans pouvoir sur le vieillard qu'il deviendra sauf à l'anticiper : il peut tirer le rideau dès la fin de l'adolescence, devenir un cadavre au teint frais. J'avais trente ans, j'étais déjà respectable et heureux par-dessus le marché. Depuis quand le succès s'acharnait-il sur moi à la manière d'une calamité ?

Quand je pénétrai dans la salle enfumée et torride, une tempête de cris et de rires s'éleva, on me réclama un discours. C'était une soirée parfaite qui ne laissait rien à désirer : je me devais de la clore sur quelques formules brillantes et des remerciements pour tous. On me hissa sur une chaise, on hurla :

— Sébastien au balcon, Sébastien au micro...

J'aurais dû être intimidé, j'eus un haut-le-cœur. Vous connaissez ce sentiment : se trouver dans une réunion, ressentir la tragique insuffisance des êtres y compris de soi-même et ne pouvoir l'exprimer. Les mots ne venaient pas. Tous les éloges reçus ce soir rejaillissaient sur moi comme autant d'insultes. Je n'étais pas celui qu'ils croyaient, je n'aimais plus celui qu'ils chérissaient. Jean-Marc me prit la main pour m'encourager, je fus consterné par ce paternalisme. Tout ce que j'aurais pu dire aurait sonné faux. Soudain je nous vis tels que nous étions : des fauves castrés, des petits messieurs proprets, résignés à la gloire sociale qu'on leur promettait. Nous nous étions crus des êtres d'exception, nous n'étions que des produits conformes, embarqués dans le courant dominant. Nous avions dénoncé la trahison de nos aînés pour masquer le fait que nous n'avions rien à trahir, aucune valeur à piétiner. De tous ces animaux domestiqués, j'étais le plus encroûté, le plus sclérosé. Quelque chose de terrible devait se produire ou j'allais mourir sur-le-champ.

Debout sur mon siège, je rêvai de m'envoler, de fuir ce banquet funèbre où nous enterrions une jeunesse qui n'avait pas eu lieu. Je m'affaissai comme un chiffon, perdis brièvement connaissance. Les braillements moururent aussitôt. On s'empressa autour de moi, on me tamponna le front avec de la glace. Ces marques de prévenance me navrèrent. Du coup, je tombai vraiment malade et allai vomir mes boyaux dans les toilettes pour leur prouver que ça n'était pas de la comédie. Julien ordonna qu'on m'emmène, j'eus droit à des adieux interminables, des accolades excessives qui me laissèrent un arrière-goût. Dès qu'on m'embrasse trop, je redoute le coup de poignard. Il y a pire que la méchanceté des hommes : leur gluante bonté, leur gentillesse nauséabonde. Je m'étais servi de mes amis pour échapper à ma famille. Maintenant je ne savais comment m'affranchir de mes amis. Je leur en voulais de chérir de moi une image mièvre, je refusais d'être canonisé, embaumé dans leur estime. Et tandis que Suzanne, ma mère à ses côtés, me ramenait en voiture, avec toute l'autorité et la douceur dont elle était capable, je gémissais sur la banquette arrière, la tête me tournait et la même question revenait en boucle :

— Pourquoi les gâteaux d'anniversaire sont-ils aussi mauvais ?

CHAPITRE II

L'improbable

Il y a plusieurs vies dans la vie d'un homme et toutes ne se ressemblent pas. Un jour le destin frappe à votre porte et vous prend par la main. Laissez-vous conduire : c'est l'heure unique où il se penche sur votre cas. L'occasion ne se reproduira plus. Trop de gens qui ont perdu jusqu'à l'idée même de liberté s'y refusent. Ils sont pareils à des insectes enfermés dans un bocal : ils maudissent leur condition, se déchirent entre eux mais ne font rien pour en sortir. Offrez-leur un autre bocal ou mieux encore le grand air : ils déclinent. L'habitude les guide sur les mêmes ornières depuis l'enfance.

Un éclair dans la grisaille

Un incident, un improbable déraillement, devait à cette époque me révéler à moi-même. Nous étions le 21 juillet. Nous partions deux semaines plus tard chez mes beaux-parents, dans leur propriété du Sud-Ouest, séjour santé et régénération, longues marches en perspective avec mon beau-père, Pierre-Yves, chercheur en agronomie, devenu célèbre à vingt-cinq ans pour sa thèse sur la maladie du cyprès et qui me soûlerait, comme à l'habitude, avec les biotechnologies et les nouvelles chimères animales. Le matin, j'avais reçu dans mon bureau l'attaché consulaire de Chicago, un jeune gommeux frais émoulu de l'ENA, bon vivant rougeaud qui parlait fort et ne cachait pas ses accointances avec l'Elysée. Au moment de me quitter, il m'avait demandé à brûle-pourpoint :

— Vous connaissez la principale différence entre la France et les Etats-Unis ?

— Non.

— La taille des étrons qu'on y pond. Quiconque apprécie la cuisine américaine se met au bout de quelques jours à chier de véritables matraques dont il ne se croyait pas capable. C'est ça le miracle yankee : le gigantisme jusque dans les boyaux. Ces longs serpents qui vous glissent entre les fesses et s'affalent sur la cuvette, c'est votre acte de naturalisation, ni plus ni moins.

Sur quoi mon interlocuteur s'éclipsa sans demander son reste. Le même jour, j'avais rendez-vous au Café de la Paix, place de l'Opéra, avec l'attaché culturel de Saint-Pétersbourg, une sorte de bouffon sautillant qui avait épousé une artiste locale dont il vantait la beauté de peur que nous n'oubliions de le faire.

— Le miracle de la femme russe, m'avait-il expliqué, ce sont ces jeunes filles de vingt ans capables de lire Chrétien de Troyes et la poésie médiévale anglaise dans le texte, d'expliquer Leibniz en allemand, de prendre des cours de salsa et de vous parler de Dieu ou de corrida entre deux baisers.

Son épouse, manifestement, n'appartenait pas à cette catégorie : c'était en vérité une maquilleuse de théâtre qui hantait les réceptions d'ambassade pour se trouver des protecteurs. Il la disait volage, elle dévorait des yeux tous les mâles qui passaient, mais répétait à l'envi qu'elle devait filer doux sinon elle serait remplacée le soir même par une autre. Il m'avait appelé en catastrophe deux jours auparavant et tenait à me voir en privé hors du bureau. Une sombre affaire d'escroquerie immobilière : il avait acheté une maison au nom de sa femme et maintenant, forte de cette propriété, elle entamait une procédure de divorce et l'avait fait jeter hors de chez lui par des hommes de main.

Or ce monsieur, un certain Jean-Louis Mondetour, n'arriva jamais à notre rendez-vous pour des raisons que j'apprendrais plus tard : son avion, frappé par la foudre, avait dû atterrir en catastrophe à Helsinki.

Assis en terrasse, je m'impatientais, consultais ma montre, m'étirais le cou de droite et de gauche. Je mourais de chaud. Suspendu au-dessus de la rive droite, un orage menaçait, de sombres draperies obscurcissaient le ciel et viraient au noir de plomb. J'avais dénoué ma cravate, entrouvert ma chemise et m'éventais le torse avec la carte des boissons.

— Elle est en retard ?

Derrière moi, une voix sucrée avait chuchoté dans mon oreille. Je sursautai, me retournai, vaguement effrayé : une dame imposante, trop décolletée et dont le maquillage fondait aux ailes du nez me considérait avec gourmandise. Elle dégageait un fort arôme de rose ou de violette. Son visage refait correspondait en tous points à ce pudding Second Empire qu'est devenu le Café de la Paix avec ses faux plafonds, ses colonnes dorées, ses peintures à l'antique. Elle m'évoqua instantanément ces veuves aux joues poudrées, aux dents carnassières qui règnent dans les salons de thé sur un royaume d'éclairs au chocolat et de babas au rhum et s'enorgueillissent d'avoir enterré plusieurs maris. Un petit filet de sueur glissait du bas du cou jusqu'entre ses seins, se frayant un chemin entre les plis de la peau. L'abus de soleil l'avait brûlé et son épiderme cuivré, analogue à des filaments de sucre caramélisé, se fendillait en une multitude de mosaïques.

— C'est à moi que vous parlez ?

— Bien sûr. Je vous demandais si celle que vous attendez est en retard. Vous êtes si agité par cette chaleur.

— Vous faites erreur, j'attends un collègue de travail.

Je repris ma position initiale, soucieux de couper court à tout épanchement. Mais je sentais son regard peser sur ma nuque, pénétrer dans mon crâne à la manière d'une perceuse et je pivotai une fois encore sur ma chaise. Elle souriait toujours, les lèvres humides, empourprées. Elle réussit à me mettre mal à l'aise.

— Et quel est donc votre travail, jeune homme ?

Le haut du corps à demi tourné vers elle, je le lui expliquai brièvement. Il était près de 16 heures. Je réglai ma consommation, je n'avais pas envie de faire la causette à une rombière en mal de compagnie. Sans vergogne elle me posa d'autres questions, me forçant à répondre de profil, à me contorsionner. Malgré l'inconfort de ma position, j'entrais dans des explications que j'aurais voulu éviter, incapable d'étancher sa curiosité. En un quart d'heure, je lui avais à peu près tout dit sur moi et je m'en voulus d'une telle jobardise. Ma politesse me perdrait ! Je discernais sur la figure de l'importune une superposition de larges couches de fard, déposées en lames épaisses et qui rivalisaient avec le bronzage. Vue sous cet angle, avec ses lèvres gonflées, ses pommettes reconstruites, elle était assez ingrate. Elle me flattait, me trouvait charmant, timide. Elle affichait une passion sans frein pour les questions internationales, le rôle de la France dans le monde. Elle poussa la familiarité jusqu'à s'inviter à ma table et fit signe au garçon de nous servir deux autres boissons. J'étais mort d'embarras. Je priais que l'attaché culturel vienne me délivrer de cet affreux traquenard. J'étais prêt à subir ses confidences ineptes plutôt que l'envahissante sollicitude de cette inconnue. Celle-ci osa alors ce que je n'aurais jamais imaginé : elle m'ébouriffa les cheveux. Je bondis, révulsé, fis mine de me lever, m'embarrassai les jambes dans les pieds de la table.

— Calmez-vous, monsieur le diplomate (je m'étais donné pompeusement ce titre), gardez votre sang-froid !

Je tirai la tête en arrière pour échapper à ses doigts indiscrets.

— Est-ce que ça vous dirait de passer un petit moment avec moi ?

— Merci non, sans façons.

— Allons, réfléchissez bien, ne faites pas l'enfant.

— Non, vraiment, ce n'est pas mon genre.

— Je vois bien que je ne suis pas votre genre : vous me jugez trop vieille, n'est-ce pas ?

Je bafouillai, baissai la tête.

— Mais on peut changer d'avis, surtout à trente ans.

— Ce n'est pas le problème.

— Je n'en suis pas si sûre. Comment vous appelez-vous ?

— Sébastien.

— Quel joli prénom, tellement gothique ! Je vous verrais bien criblé de flèches d'amour !

— Je ne vois pas le rapport.

— Sébastien, laissez-vous faire. Je m'appelle Florence et j'adore le Quai.

Rien ne la décourageait, elle manifestait un culot ahurissant. Nous rivalisions en banalités. A un concours de platitudes, nous l'aurions emporté haut la main. J'étais soufflé. Je le fus plus encore par ce qui suivit. Jusque-là, je croyais avoir affaire à une vieille professionnelle en quête de clients. Il est certains métiers où la limite d'âge ne pardonne pas, ma voisine semblait avoir oublié cette règle d'or. Je m'étais déjà à demi dressé, résolu à prendre congé, à mettre fin à ce risible quiproquo quand Florence (je dois me résoudre à l'appeler par ce nom désormais) glissa sur la table deux billets de cent euros. Je n'en crus pas mes yeux et me rassis d'ébahissement. Je contemplais les coupures d'un vert tendre aux motifs indéterminés d'arches et de portes et qui craquaient noblement sous les doigts de l'intruse.

— Ils sont pour vous. Prenez !

C'étaient des billets neufs qui sentaient bon l'encre d'imprimerie. Je ne pouvais croire que cela m'arrivait à moi ! Je repoussai l'argent jusqu'au bout de la table, fronçai les sourcils pour me donner un air mauvais et articulai :

— Je ne mange pas de ce pain-là !

En réalité aucun son ne sortit de ma bouche : la phrase ne dépassa jamais le stade de l'intention. J'aurais dû partir sur-le-champ. Au lieu de quoi, Florence se pencha vers moi et dans un nuage de parfums fruités murmura :

— J'ai envie de vous !

D'un même geste, elle prit les euros et les glissa dans la poche de ma veste avec un doigté qui me confondit. Le garçon de café m'adressa un clin d'œil, en faisant tinter la monnaie dans sa poche. J'étais tétanisé, je piquai un fard.

— Je suis navré, je ne trompe pas ma femme. C'est une question de principes.

A peine avais-je déclamé cette phrase qu'à ma grande honte, je fus le siège d'une violente excitation. Pour être plus précis, je me mis à bander : pas une de ces érections vagues qui sont l'étirement d'un animal ensommeillé mais une trique dure, longue, toute trompe déployée. Florence s'en aperçut tout de suite, j'étais vêtu d'un pantalon de toile beige léger, et posa sa main chaude sur ma cuisse, m'envoyant de longs frissons jusqu'à l'aine.

— Je comprends ce qui se passe en vous. C'est la première fois, n'est-ce pas ? C'est très émouvant, prenez votre temps !

Ses doigts remontaient le long de mes jambes, traversant le tissu, exerçant des pressions câlines. J'étais horrifié par ma réaction, deux personnes s'affrontaient en moi et je m'en voulais d'être aussi divisé, de ne pas former un seul bloc de refus intransigeant. Cela ne m'était jamais arrivé. J'aurais tant souhaité alors être chez moi, entouré de la triple ceinture protectrice de mon appartement, de mon épouse et de mes enfants.

— Tu es très mignon, tu sais ? Allez, suis-moi !

Elle osait me tutoyer maintenant ! Cette femme était en train de me vendre une infâme marchandise. J'allais lui dire son fait.

— Je ne vous suivrai pas.

— Tu veux plus ?

Elle remit cent euros sur la table avec une brutalité de marchand de bestiaux. Pour qui me prenait-elle ? Le vert du billet flottait sous mes yeux comme une prairie qui bouge sous le vent. Je sentis mon érection grandir et la dissimulai avec les pans de ma veste.

— J'ai envie de te déshabiller, de te sentir nu contre moi.

Elle découvrit haut ses jambes qui brillaient comme si on les avait polies. Comment pouvait-elle se méprendre à ce point ? Je n'avais pas la tête de l'emploi, je n'étais pas de ces petites frappes aux cheveux gominés qui rôdent sur les boulevards en quête de chair fraîche. Un manque aussi flagrant de discernement m'offusquait. Je devais lui exposer les choses clairement. Elle repoussa sa chaise, se leva :

— Viens, nous avons assez discuté.

Je me mis debout à mon tour, mon pantalon tendu en avant comme un piquet de tente, me rassis aussitôt. Florence, sans une trace d'ironie, s'empara d'un journal qui traînait là, *Le Figaro* je crois, et me le tendit :

— Cache-toi avec ça, il faut bien que la presse serve à quelque chose !

Comme un idiot, je m'exécutai et quittai avec elle le café, certain que tous les consommateurs avaient assisté à notre échange et se gaussaient de ma lâcheté. Je me promis de reprendre ma plaidoirie, de défendre mon cas loin des témoins. Nous marchions côte à côte, elle, petite, progressait lourdement et paraissait inoffensive. D'un croche-pied j'aurais pu l'étaler par terre, faire chuter sa cargaison. Elle ne présentait pour moi aucune tentation particulière. C'était risible, je devais la plaquer sur-le-champ. On nous regardait, les hommes louchaient sur son décolleté extravagant, semblable à un balcon de chair calcinée. Tous devinaient ce qui allait se passer, me considéraient avec des yeux salaces. Comment pouvais-je m'afficher avec une pareille créature ? J'entamai une longue explication, affinai les arguments. Il suffisait de me montrer persuasif, elle se rendrait à ma bonne foi, s'excuserait peut-être de m'avoir importuné. Une vieille femme, pas vraiment gâtée par la nature, ne saurait demander ce genre de services à un homme qui pourrait être son fils. Même en le payant. Elle ne disait rien, cheminait sans hâte, laissant flotter sur son visage un sourire énigmatique. A un moment pourtant, baissant les yeux vers le bas de mon corps, elle lâcha :

— Tu serais plus convaincant si tu n'avais pas dressé la grand-voile...

— C'est automatique, je n'y peux rien.

— Je sais que tu n'y peux rien, ne te force pas. Ton corps parle pour toi... et pour moi.

Elle m'avait cloué le bec. Cinq minutes après, nous passions sour le porche du Grand Hôtel de la rue Scribe. Les concierges à redingote sourirent à notre passage, en soulevant leur chapeau. Ils étaient de mèche sans aucun doute, servaient de rabatteurs, percevaient leur commission. Elle m'attrapa le bras sans mot dire, m'entraîna à travers le hall, baigné d'un flux d'air glacé, contourna un salon bruissant de monde posé sous une coupole de verre et arriva jusqu'à la cage d'ascenseur, un bloc de faux marbre d'où partaient quatre lignes parallèles. Je me laissais faire, trop assommé pour résister. Heureusement, la dame avait sa clef magnétique sur elle, nous n'eûmes pas besoin d'aller jusqu'à la réception, au risque d'être dévisagés par les loufiats. Je me tassais sur moi-même, avançais en baissant les yeux, me disant que si je ne voyais personne, personne ne me verrait. Florence, alternant le tu et le vous, me chuchotait du bout des lèvres remontrances et encouragements que j'entendais à peine. Nous partageâmes notre cabine d'ascenseur avec une autre dame coiffée d'un bob et deux touristes en short de plage, tout rouges sur les joues et les bras. Je redoutais que l'un d'eux ne me fixe dans les yeux et ne s'exclame à voix haute : vous n'avez pas honte ? Nous longeâmes d'interminables couloirs jusqu'à une porte vernissée où de beaux chiffres incrustés en lettres d'or indiquaient : 480. Je les additionnai, je suis un maniaque du comptage :

4 + 8 = 12, 1 + 2 = 3. Qu'est-ce que cela voulait dire trois ? Trois jours de bonheur, trois ans de calamités, un nouveau trio ? A peine étions-nous entrés que la dame me bâillonna la bouche avec sa main et me plaqua contre le mur.

— Tais-toi à la fin, tu me soûles.

La pièce était réfrigérée par une puissante climatisation poussée à fond. Elle posa son sac, s'assit sur le lit et tapota d'un geste négligent les oreillers.

— Viens près de moi, grand nigaud, montre-moi ce que tu as dans les tripes. N'aie pas peur, le châtiment sera bénin. Je ne te mangerai pas. Ou plutôt si, je te mangerai, mais tu en ressortiras intact.

Dans quel cloaque étais-je en train de sombrer ? Il était encore temps, je pouvais m'enfuir, claquer la porte.

— Déshabille-moi, s'il te plaît, sois un peu galant. C'est pour ça que je te paye.

Délicatement, je dus lui ôter sa veste en lin, couleur beige, dégrafer sa jupe, défaire ses talons hauts qui la faisaient souffrir, ses pieds gonflaient avec la chaleur. Elle tint à rester en culotte et soutien-gorge au moins quelques minutes de plus, le temps que j'aille prendre une douche. Sous ses vêtements, Florence affichait une plastique plutôt gironde. La nudité la rajeunissait, son corps n'avait pas vieilli à la même vitesse que son visage. Elle avait dû être belle, se souvenait encore des hommages reçus. C'était la première fois que j'allais tromper Suzanne, et avec une femme d'au moins vingt ans de plus que moi par-dessus le marché. J'aurais dû en être accablé. Aucun remords ne me freina. C'était trop irréel pour être croyable. Je marchais dans un univers parallèle où les actes ne comptaient pas. Entre-temps, l'orage avait éclaté. La pluie s'abattit en trombe, ébranla les murs et les doubles fenêtres de la chambre, renforçant notre intimité. Je ne vais pas mentir, je fus follement excité et Florence, qui m'avait coiffé d'un étui de latex, dut calmer mon impétuosité. A peine avions-nous terminé qu'elle alluma la télévision et cessa de me prêter attention.

— Tu peux partir maintenant, je vais prendre un bain. J'ai rendez-vous ce soir avec un ami.

Ce rendez-vous avec un « ami » me blessa comme si j'avais acquis un titre de propriété sur elle. J'étais passé en un instant du stade d'objet désiré à celui d'objet consommé. C'en était fini de la courtoisie, des supplications. Je me rhabillai en silence, cherchai mes chaussettes sous le lit, reboutonnai ma chemise, hésitai à partir. Ma compagne regardait un flash d'informations boursières sur la chaîne Bloomberg. Me voyant tourner en rond, elle m'embrassa une dernière fois en me tapotant les fesses et me poussa vers la sortie. J'étais si troublé que j'en oubliai de lui rendre ses euros. J'émis un timide « Au revoir, Madame » et me retrouvai dans les vastes corridors du quatrième étage foulant l'épaisse moquette si moelleuse que j'avais envie de me mettre pieds nus. Je n'étais ni triste ni perclus de honte, au contraire. Je descendis les quatre étages par les escaliers, m'attardant sur les tapisseries aux motifs champêtres, le mobilier faux Empire, les illustrations du Paris ancien, certain de ne jamais remettre les pieds ici. J'étais bien différent de l'homme frileux qui avait pénétré dans cet établissement une heure auparavant. Dehors l'averse avait cessé et la température diminué de quelques degrés. Sur Paris tombait une lumière affectueusement tamisée par la pollution et la vapeur d'eau qui montait des trottoirs. La ville sécrétait elle-même ses contrepoisons, se protégeait des touffeurs estivales. C'était l'heure sereine où les soucis de la journée s'évaporent avec la canicule, où les badauds, toutes manches retroussées, s'installent aux terrasses. J'avisai un siège libre dans un café, commandai un panaché et les yeux mi-clos, sans penser à rien, goûtai aux voluptés du crépuscule.

L'impossible vieille comédie

Comme il était trop tard pour retourner au bureau, je rentrai à la maison en état de griserie, étonné d'éprouver si peu de contrition. C'était pour moi l'assurance que cette entorse n'aurait pas de lendemain. Les êtres les plus casaniers connaissent au moins une fois ce type d'embardées. Je trouvai Suzanne en train de remplacer une ampoule à vis dans la cuisine, perchée en haut d'un escabeau. Même dans cette position triviale, en déesse des arts ménagers, je la jugeais belle et distinguée. Elle était la bricoleuse du couple, manifestait une intelligence pratique dont j'étais dépourvu : capable de changer les plombs, de manier le marteau alors que je restais ahuri devant la moindre panne, lisant dans le dérèglement des choses une condamnation sans appel. Ce soir-là, mon épouse était tout excitée : un de ses reportages passait au journal de 20 heures. Un sujet atypique sur la grippe estivale chez les nourrissons et les seniors, une forme de virus pernicieux qui frappe, dès juin, les couches les plus jeunes et les plus âgées de la population et face à laquelle la médecine se trouvait démunie. Dans un hospice ensoleillé de la Seine-et-Marne, on voyait un vieil homme au visage inexpressif éternuer brutalement sur une vitre. La caméra opérait alors un gros plan sur le mucus projeté, s'écoulant vers le bas du carreau. Là, c'était la trouvaille de Suzanne, l'objectif, tel un film de science-fiction, entrait dans la morve, la découpait fibre à fibre, en disséquait la texture, analogue à la transparence floue d'un vitrail. Puis allant en son cœur avec un processus de grossissement il isolait le virus en question et une voix grave énonçait : voilà celui qui gâchera vos vacances et pourra mettre votre vie en danger.

Les précautions à prendre consistaient bêtement à porter un cache-col en plein mois d'août, à fuir toute espèce de courants d'air ou ventilation. Un chercheur de l'Institut Pasteur, le docteur Filanche, alignait ensuite des statistiques inquiétantes sur l'inversion saisonnière des principales maladies. Il prédisait pour l'hiver prochain l'apparition probable de l'insolation sous la pluie due à la disparition de la couche d'ozone et recommandait à chacun de s'enduire de crème protectrice à haut coefficient, même en plein décembre, même à l'intérieur d'une pièce fermée. Il conseillait à l'inverse aux gens fragiles de se couvrir et d'allumer les radiateurs à partir du 1er juillet ! Cela constituait un bouleversement majeur dans nos modes de vie. Suzanne était folle de joie d'autant que son rédacteur en chef l'avait félicitée pour la mise en scène et le commentaire. Comme moi, mon épouse s'ouvrait sous les louanges telle une fleur à la lumière.

Dès le lendemain, l'information allait provoquer une panique sans nom chez les personnes âgées. L'ordre des médecins protesta contre la chaîne pour diffusion de fausses nouvelles et exigea un démenti officiel sous peine de poursuites judiciaires. Il publia un communiqué acerbe affirmant que les risques d'un coup de soleil d'octobre à mai dans les pays d'Europe du Nord étaient quasi nuls, surtout sous la pluie. Mais la controverse était lancée, Suzanne en fut l'héroïne pour plusieurs semaines. En récompense, la chaîne l'envoya en Egypte enquêter sur une petite fille de la banlieue du Caire qui était née couverte de poils, d'un tapis noir et touffu. L'enfant posait d'ores et déjà un grave problème aux docteurs en théologie de l'université Al-Azhar : faut-il voiler les femmes barbues ? La chose passionnait Suzanne. Tout à notre euphorie, nous fîmes l'amour ce soir-là comme il se doit. Avouerai-je que mon incartade de l'après-midi m'avait rendu mon épouse plus chère encore ? Celle-ci se montrait sourcilleuse sur le chapitre du sexe : impossible d'y échapper, il constituait le baromètre du couple. Mon ami Gérald défendait une théorie étrange sur la sexualité féminine : qu'elle représentait un leurre, un appât tendu aux hommes pour les attirer et se les attacher à demeure. La femme se déguise en furie de Vénus pour mieux capter ses proies et propager l'espèce. Cette opinion me troublait sans me convaincre : on aurait pu l'appliquer à beaucoup d'hommes avec la même pertinence et ma propre compagne ne répondait pas du tout à cette catégorie. Une fois l'étreinte conclue, nous ne pûmes, Suzanne et moi, nous résoudre à dormir, avides que nous étions de prolonger ces belles émotions. Elle entreprit de me masser sur un disque de musique New Age. La scène du Grand Hôtel me revint alors en mémoire, suscitant une nouvelle excitation que ma compagne prit pour elle. Mais mon désir s'adressait à l'étrangère décrépite qui m'avait alpagué et dont les charmes fanés m'excitaient plus à cet instant que la plastique impeccable de mon épouse.

Il fallait tout de même que j'en aie le cœur net, que je me décharge de ce secret dans des oreilles amies ! Le grand plaisir d'une aventure amoureuse, c'est de la vivre pour mieux la raconter. Précisément avait lieu le lendemain la réunion de fin d'année de Ta Zoa Trekei, dîner élargi aux non-initiés qui avait pour but d'admettre quelques têtes nouvelles dans le cénacle des privilégiés. La séance avait lieu au Cercle militaire, place Saint-Augustin, que nous louions pour la soirée. Les postulants, au nombre d'une dizaine, patientaient dans une petite pièce où du vin et des alcools leur étaient servis. Nous siégions dans une grande salle attenante, un peu austère, autour d'une table dressée à notre intention. Je m'étonnais toujours que des femmes et des hommes, sains d'esprit, se battent pour adhérer à un club tel que le nôtre et que les recalés d'une année retentent leur chance douze mois après. D'autant qu'en intégrant notre groupe, ils n'accédaient jamais au noyau central, celui des sept mousquetaires fondateurs mais restaient des membres de seconde zone, soumis à de nombreuses restrictions et jouissant de peu de droits sinon celui de nous envier et de nous imiter. Tel est l'esprit humain que toute association fermée suscite chez ceux qui n'en sont pas le désir d'y accéder. La réussite financière de Mario, la réputation de Julien, la vie scandaleuse de Fanny excitaient les convoitises. On nous prêtait des pouvoirs démesurés, tout un réseau d'influences occultes. Ces rumeurs sans fondement nous flattaient. Nous avions beau dire, nous étions enivrés d'être d'une caste qui croyait tenir la France. Et la haine que l'ENA ou les grandes écoles suscitaient chez les autres renforçait encore ce sentiment de singularité.

Je brûlais de m'épancher auprès de Jean-Marc plutôt que de Julien. Mon meilleur ami se voulait notre parrain : célibataire de conviction, il nous considérait comme sa famille, il s'invitait parfois le matin au petit déjeuner, comblait nos enfants de cadeaux, nous rejoignait en vacances. Même mes parents qui ne l'aimaient guère en raison de son conservatisme politique savaient reconnaître son dévouement. Il ne laissait jamais personne dans la panade et rêvait de tenir le groupe entier dans sa main comme un diamant dont pas une tache n'aurait terni la transparence. Il organisait d'ailleurs à intervalles fixes des séances d'autocritique où nous étions invités à dire publiquement ce que nous n'aimions pas chez lui ou chez d'autres. Il appelait cette coutume « Feu sur le comité central » en souvenir du mot d'ordre de Mao Tse Toung durant la Révolution Culturelle. C'était l'occasion d'un grand psychodrame où notre petite société pouvait donner libre cours à sa passion du commérage et des règlements de comptes. Toutefois je craignais qu'un aveu trop intime ne le choque – il était d'un puritanisme sourcilleux – et ne me place plus encore sous sa coupe.

Rien ce soir-là ne tourna comme prévu. L'examen des candidatures avait duré environ trois heures : deux chirurgiens-dentistes, un gestionnaire de patrimoine, un avocat, une femme juge, une commissaire de police et trois publicitaires se présentaient. Chacun à son tour avait répondu dans une pièce close au feu roulant des questions. Nous examinions le degré de motivation, de loyauté, de courage de chaque prétendant. Une enquête parallèle était menée sur eux à leur insu par Mario et Théo. En tant que président, Julien disposait d'une double voix et pouvait faire basculer le vote à volonté. Mais vers minuit, la situation se tendit : Fanny soutenait la femme policier, Julien l'avocat d'affaires, un certain Jean-Etienne Labbé, petit homme rondouillard au visage ingrat qui s'écoutait parler et intercalait avec à-propos des mots d'argot au milieu des phrases les plus élaborées. Les groupes sont des animaux étranges qui fonctionnent à la soumission : la majorité se rangea d'emblée à l'avis de Julien et suivit comme d'habitude les voies du pouvoir avec un panurgisme scrupuleux. Fanny ne céda point et continua à défendre son choix. Elle pouvait se montrer férocement superficielle – participer à son âge encore à des concours de bubble-gum, commercialiser le pinceau qui chasse la mauvaise haleine en brossant à l'envers les papilles de la langue – et incroyablement butée sur des questions de pouvoir. Chagriné par son obstination, Julien, qui perdait rarement ses nerfs, tenta de la raisonner. Il rappela les raisons de sa préférence : ce Jean-Etienne Labbé piétinait à notre porte depuis trois ans, il se montrerait plus dangereux dehors que dedans. Intégré il serait sous contrôle et Julien se proposait de le charger d'une mission de confiance : espionner les membres du second cercle entrés depuis cinq ans et qui formaient une confrérie aussi hermétique que la nôtre. Julien, sans le dire, redoutait un coup d'Etat interne qui l'aurait déstabilisé. Notre club fonctionnait à la manière d'un service de renseignements, chacun épiait les autres et rapportait à Julien qui nous épiait tous. Trente ans auparavant, il eût été un de ces petits chefs fanatisés qui envoyaient leurs troupes au casse-pipe, prêchaient la mort des patrons et des bourgeois avant de finir bigots du marché, de la yeshiva ou du Vatican. Il admettait la discussion pourvu qu'elle confirme son point de vue. Mais Fanny n'en démordait point, sa candidate présentait toutes les qualités requises, elle était plus jeune, plus brillante que cet obscur plaideur de province. Julien se passa la main dans les cheveux et foudroya la dissidente d'un coup d'œil. Il était tard, nous étions fatigués, il n'aimait pas que l'un de nous se mette en travers de sa route devant témoins. Il tenta l'ironie.

— Qu'est-ce qui se passe, Fanny, ce soir ? C'est la solidarité féminine qui parle en toi ? Je te croyais au-dessus de ça ?

— Et toi qu'est-ce qui t'arrive ? Une bouffée de testostérone ?

Julien accusa le coup. Il ne s'attendait pas à une telle répartie, son visage long et solennel prit une expression pincée. Il émit des raclements de gorge convulsifs, se laissa submerger par des rictus comme chaque fois qu'il était nerveux. La situation dégénérait. Je crus à propos d'intervenir et proposai de remettre la discussion au lendemain, à tête reposée. Me jetant un regard noir, Julien siffla entre ses dents :

— De quoi te mêles-tu ?

Il se leva et sortit.

— Vous l'avez vexé, il faut aller le chercher, dit Jean-Marc qui frémissait comme une fiancée abandonnée.

— Calme-toi, lui ordonna Fanny, il est juste allé pisser, il reviendra.

Livide, elle affrontait la réprobation muette des autres et tirait sur sa jupe pour cacher ses longues jambes dénudées. Je lui pris la main en signe de réconfort ; elle me broya presque les doigts avant de me repousser. Fanny allait toujours bien, manifestait une bonne humeur impitoyable. La soupçonner de faiblesse s'assimilait à de la grossièreté. Elle haïssait le moindre apitoiement.

Julien ne revenait pas, le vin tiédissait dans les verres, nous nous sentions stupides. Alors, pour liquider cette querelle, nous partîmes à la recherche de notre ami. Nous courûmes aux toilettes, elles étaient vides. La dame des vestiaires nous confirma qu'un grand jeune homme très blanc s'était éclipsé peu auparavant. Son portable était éteint.

— Je te l'ai dit, hurla Jean-Marc à l'attention de Fanny, il est fâché. Ton sale caractère l'a heurté.

Il fulminait. Je le calmai, le suppliai de reprendre ses esprits : même s'il était notre leader, Julien n'avait pas toujours raison. Après délibération, nous nous divisâmes en trois groupes pour chercher le fugueur. Nous avions l'air ridicules dans notre affolement, pareils à une troupe de scouts qui a perdu son guide. Je fis équipe avec Jean-Marc : il avait besoin de ma présence. Je conduisis son véhicule à sa place, il était trop nerveux, une Rav 4 Toyota, une sorte de veau roulant haut sur pattes, à mi-chemin de la jeep et du tracteur et destinée, je suppose, à éponger les complexes d'infériorité de ses utilisateurs. Rongé par l'anxiété, il accablait Fanny et son orgueil déplacé. Je l'apaisai peu à peu, lui exposai que contredire Julien ne constituait pas un crime en soi. J'espérais enfin lui avouer ce que j'avais sur le cœur mais tandis que nous écumions les rues alentour, vers la Madeleine d'un côté, le Faubourg-Saint-Honoré de l'autre, il me prit de court.

— Sébastien, il faut que je te dise quelque chose.

— Moi aussi.

— D'accord, vas-y.

— Non, toi le premier.

Ma courtoisie me fut fatale. De toutes les façons, j'étais déjà au courant : dans un cercle comme le nôtre, les nouvelles courent plus vite que la foudre, ragots, médisances faisaient partie de notre quotidien. Sa femme Sabine était partie au festival d'Avignon avec un jeune comédien, un Serbe de Novi Sad, un jeune premier magnifique, la coqueluche de son pays. Ce n'était pas la première année qu'elle filait ainsi mais cette fois elle était mordue. Jean-Marc avait loué une maison, pour l'été, dans le bassin d'Arcachon, non loin de celle de mes beaux-parents et il se voyait mal, seul avec les enfants, remâchant son chagrin, contraint d'inventer un bobard pour expliquer l'absence de leur mère.

— Je sais que j'agace Sabine, que je l'exaspère. Quand nous sommes face à face, je sens son mépris tangible.

Nous avions eu cette discussion des dizaines de fois. Jean-Marc avait coutume d'illustrer le mariage par une métaphore animale : il opposait la jument, fougueuse qui vous emporte loin mais vous renverse, au chameau qui va son rythme mais ne vous abandonne jamais. Comme je comprenais Sabine de vouloir échapper à cette comparaison ! Parfois je me disais que Jean-Marc n'était gentil que par impuissance à être méchant. Cela me rappelait que Julien, autrefois, exerçait un droit de cuissage sur nos « fiancées » pour nous tester et nous mettre devant le fait accompli. Quiconque protestait était raillé en public, accusé de préférer ses petites amours mesquines aux grands vents de l'amitié. Cette pratique odieuse s'était arrêtée aux alentours de notre vingtième année. J'étais certain pourtant qu'il avait couché avec Sabine, ne serait-ce que pour mieux tenir Jean-Marc. De toute façon, il était le seul amant que ce dernier aurait consenti à sa femme, tirant même de cette promotion une grande fierté. Tandis que nous roulions au ralenti, scrutant chaque porche, chaque recoin, je décidai de lui parler franchement.

— Profites-en pour rencontrer quelqu'un. Tu es libre, vas-y !

— Mais je l'aime, Seb, aucune autre ne m'attire.

— Alors souffre et endure, tu le cherches.

— Comment peux-tu me parler sur ce ton ? Tu aimerais, toi, que Suzanne s'en aille avec les enfants ?

Dans un accès de fanfaronnade, je répliquai :

— Je crois que c'est le meilleur service qu'elle me rendrait.

Je voyais s'ouvrir la brèche qui me permettrait de raconter mon aventure quand Jean-Marc poussa un cri. Là, dans une contre-allée du square Henri-Bergson, deux types s'acharnaient à coups de pied sur un troisième couché à terre. C'était peut-être notre ami. Nous pilâmes net et Jean-Marc appela les autres sur son cellulaire. La perspective de nous colleter seuls à deux voyous ne m'excitait guère : ce n'était pas mon coéquipier, mou et replet, qui allait me défendre. En nous voyant descendre de voiture, les agresseurs, en survêtements et capuchons du Ku Klux Klan, hésitèrent un instant avant de s'enfuir.

Dans le halo jauni d'un réverbère, je vis que l'un d'eux boitait, avait le visage en sang et semblait suffoquer. Il s'agissait bien de Julien au sol : nous étions survenus à temps. Nous le relevâmes prudemment pour le tirer jusqu'à un banc. Par chance, il n'était pas blessé à la figure, il s'était protégé avec les mains. Comment un homme rompu aux sports de combat s'était-il laissé intimider par deux gouapes ? A l'en croire, ils lui étaient tombés dessus par-derrière pour le dévaliser. La surprise l'avait désarçonné. Pourquoi était-il parti de table ? Affalé sur le banc, les vêtements déchirés, le visage boueux, le dessus des phalanges éclaté, il haussa les épaules.

— Fanny m'a ridiculisé, m'a bêtement tenu tête. Et toi Sébastien, tu t'es rangé de son côté.

Je protestai : il s'agissait d'une délibération, d'un échange de points de vue. Il ne voulut rien savoir, resta muré dans son chagrin ombrageux. Bien qu'il fût défait, je refusai de m'excuser ou d'accabler Fanny. Nous le transportâmes jusqu'à chez lui en glissant son grand corps sur la banquette arrière du 4 × 4. Il avait demandé expressément que les autres ne nous rejoignent pas. Il vivait seul dans le IXe arrondissement, rue Fontaine, entre un fast-food turc de donner kebab et un bar d'hôtesses, dans un petit appartement vide et froid où il accueillait des maîtresses occasionnelles. Julien n'était pas un homme à femmes sauf s'il s'agissait de la femme d'un autre. Il tenait la sexualité pour une besogne secondaire, une hygiène des bas instincts. Allongé sur son lit, tel un gladiateur vaincu, dans cette pièce austère qui lui servait de chambre à coucher, il respirait l'accablement d'être vivant, posait au héros trahi. Jean-Marc lui apportait à boire, lui essuyait le visage avec des lingettes et son empressement soulignait par contraste l'indignité de ma conduite. Nous voulûmes appeler SOS Médecins, Julien s'y opposa farouchement et finit par s'endormir tout habillé. C'en était terminé de mes velléités de confession. Si ce soir-là Jean-Marc m'avait écouté, ma vie aurait pris un autre tour peut-être ; et mon historiette du Café de la Paix, banalisée par cet aveu, ne serait pas restée en moi telle une écharde. J'allais partir quand Jean-Marc, qui venait d'ôter les chaussures, la veste et la chemise de Julien avec des prévenances de serviteur à l'ancienne, poussa un cri d'effroi.

— Viens voir, me souffla-t-il en inclinant la lampe de chevet.

En plus des ecchymoses infligées par ses assaillants, le torse musclé de notre ami était moucheté de plaies suppurantes, de bourrelets sanglants, presque violacés : on eût dit qu'il avait été labouré par une herse. De petites croûtes en émaillaient la surface comme autant de cloques. Ainsi tuméfié, l'épiderme semblait un palimpseste où les cicatrices déjà fermées voisinaient avec des lacérations plus fraîches et qui s'infectaient C'était un spectacle hideux qui n'avait rien à voir avec la récente bagarre. Nous eûmes à peine le temps de l'examiner que Julien se redressa comme un mourant et nous insulta, demandant à Jean-Marc de quel droit il avait osé le dévêtir. Je crus qu'il allait le frapper. L'autre était au bord des larmes. Presque instantanément, Julien, avec cet aplomb qui était le sien, l'attira contre lui et lui accorda l'absolution :

— Tu es pardonné, je sais que tu ne l'as pas fait exprès.

Jean-Marc se confondit en excuses, je crus qu'il allait s'agenouiller.

— Ecoutez-moi, tous les deux, reprit Julien, vous savez que vous êtes mes favoris dans cette bande. Mais si, vous le savez !

Il eut un sourire éblouissant, ravageur. C'est ainsi qu'il nous tenait : par des invectives abjectes suivies de compliments hyperboliques qui restaient gravés à jamais dans l'esprit.

— Je veux que vous me juriez de ne dire à personne, mais à personne, vous entendez, ce que vous avez vu ce soir ? Vous êtes les seuls à être au courant.

Nous promîmes. Alors Julien, d'abord réticent, nous dévoila la vérité. Depuis quelque temps, il se soumettait à des tortures volontaires pour tester son degré de résistance à la douleur. Il s'infligeait quotidiennement des souffrances pour mieux les maîtriser. Il se frottait le ventre et la verge avec des épines de rose, se couchait sur du verre pilé, s'enfonçait des punaises et des pelotes d'épingles dans les seins, se zébrait le torse avec un cutter, se délectait de voir le sang l'inonder sans défaillir. Il s'était même roussi l'intérieur des cuisses et le dessous des pieds avec une flamme de bougie et marqué sur les hanches avec un tisonnier chauffé à blanc. Il se martyrisait les mains gantées comme si un autre homme lui infligeait ces sévices et désinfectait ensuite les blessures. La brûlure de la chair, l'incision de la lame dans l'épiderme consacraient la victoire de la volonté sur la peur. J'en eus le cœur soulevé. Il invoqua les Stoïciens qui préconisaient ce genre de remèdes contre la mort et le malheur : il faut se préparer chaque jour au pire pour ne pas en être surpris quand il advient. Je crus que Jean-Marc allait s'évanouir d'autant que Julien entrait en technicien dans le détail des opérations. A mesure qu'il parlait, la honte le cédait à la fierté : il ne s'exposait pas, il pérorait. Il est vrai que depuis des années, je ne l'avais pas vu en maillot ou torse nu, l'été. A trente ans, il continuait, faute de les dompter, à retourner ses démons contre lui. Je le soupçonnais maintenant d'avoir provoqué les deux larrons pour se faire esquinter et mettre ce tabassage sur notre dos. Je rentrai chez moi sonné, tremblant d'indignation. Julien, en gisant aux stigmates, m'avait volé la vedette. A côté de ces saletés, mon escapade de galopin ne pesait pas lourd. Jean-Marc resta auprès de notre malade et dormit au pied de son lit sur un matelas de fortune. En toutes circonstances, il demeurait collé à lui comme un sparadrap.

Le lendemain, aux premières heures, Julien téléphona pour s'excuser. Il avait pris la mouche stupidement, s'était montré susceptible et grossier. Il me supplia une fois encore de ne rien raconter de ce que nous avions vu. Il bafouillait, cherchait ses mots comme s'il voulait me dire autre chose. Finalement, il raccrocha sur cette parole énigmatique :

— C'est aussi pour vous que je souffre, parce que je vous aime tant...

Ce pathos m'exaspéra. Toute la bande m'appela ensuite. Chacun à sa façon afficha à mon égard une tendresse extravagante. Une sorte de légende, répandue par Jean-Marc, voulut que ce soit moi qui avais mis en fuite les deux vauriens. Je fus gêné de ces félicitations qui n'avaient pas lieu d'être. Fanny me narra en détail sa réconciliation avec Julien : il avait imploré son pardon avec un tel humour qu'elle avait cédé pour l'avocat et renoncé à la commissaire de police.

— Tu le sais bien, personne ne lui résiste.

Elle avait tort. Julien m'avait déçu. Il nous avait longtemps bernés, simulant une belle assurance : c'était fini. Il n'était plus digne du rôle qu'il s'attribuait. Ce que je venais d'apprendre allait nous séparer plus qu'une divergence politique. Du coup, je me sentis presque soulagé : je pouvais voler de mes propres ailes. Je n'avais plus besoin de quêter l'approbation de ce tyranneau égaré ni celle des autres. Nous formions à nous tous une seule personne faite des qualités de chacun. Mais ce corps unique m'entravait, je ne retrouvais plus cet élan qui nous avait soudés jadis, cette ambition d'imposer un style à nos vies, de rester consumés par un feu intérieur. Toute amitié est une limite, toute famille une prison, tout mariage une incarcération. Si seulement mes camarades pouvaient m'oublier un instant comme un chapeau sur une chaise!

Mon chemin de Damas

Ce qu'il y a de merveilleux dans le couple, c'est qu'il vous protège de tout, même de l'amour. Mon compagnonnage avec Suzanne n'était pas exempt de routine. Je venais d'en prendre pour dix ans de bonheur conjugal ; goûter chaque jour du même plat, fût-ce un mets princier, éveillait en moi un rêve de diversité. Comme tous les époux, j'allais devenir eunuque par fidélité plutôt que par chirurgie. Je n'avais rien à reprocher à Suzanne : elle était parfaite, attentive. Si j'étais tombé malade, elle m'aurait soigné avec un dévouement admirable, j'avais en elle une confiance absolue. Même quand nous faisions l'amour, nous restions chastes : le sexe n'était plus un événement, il s'était intégré au cours des choses. Nous étions rangés, neutralisés : deux chapons satisfaits qui ont oublié jusqu'au souvenir de leurs premiers émois. Cet état pourtant m'arrangeait : j'évoluais mieux dans la tiédeur d'une affection convenue que dans les extrêmes de la passion. Je suis un homme d'ordre, pas un rebelle. J'aime l'ordre sans modération. Et quand je me dérègle, c'est méthodiquement.

Quant à mes enfants, ces petits salauds pétaient de santé, leur vitalité signifiait ma dégénérescence. Ils nous poussaient dans la tombe, ils nous avaient déjà réduits au rang de survivants. Avec leurs copains, baveurs et cagueurs comme eux, ils piaillaient, se chamaillaient. Leurs chambres ressemblaient à des cavernes de pirates emplies de tout un butin de peluches, d'autos, d'épées, de game-boys prélevés sur notre bonté. Ils exerçaient sur nos portefeuilles un véritable hold-up, nous rançonnaient pour mieux entasser leurs cadeaux et les oublier aussitôt. Comment leur en vouloir ? Ils jouaient leur rôle de petits rois de la création. Ma fille Zabo était ma favorite peut-être parce qu'au contraire de ses aînés de huit et sept ans, petits durs qui zozotaient, elle restait encore immergée dans la prime enfance. Dressée à la frontière de sa chambre, conquérante miniature en robe à volants, elle partait à l'assaut du vaste monde. De cette marmousette, tout me ravissait, son corps gracile et rond, ses minauderies, ses cheveux, une flamme douce et buissonnière que sa mère nouait en un gros rouleau laineux quand elle se baignait, le fin duvet qui ombrait sa nuque et ses tétons, deux volcans qui attendaient sagement leur irruption. Un jour, comme je la poussais sur une balançoire, elle me dit :

— Tu sais, papa, je t'aime beaucoup aujourd'hui.

Cet aveu me toucha, il dénotait une grande maturité affective. Oui, nous aimons bien les autres mais pas tous les jours et pas de la même façon. Il faudrait pouvoir les révoquer et les convoquer à volonté. Zabo disposait d'une science des sentiments que la plupart mettent trente ans à acquérir.

Alors le hasard intervint de nouveau pour me faire basculer. Peu après la soirée au Cercle militaire de Saint-Augustin, je tombai par accident, pliés entre les pages d'un gros livre consacré à l'Histoire religieuse de la France, sur les trois billets de cent euros que m'avait donnés Florence. Je les avais rangés là, pressé de m'en débarrasser. A leur vue, je fus électrisé. Je les reniflai, les palpai. La modification anatomique qu'ils provoquèrent en moi était sans équivoque. Non que je fusse cupide : mais ils m'ouvraient un pouvoir inconnu et qui m'exaltait.

Ceux-là, je ne les dépenserais jamais. Il se trouvait que nous partions le surlendemain en vacances. Je devais absolument vérifier si mon aventure de l'autre jour constituait une simple parenthèse ou l'amorce d'une inclination que j'entrevoyais à peine. Prétextant un rendez-vous de travail urgent – l'administration est bonne fille et admet à profusion absences et arrêts maladie –, je m'éclipsai du ministère vers les quatre heures et m'engageai boulevard des Capucines à partir de la station Madeleine. Paris baignait dans sa crasse estivale. L'asphalte, presque fondu, chuintait sous les semelles avec un bruit de ventouse. L'air était saturé d'orage, une colonne de nuages s'amassait comme une troupe belliqueuse et grondait. A la hauteur de l'Olympia où se produisait une autre idole de mon père, Van Morrison, un vent violent se leva, chassant devant lui papiers et bouteilles de plastique. Des volets claquèrent, une branche tomba d'un marronnier et sa chute fit sursauter les passants. Ils se cramponnaient à leur casquette, à leur parapluie et marchaient courbés en deux. Tout le monde courait se mettre à l'abri. Des éclairs zigzaguaient en grandes traînées obliques suivies de roulements de tonnerre fracassants. C'étaient de ces rares périodes de l'année où Paris devient africain, où l'on s'attend à voir des crocodiles barboter dans les bassins du Trocadéro. Arrivé à la hauteur de la rue Scribe et alors que j'apercevais déjà de loin le manège des chasseurs accueillant les clients et les drapeaux battant sur le fronton de l'hôtel, j'eus un autre vertige, en tout point analogue à celui de mes vingt ans. J'en reconnus les symptômes : un spasme au niveau du plexus, une sensation d'étouffement, le cœur emporté par une galopade effrénée, une constellation de taches lumineuses qui m'obligèrent à fermer les yeux. J'aurais voulu mourir là, foudroyé, en extase. Je dus m'asseoir sur un banc. Je comprenais trop bien ce que cela voulait dire : à Paris, les femmes n'arrivent pas, elles apparaissent, installent autour d'elles un cercle de terreur et de magnétisme. Ce sont des reines qui attentent à l'ordre du monde par leur seule irruption. A nouveau leurs ventres semblaient autant de bouches qui m'appelaient et leurs bouches autant de portes dont je devais forcer le secret.

Tout à coup le plafond nuageux creva, l'eau tomba en gouttes énormes, tièdes comme des flèches qui me transperçaient, me ressuscitaient. La rue formait une plaque chauffante arrosée qui fumait et crépitait. Un mur liquide, bousculé par la tourmente, s'abattit sur la ville. Dans mon exaltation, je m'identifiai à cette fureur climatique. Des torrents se formèrent aussitôt, bloquant la circulation, noyant les caniveaux, emportant les déchets. Seul sur mon banc d'infortune, sous les rafales, j'étais saisi par une vérité que je n'avais plus le droit d'escamoter.

Quand l'averse faiblit, que la grande symphonie de la foudre et des grondements se fut éloignée, je me déshabillai complètement : j'essorai veste, chemise, pantalon, debout et nu, érigé comme un totem de fécondité. Le choc de la bourrasque fut tel et la désorganisation si générale que nul ne fit attention à moi : des voitures s'étaient embouties, des vitres avaient explosé, quelques personnes se trouvaient mal et recevaient les premiers soins. Dans la catastrophe générale, mon indécence n'était au plus qu'une anecdote. J'aurais pu danser, hurler de joie, me masturber, rouler à terre parmi les ordures. Je devais avoir l'air d'un dément mais je me savais plus sage dans ma déraison que le plus raisonnable des êtres. Je me rhabillai et encore trempé, hirsute, me dirigeai vers le Café de la Paix transformé en hôpital de campagne où les rescapés du déluge, les blessés légers s'étaient réfugiés avant l'arrivée des ambulances. Je me frayai un passage au milieu de la foule des consommateurs surexcités. Encore une fois le sort vint à mon secours : Florence, ma pratique de l'autre jour, se trouvait là en compagnie d'une autre femme plus maigre, une Eurasienne. Toute une constellation de signes se mettait en place pour me guider. Florence me reconnut, me tendit un mouchoir, m'invita à leur table.

— Je savais que tu repiquerais un jour, petite canaille.

J'allais lui dire que c'était pure coïncidence, je me ravisai.

— Je te présente Anita, une vieille amie. C'est quoi ton nom déjà ?

Florence, je l'appris au cours de la conversation, vivait à Bruxelles, mariée à un industriel spécialisé dans le caoutchouc de synthèse et venait à Paris se distraire, « se cultiver ». Elle aimait diriger et un quart d'heure plus tard m'expédiait avec Anita dans une autre chambre du Scribe, la 302, 3 + 2 = 5, cinq comme quoi ? me demandais-je en me déshabillant. Elle lui avait assuré :

— Essaye-le, tu m'en diras des nouvelles.

Anita, plus maigre que Florence, parlait en vietnamien pendant l'amour mais refusa de me traduire ses interjections. Cette fois les émoluments furent plus réduits. Je m'en moquais.

Que cette deuxième illumination ait eu lieu dans le chaos des éléments n'était pas fortuit ; c'est le ciel lui-même qui m'invitait au soulèvement voluptueux. La tornade qui venait de secouer Paris avait détruit les murailles qui m'empêchaient de grandir. Il y avait si longtemps que j'aspirais à la délivrance !

Je savais ce qu'il me restait à faire.

CHAPITRE III

La ronde des anges

Comme on ne quitte jamais la norme sans lui laisser une seconde chance, j'eus dès la fin de l'été quelques aventures. Jusque-là j'étais resté fidèle à Suzanne par respect autant que par paresse. Les complications de l'adultère me dissuadaient de l'entreprendre. J'étais maladroit, je manquais d'expérience. J'aurais aimé qu'un pouvoir tyrannique, à chaque belle personne croisée, m'ordonne : séduis-la ou je t'abats. Aucune de ces passades toutefois ne me suffit : la tromperie n'est jamais que la sœur jumelle du mariage, la soupape de sécurité qui rend le côte à côte supportable. Elle mime la séparation pour renforcer le lien. Je n'avais aucune envie d'une liaison qui me lasserait au bout d'un an ou deux autant que ma conjointe actuelle. Fade époux ou trousseur de jupons : je ne voulais pas de cette alternative. Le pire eût été que des femmes acceptent de coucher avec moi par plaisir !

Une ligne de démarcation venait donc de couper ma vie en deux. J'étais entré dans un monde nouveau sans avoir quitté l'ancien. Tout le mois d'août, tandis que je jouais le rôle du bon papa, du bon gendre sur la côte Aquitaine, j'avais ruminé cette découverte. Je tenais à vérifier que je ne m'étais pas trompé. Je l'ai dit : je hais l'anarchie, l'improvisation. D'avance je me sentais séduit par le cérémonial de la passe : ma fantaisie n'était pas le racolage en voiture mais la réception en appartement avec ses salamalecs, ses sous-entendus, son rituel codifié. J'avais donc besoin d'un havre sûr et cosy où accueillir un grand nombre de prétendantes. Je voulais répondre à la fameuse règle de l'unité de temps, de lieu et d'action, tout condenser dans un espace réduit. Or j'étais seul, sans expérience ni moyens. Dans l'immédiat, j'allais me mettre en quête d'un appartement dans un bon quartier et assez loin de mon domicile conjugal. Paris intra-muros est une petite ville d'une extraordinaire densité : rien n'y est distant de plus de trente ou quarante minutes par métro. Elle juxtapose pourtant une multitude d'univers enchâssés comme des alvéoles dans une ruche. On y éprouve un sentiment d'impunité et d'étrangeté sans proportion avec la taille des endroits. Chaque avenue est une planète, chaque rue une nation, chaque immeuble un microcosme où l'on peut habiter vingt ans sans croiser un voisin. Une autre agglomération se cache à l'intérieur de la première qu'il faut apprivoiser avec le temps. Le secret de Paris, c'est qu'on peut y vivre secrètement en pleine lumière parce que la ville vous protège, vous rend invisible.

Après de longues recherches, ayant mobilisé deux agences immobilières, je dénichai pour un prix raisonnable un grand studio dans le Marais, deux chambres de bonnes réunies, à la frontière du quartier gay et du quartier juif, rue du Bout du Monde. C'était une venelle étroite, qui semblait sortie d'un autre siècle, une rue en trop, toute en hauts murs impénétrables que je voulais prendre comme on prend la mer, en m'abandonnant à ses sortilèges. Mon logis se trouvait au cinquième étage d'un bel édifice du XVIIIe siècle, fermé par de lourdes portes de chêne, en haut d'une volée de marches, sans aucun autre locataire sur mon palier. Il semblait une scène de théâtre nichée dans le grenier, au sommet de vastes coulisses. Il offrait plusieurs avantages : il n'y avait pas de concierge, mes activités resteraient donc sans témoin permanent, il était lumineux et disposait, luxe incroyable, d'une petite terrasse d'où j'apercevais les boyaux du Centre Pompidou, les flèches de Notre-Dame et le fuseau lointain de la Tour Eiffel. Jamais je n'aurais rêvé d'une telle vue. Je signai le bail sous mon nom mais inscrivis sur la boîte aux lettres le pseudonyme de Virgile Coutances.

A peine entré en possession de ma garçonnière, je fis arracher la moquette, repeindre les murs, poser un parquet flottant dont les lames souples s'adaptaient à la plante des pieds. J'entendais d'abord inspirer confiance, privilégier les teintes chaudes, les matières douces, le bois, le lin, la laine. Il m'arrivait après le travail de traverser tout Paris en quête d'une table de nuit ou d'un abat-jour aperçus dans une revue de design. Je hantais les brocantes, chinais frénétiquement. Comme Suzanne m'aurait aidé dans cette tâche, elle qui savait détecter les occasions avec un talent fou ! Je ne me voyais pas lui dire :

— Chérie, j'ai décidé de tapiner à domicile. Pourrais-tu m'aider à monter mon ménage ?

Pour finir, je fis quelques folies et achetai Faubourg-Saint-Antoine un vaste lit à baldaquin en acajou d'un mauvais goût accompli avec voiles de tulle, montants en laiton ainsi qu'un sofa, des brûle-parfums, des plantes exotiques et même deux lanternes rouges. Tant pis pour la discrétion et vive la tradition ! Quitte à recréer un claque, autant rester fidèle à la mythologie. J'étais juste triste de ne pas avoir un ami avec qui partager cette expérience. Mais le moindre mot eût été colporté : notre congrégation était un château de verre surveillé par l'œil impitoyable de Julien.

L'installation me prit six mois, ma détermination n'avait pas fléchi. Quand tout fut prêt, rénové, on était déjà en février, j'invitai mes deux marraines, Anita et Florence, à venir inaugurer mon petit lupanar. Elles arrivèrent les bras chargés d'énormes bouquets de roses et d'une bouteille de champagne. Mais elles étaient essoufflées. Je n'avais pas prévu ce détail. Monter cinq étages à pied, la structure en hélice de l'escalier n'autorisant aucun ascenseur, risquait de décourager les meilleures volontés. J'étais jeune, ce genre de considérations m'avait échappé. A les voir débarquer, un peu décaties, ravaudées, je faillis éclater de rire. Elles s'extasièrent sur le panorama, suggérèrent des améliorations, trouvant le lieu encore un peu spartiate. Nous passâmes une après-midi réjouissante où je jouais parfaitement mon rôle de serviteur du plaisir d'autrui. Elles laissèrent ma récompense sous l'oreiller, brodé d'un TOI et MOI en lettres rouges, comme la petite souris aux enfants qui ont perdu une dent. Avant de partir, Florence me donna un conseil :

— Sébastien, n'oublie jamais qu'il est plus facile de garder la bouche ouverte que le bras tendu. Ménage-toi !

Je réorganisai mon emploi du temps : au ministère, j'arrivais très tôt le matin vers 8 heures et mon assiduité stupéfiait mes collaborateurs autant que Suzanne qui l'encourageait pourtant. Je sautais le déjeuner en avalant un sandwich sur place et partais en début d'après-midi, prétextant des cours intensifs d'arabe et d'hindi en vue de mes postes futurs. Je feignais une passion démesurée pour le Moyen-Orient et l'Asie Centrale. J'assurais mes sept ou huit heures de présence réglementaires au bureau. On m'aimait bien dans le service et l'idée que je grignote sur mon sommeil et mes repas pour apprendre des langues exotiques fit grimper ma cote d'un cran. Seul mon supérieur Jean-Jacques Bremond maugréait :

— Qu'est-ce qui vous prend, Sébastien, vous me cachez quelque chose ? Attendez quarante-cinq ans pour travailler comme ça, le surmenage est un signe de panique, de vieillissement prématuré.

J'arrivais dans le Marais vers 15 h 30 et repartais vers 19 heures, le temps de descendre un petit verre avant de retourner à mes obligations familiales.

J'insiste sur ces horaires car ils joueront un rôle essentiel : ma passion, pour s'exercer, devait être contenue dans des bornes strictes qui en attisaient la ferveur.

Qui veut de moi ?

Restait un problème de taille : je n'avais pas une cliente. Anita et Florence m'avaient promis de m'envoyer des amies. Mais habituées des grands hôtels, elles devaient trouver mon perchoir un peu trop acrobatique. La plupart des êtres tentent de sortir de la vénalité : mon souci était d'y entrer. Je commençai par acheter la presse spécialisée, naviguai sur le Net. L'idée de m'affilier à un réseau me rebutait. J'étais un petit producteur indépendant, jaloux de sa liberté. J'entassai bientôt chez moi une véritable bibliothèque de revues légères, remplies de créatures déshabillées. J'y appris le sens de certaines abréviations : TBM ne signifiait pas Très Bon Marché mais Très Bien Monté, TP ne voulait pas dire Travaux Publics mais Tour de Poitrine, TGB signalait non la Très Grande Bibliothèque mais une Très Grosse Bite. Quant à caviar et champagne, ils renvoyaient à la scatophilie et à l'urophilie. Je tentai toute une semaine de rédiger une petite annonce bien tournée. La chose se révéla plus ardue que prévu. Je ne pouvais exposer les choses tout de go comme ce graffiti écrit au feutre dans un wagon de métro et que j'avais recopié :

— I am a french gay, 06 14 12 05, je suis un bon suceur (dit-on).

J'avais décortiqué ce communiqué avec minutie, mot après mot. D'abord l'amorce pédante en anglais pour accrocher d'éventuels étrangers. Ensuite l'affirmation audacieuse d'une compétence tempérée par une parenthèse de modestie voire de doute. Conclusion : le rédacteur de cette dépêche n'était sûr ni de son anglais ni de ses talents sexuels. Mauvaise pioche ! Hélas, si j'étais prompt à critiquer les autres, je ne faisais guère mieux. J'envoyai à un magazine intitulé *La Vie Parisienne* la missive suivante :

— Homme jeune, doté de solides appétits, recevrais dans un endroit discret toute personne de sexe féminin sans discrimination d'âge ou de couleur. Fantaisies acceptées.

J'indiquais un numéro de téléphone et une adresse e-mail. Un double souci m'animait : attirer l'attention tout en restant poli. Je répugnais aux énoncés trop explicites, j'exercerais ce métier avec les armes de la délicatesse. J'attendis de longues semaines une réponse. On était déjà au printemps, cela faisait neuf mois que la providence m'avait éclairé et je craignais de ne pas être à la hauteur de cette élection. Mon répondeur n'était encombré que de raccrochages ou d'insultes. Je le compris alors : la complication même de mon message le rendait obscène, la mention des femmes de couleur devait en refroidir plus d'une. Il fallait presque un dictionnaire pour le déchiffrer, ce qui accroissait le soupçon de pathologie. Je repris mon ouvrage, me replongeai dans l'univers des publicités libertines. Les femmes disaient par exemple : « bonne amante, très maternelle, cherche homme aimant téter car suis très sensible des seins » ou bien « escort-girl dilettante, 31 ans, d'allure hitchcockienne, le feu sous la glace, se déplace uniquement pour gentleman élitiste ». Les hommes, eux, étaient plus brutaux : « jeune homme, bon membre, 23 centimètres, actif/passif cherche à rencontrer hommes, femmes ou couples »; ou bien « gros lard soumis servira femme ou couple en tenue de soubrette ». Ou encore : « Tu veux te faire un beau mec, te prendre une grosse queue en toute discrétion ? Appelle-moi vite ! » J'étais envieux des aptitudes affichées par certains comme s'ils avaient aligné un diplôme de plus dans la course à un emploi. J'étais partagé entre diverses tentations : celle de dire la vérité sans fard en l'accompagnant au besoin d'une photo (mais je me voyais mal prendre mon appendice au Polaroïd) ou celle d'écrire un petit texte élaboré qui signale à la fois la sauvagerie de mon désir et l'étendue de mon raffinement. Devais-je mentionner mon statut de normalien et d'énarque ? Qu'il était difficile de se vendre ! Il me fallait obtenir le maximum d'impact avec le minimum de mots. Je fis plusieurs essais et me décidai pour l'accroche suivante :

— Toi qui es seule, qui t'ennuies, viens me voir. Je t'accueillerai dans un décor chaleureux pour câlins et massages. Je t'attends de 18 à 60 ans.

Cette dernière phrase était une erreur : dans mon œcuménisme, j'oubliais qu'une jeune femme n'avait aucune envie de voisiner dans le lit d'un homme avec une grand-mère. J'envoyai cet énoncé sur la Toile, j'avais pris pour pseudo « Marsupilami », l'enregistrai également pour des radios de la bande FM. Mais je refusai d'y adjoindre un cliché de mon sexe en érection. Reste de pudeur ou crainte de décevoir, je ne sais ? J'avais beau le mesurer dans tous les sens, il n'atteignait jamais les mensurations faramineuses affichées par les autres postulants. Je collais également des affichettes contre les murs, sur les tuyaux de gouttières avec languette à décoller. J'étais perplexe : séduire c'est rassurer, donner des preuves de sa bonne foi, après quoi on peut s'abandonner. La quête sexuelle s'avance masquée sous peine d'effaroucher. Mais cette nouvelle tentative n'eut guère plus de succès. Comme avant, ce fut le silence. Tant d'hommes devaient tenter la même démarche, poussés par la faim, le besoin que ma requête semblait ampoulée, ridicule : je n'avais pas le feu aux tripes, cela se sentait. J'étais un vrai bleu, recalé aux portes de la maison close dont je me voulais le fondateur.

Je rappelai Anita : constatant mon désarroi, elle promit de m'envoyer une de ses amies qui montait à Paris, une pharmacienne de Pau qui se morfondait en ménage et voulait pimenter l'ordinaire. Cette nouvelle me réconforta car j'étais sur le point de renoncer. Je passai les après-midi suivantes dans une certaine apathie à regarder la télévision sur un petit poste que j'avais loué. Il m'arrivait aussi de parcourir les méthodes d'apprentissage de l'hindi et de l'arabe que je m'étais procurées à l'Ecole des Langues Orientales, l'Inalco, où je m'étais inscrit. Je tentais maladroitement d'en reproduire les splendides calligraphies. Je baguenaudais, faisais de longues siestes, époussetais ma chambre, promenais l'aspirateur, arrosais les fleurs sur ma terrasse. Avant de repartir, je me masturbais sur les revues, histoire d'entretenir l'ambiance, de ne pas me sentir tout à fait inutile.

Mes débuts furent donc lamentables. On dit beaucoup que le corps est une marchandise : personne ne voulait de la mienne. Il me manquait un don qu'on ne m'avait pas enseigné. A Paris, chaque soir, disent les statistiques, 50 000 mâles sont à la recherche d'une fille. Mais combien de filles en quête d'un mâle ? C'est à elles que je voulais m'adresser. Dans la société de services où nous évoluons, je représentais forcément une niche d'opportunités. Je décidai alors de m'informer auprès des professionnelles. J'allais dans les mauvais lieux, là où le marché de la femme prospère dans la capitale, c'est-à-dire presque partout puisque Paris est depuis toujours un bordel à ciel ouvert. Je rôdai des bars à hôtesses de Pigalle jusqu'aux Boulevards Extérieurs où sévissent les échassières sans oublier les élégantes de l'avenue Foch, les lionnes de la rue Saint-Denis, les bucoliques du Bois ou les petites mains des salons de massages. Ce que je vis me glaça d'abord : je frôlais des rustaudes habillées de tissus criards et qui faisaient claquer dans leurs paumes d'énormes godemichés couverts d'un préservatif, des garces fessues au langage de poissardes, des brutes râblées, courtes sur pattes, qui grondaient, sentinelles préposées à la défense du petit commerce. Sans parler des vieilles cocottes momifiées sur leur bout de macadam, tremblantes sur leurs gambettes et qui passaient plus de temps au zinc à siroter un petit canon qu'à l'horizontale sur le lit. Des troupes d'hommes, agglutinés comme des vautours, regardaient avidement ces corps dénudés où éclataient des masses de chair blême, des veines bleuâtres. Il y avait quelque chose de sacré dans cette dévoration par les yeux. Je compris alors l'attrait des prostituées. Ces femmes dites publiques sont en fait inaccessibles et n'appartiennent à personne. Ce sont des Eves lointaines qui n'ont plus de rapport avec l'humanité ordinaire.

Peu à peu je triais le bon grain de l'ivraie. Je devins sensible à la poésie crapuleuse des quartiers réservés, aux idoles harnachées, noires, arabes ou blanches des rues chaudes, encadrées dans les portes cochères comme des tableaux vivants, à leur froideur d'aristocrates, à leur mépris affiché pour tous ces couillus en goguette qui leur tournaient autour. Je me pris à aimer leur luxure expéditive, leur vice intéressé, la manière experte dont elles exécutaient le désir après l'avoir éveillé. Ces soldats en faction, embusqués aux carrefours et qui vous arrêtent pour vérifier l'état de votre libido, me paraissaient les avant-gardes d'une vaste armée de la bienfaisance. Leurs tendres pièges représentaient à mes yeux le comble de l'altruisme. Je poussais le zèle jusqu'à monter avec certaines d'entre elles dans des studios sordides ou l'arrière-salle d'ateliers de confection. J'allais me faire branler rue Fontaine, tout près de chez Julien, par des mamies en string qui me recevaient dans une cuisine réaménagée, m'allongeaient sur une planche à repasser tandis que la télévision braillait et qu'un gros matou dormait sur un fauteuil. Je me rendis aussi chez une fausse gitane, porte d'Asnières, qui m'accueillit à demi nue sous la ceinture face à un guéridon sur lequel était posée une boule de cristal. Un spot rouge sang éclairait la table. Elle ne manquait pas d'humour et d'une voix sépulcrale disait invariablement :

— Je vois que tu vas bientôt baisser ton pantalon, je vois une union sexuelle très proche. Prépare-toi !

J'appris qu'on appelait les clients des œufs coque puisque la durée d'un rapport ne doit pas excéder idéalement leur temps de cuisson. Je constatais à quel point la fellation est sœur jumelle de la sculpture : il s'agit d'édifier avec sa bouche une statuette turgescente et rigide jusqu'à faire briller le gland comme un soulier verni. Mais c'est un art éphémère et l'organe ainsi dressé est voué à fléchir tel un cierge qui se consume. Je fus étourdi par la diversité des tarifications, selon qu'elles concernent la satisfaction manuelle ou buccale, le massage anal ou le rapport complet. Je me disais que le corps est un cadastre divisible à l'infini et dont chaque millimètre, chaque organe peut faire l'objet d'une négociation aussi âpre que celle des diplomates lors d'un accord de paix. Le détachement de ces dames me chavirait : la même attention était prodiguée à chacun avec la même absence d'intérêt. Ces bonnes ouvrières vous demandaient simplement de ne pas trop les bousculer et surtout de finir vite votre petite affaire. Avais-je ma place dans ce monde ? Etais-je assez froid, déterminé pour m'engager dans cette voie ? A tous ces Minotaures femelles, je posais les mêmes questions sur leur métier mais rencontrais un mur de silence. Ce fut une robuste Toulousaine de vingt-sept ans rencontrée rue Sainte-Apolline – j'aime que des saintes protègent de leur moralité les rues mal famées – qui me dessala. Elle m'avait hélé :

— Alors, jeune homme de bonne famille, on monte ?

— Je ne sais pas.

— Tu ne sais pas quoi ?

— Si je suis vraiment de bonne famille.

— Moi aussi, je suis de bonne famille mais j'ai mal tourné.

Quelques instants plus tard, sur la courtepointe crasseuse d'un lit branlant, ma verge ceinturée de latex jusqu'à la garde, je la bombardais de demandes.

— Tu es journaliste, tu fais une enquête ? Si c'est le cas, tu ferais mieux de partir.

Je lui repayai le prix d'une autre passe et avec des mots embarrassés, de longues périphrases, lui dévoilai mon projet. A mon grand désappointement, elle me rit au nez.

— Toi, tu veux tapiner ? Mais mon chou, regarde-toi, tu n'y arriveras jamais. Tu es beaucoup trop... convenable. Pour faire ce métier, il faut avoir un vice ou crever la dalle, manquer de tout. Rentre chez toi sinon la rue te détruira.

Les bontés de la pharmacie

Je marchai jusqu'au Marais profondément abattu. Ces phrases résonnaient dans ma tête à la manière d'un verdict. J'étais perdu pour la luxure, la passion, la vie intense. Je repensais à mes petits textes polissons et les voyais avec le recul comme des SOS pathétiques. J'allais résilier mon bail, reprendre mon existence terne d'avant. Je n'en pouvais plus de faire tapisserie dans ma chambrette. Comme j'arrivais, le téléphone sonna. C'était Anita. Elle avait une excellente nouvelle pour moi : la pharmacienne de Pau arrivait le lendemain à 16 heures, gare de Lyon. Elle raffolait des truffes au chocolat et du thé Earl Grey. Je lui avais été chaudement recommandé. Elle était prête à monter cinq étages pour un moment de tendresse. Elle nécessitait soins et prévenances.

— Surtout, ne foire pas ce coup-là, c'est ta grande chance.

Aussitôt je repris espoir. Je passai une nuit fébrile comme un étudiant à la veille d'un concours. Le lendemain fut un de ces jours miraculeux de mars où un chaud printemps s'invite avec un mois d'avance et fait régner la promesse d'un midi éternel. A 15 heures, pour me calmer, j'allai à pied du ministère à la rue Vieille-du-Temple. Paris regorgeait d'optimisme pareille à une métropole rescapée de l'Histoire et prête à vivre hors du temps, si belle qu'on en avait le souffle coupé. Dans mon enthousiasme, je la voyais comme la ville érotique par excellence où l'on s'enflamme sur un coup d'œil, où le thermomètre archaïque de la Tour Eiffel donne la température amoureuse des lieux. Alors que sur chaque cité américaine plane un impératif discret : sois quelqu'un ou va-t'en, Paris ne murmure qu'une chose à satiété : aime, aime autant que tu peux. J'adorais ma ville d'une passion inconditionnelle et je sentais qu'elle allait me le rendre à profusion. Un grand ciel haut comme une tente recouvrait la capitale, l'air était doux, une légère brume brouillait les contours des édifices, en atténuait les angles. Un petit nuage de pollen détaché des premières fleurs des arbres me chatouillait les narines. Je m'arrêtai au café pour boire un petit noir et reprendre courage. Le matin même, en me rendant au bureau, sur la ligne 13, j'avais vu une jeune étudiante brouter la barbichette de son amant. Elle était mince, blonde, rieuse, lui gros et fat ; on aurait dit un cabri dévorant le lierre d'un chêne. J'y avais perçu comme un bon présage : l'amour après tout est aussi de l'ordre du pâturage.

La personne arriva vers 16 h 30, un petit sac de cuir noir à la main. Elle s'appelait Anne Sophie, avait le bout du nez rose, portait des chaussures à talon plat, un manteau de laine beige sur un tailleur gris à carreaux. On eût dit une directrice d'école venue annoncer aux parents le renvoi de leur rejeton. Elle avait à peine poussé la porte de mon studio qu'elle recula :

— Oh, pardon, je me suis trompé d'étage. J'allais voir ma sœur qui...

Anita m'avait averti de cette timidité maladive.

— Vous ne vous êtes pas trompée, c'est bien ici !

— Vous êtes sûr ?

— Tout à fait. Si vous le souhaitez, je laisse la porte entrouverte. Vous pourrez partir quand bon vous semblera.

— Oh oui, s'il vous plaît.

Elle avait un accent chantant. Un quart d'heure plus tard et alors que nous avions évoqué Anita en long et en large, elle n'avait toujours pas posé son sac ni ôté son manteau. Elle examinait les lieux avec un soin maniaque et je me fis l'effet d'un agent immobilier aux prises avec une cliente tatillonne. Je lui servis un thé ainsi que les friandises recommandées. Elle y toucha à peine, but quelques gorgées d'un air dégoûté comme si je lui avais versé de l'ammoniaque dans sa tasse. Pour finir, elle m'avoua :

— Vous savez, c'est la première fois que je fais ça (c'était un gros mensonge). Que voulez-vous de moi ?

— Que vous buviez votre thé et mangiez un peu de chocolat.

— Rien de plus, vraiment ?

J'étais happé par le trac comme un débutant. Le temps passait, nous ne progressions guère. Elle-même semblait sous l'effet d'une panique incontrôlable qui se communiquait à moi. Avec son long nez vermeil, son corps menu, elle ressemblait à ce personnage familier aux enfants : Mimi la Souris. Elle avait d'ailleurs une petite intonation pointue et quasi inaudible. Nous étions deux puceaux de l'amour tarifé et nous allions droit au fiasco. Je devais rétablir la situation. Je ne pouvais tout de même pas l'interroger sur le système des soins dans les Pyrénées-Atlantiques ! Sa peur, quasi palpable, diffusait une odeur âcre qui emplissait la pièce. Je m'assis à ses pieds, lui pris les mains. Elles étaient glacées, les miennes aussi. Elle tressaillit.

— Non, pas encore, pas maintenant.

— C'était juste pour vous réchauffer.

— Laissez-moi, allez vous rasseoir.

Elle m'adressa un sourire navré. Brusquement, elle se leva, rassembla ses affaires, décréta en fermant les yeux qu'il valait mieux qu'elle parte. Piteusement, je quémandai au moins un baiser. Je la saisis par les épaules, elle détourna son visage, le menton tremblant, éclata en sanglots. C'était bien ma veine. Et dans un flot de paroles confuses, entrecoupé de reniflements, elle me sortit une invraisemblable histoire de mari infidèle mais jaloux qui ne la touchait plus. La glace était brisée mais le charme aussi. Mimi la Souris avec sa figure dévastée, labourée par les larmes, repoussait toute idée de conjonction charnelle. J'avais peut-être surestimé ma capacité à désirer n'importe qui. Je l'invitai à se moucher, à se rasseoir.

— Je vous dois combien ? demanda-t-elle entre deux hoquets.

Je déclinai, écœuré à l'idée d'être assimilé à un médecin. La séance tournait au vaudeville. Cette fois, j'allais mettre la clef sous la porte. La dame dut sentir mon exaspération. Avec un à-propos qui m'étonna chez un être aussi abattu, elle opéra une volte-face.

— J'ai été ridicule, pardonnez-moi. Est-ce que vous m'accorderiez une seconde chance ?

J'acquiesçai et compris qu'à défaut de commettre des folies de mon corps, j'allais surtout calmer les âmes perdues, combler le manque d'amour. Je m'étais rêvé fornicateur, je finirais consolateur.

Ma pharmacienne revint le lendemain et me dit sur le pas de la porte :

— On n'est pas obligés, vous savez.

Tous rideaux tirés, dans un noir quasi absolu, j'avais acheté des occultants épais pour ménager la pudeur de mes visiteuses, elle m'accorda ses faveurs douillettes en murmurant : doucement, doucement. Une émotion d'une qualité particulière s'installa et nous submergea. Elle promit de revenir lors de son prochain passage et me quitta toute guillerette. Alors, inaugurant une pratique qui allait me devenir familière, j'ouvris sur mon ordinateur un dossier au nom de Mimi la Souris et retranscrivis dans le détail nos deux entrevues, soulignant les moments les plus étonnants de notre étreinte. J'en protégeai l'accès sous le mot de code : ZOB. Ce n'était pas très élégant, j'en conviens, mais facile à retenir.

J'avais donc mis près d'un an à réaliser mon rêve. Après ma pharmacienne, je restai de longues semaines au chômage, à faire le pied de grue dans mon petit clandé solitaire, partagé entre découragement et opiniâtreté. Dès le mois de juin, la situation se débloqua, comme par miracle. Ma gentille apothicaire avait parlé dans sa région en ma faveur. Elle m'envoya plusieurs de ses amies : encore un peu et j'aurais toutes les professions libérales du Sud-Ouest. Le mécanisme était enclenché, je gagnais une toute petite réputation au fin fond des provinces basque et béarnaise. Une modeste rotation se mit en place. Et si je ne recevais qu'une ou deux personnes par semaine, je les traitais avec un luxe d'égards dignes d'un monarque. J'expérimentais enfin l'enivrante possibilité d'être convoité pour mon corps et rien de plus.

Un autre obstacle apparut alors : j'étais rongé par l'appréhension, avant chaque visite j'étais le siège de toutes sortes de dérèglements physiologiques, mains glacées, crampes, douleurs crâniennes. Les corps ne m'étaient pas tout de suite aimables et le mien pas tout de suite bien disposé. C'est l'argent qui m'aida à surmonter cette réticence et joua le rôle d'un merveilleux libérateur. Le fait d'être payé me faisait basculer dans un univers où les critères habituels du permis et de l'interdit, du déplaisant et de l'appétissant n'avaient plus cours. L'argent n'a jamais été le chemin de mon cœur, je ne l'aime pas plus que je ne le méprise : mais il possède un formidable pouvoir de transformation, et change l'être le plus banal en divinité désirable. La peur était réciproque : en chacune de mes « camarades » je constatais ce même cocktail de crainte et d'envie face à un acte illicite et pourtant délicieux. La même qui m'expliquait au téléphone son horreur de nos rendez-vous se retrouvait une heure après sur mon lit, jambes ouvertes au compas, à susurrer de tendres exhortations. Nulle hypocrisie dans cette conduite mais la preuve d'un conflit intérieur qui me rongeait également. Je me souviens de cette journaliste dans un quotidien de gauche du matin, mère de trente et un ans qui s'ennuyait au foyer et quêtait des émotions plus épicées que le brouet conjugal. Je devais lui servir au moins trois verres de vin avant qu'elle ne consente à un baiser sur la bouche. Elle s'en voulait ensuite, me maudissait, plaidait en faveur de la monogamie, de la pureté conjugale. Après de longues semaines de bouderie, elle réapparaissait, affamée, secouée de dégoût pour son mari, me jetait les billets de banque à la figure, prête aux pires égarements avant d'être à nouveau rongée par le remords.

Mes capacités copulatoires étaient celles d'un mâle ordinaire qui a juste décidé d'en faire le centre de sa vie. J'étais un instrument docile au service de mes amoureuses, un être disponible qu'on prend et qu'on laisse à volonté. J'aurais apprécié qu'on me siffle dans la rue comme un chien. Je suis un homme facile, n'importe qui peut m'avoir quand je suis bien disposé, je ne fais pas de chichis. Je possédais au bas du ventre un petit moteur qui se déclenchait au moindre contact, j'avais des aptitudes animales pour ce métier.

Je n'étais pas mesquin : je ne mesurais pas le temps de mes prestations et pouvais rester plusieurs heures avec la même femme si tel était son souhait. Pendant que ce pauvre Julien se tailladait les veines et se découpait en lanières pour résister à je ne sais quel interrogatoire, moi je prodiguais du bonheur. Un jour je compris le sens de mon activité. J'étais dans un café à l'angle de la rue des Ecouffes. J'aimais le Marais, ce quartier de la nouvelle bourgeoisie émancipée qui juxtapose le sacré et le profane, les yeshivas et les backrooms. Comme tous les garçons regroupés dans ce périmètre pour y vivre selon leur inclination, je réclamais moi aussi le droit à l'indifférence et que nul ne s'occupe de moi. Dans ce bistrot, sur une banquette face à la mienne, une jolie brune en cardigan jaune embrassait un godelureau à bouche que veux-tu. Au lieu de fermer les yeux comme le veut la convention, elle les gardait ouverts et me souriait. C'était pour elle un jeu innocent, ce fut pour moi un déclic. Honorer un être tout en promettant à un autre qu'il obtiendra vos faveurs s'il sait attendre, telle devint ma profession de foi. Mes coïts en vrac dessinaient un sillage passionné où chaque femme prenait le relais de la précédente et tendait la main à la suivante. Je pratiquais l'amour du prochain mais surtout l'amour de la prochaine, de celle qui viendrait après. Et si certaines rayonnaient plus que d'autres, elles n'en étaient pas moins soumises à la même loi de l'alternance. D'une femme tenue dans mes bras, rien ne m'était plus triste que de penser qu'elle serait la dernière : je la désirais à proportion de celle qui lui succéderait. J'étais un adepte fanatique du principe de circulation, je ne goûtais que l'amour en série même s'il n'exclut ni les affections ni les prédilections. Et je tordais les sexes comme des éponges vivantes d'où ruisselait la volupté.

La magie de la passe, c'est la disponibilité sans le malheur des rebuffades, c'est la jouissance moins le fardeau des conséquences. Une fois le contrat rempli, plus un regard, plus un mot. Ma faim se nourrissait d'elle-même, je n'étais jamais rassasié et attendais avec fébrilité les nouveaux objets que le hasard m'envoyait. Quand le clairon joyeux de la sonnette retentissait, annonçant d'exquises batailles, mon cœur s'emballait. Au seul bruit des pas montant l'escalier, je pouvais esquisser le corps de celle qui approchait : martèlement léger des talons aiguilles progressant avec prudence, glissement souple des baskets volant de marche en marche, lourdes semelles raclant les tomettes et s'arrêtant à mi-chemin, cadence régulière des souliers plats qui savent où aller. En général le dernier étage était gravi plus discrètement comme si la personne voulait surprendre un bruit insolite, se recomposer un visage après la fatigue de l'ascension. J'étais déjà en érection quand de petits coups brefs étaient frappés à la porte. Je n'avais plus de clientes – mot vulgaire –, je n'avais que des fées, des anges que j'accueillais de la façon la plus courtoise. Je me voulais un guide vers l'Eden, j'étais le berger qui rassemblait les agneaux égarés du troupeau et les menait à bon port. J'avais pris le pseudonyme de Virgile par analogie avec le poète qui conduisit Dante de l'Enfer au Paradis. Sur une table basse, je disposais en toute saison une belle coupe remplie de fruits frais, cerises, mandarines, mangues, lychees ainsi que des pommes lustrées, polies comme des joues d'enfant. Des bols débordant d'amandes enrobées de chocolat, de truffes à la poudre de cacao, de bâtons de gingembre, de biscuits fins étaient répartis sur chaque table de chevet. Tous les trois jours, j'achetais un nouveau bouquet de fleurs évitant les espèces trop odorantes ou enivrantes. J'allumais des bougies, des bâtonnets d'encens. L'hiver, le nez de mes anges rougissait comme une braise. Des fleurs de givre poussaient sur les carreaux. Je leur offrais des grogs. Chaque fois qu'une inconnue entrait dans mon studio, fût-ce pour une heure, j'avais un spasme dans le ventre, les parois de l'horizon s'élargissaient, une source de lumière me dispensait sa bonté. Je n'aimais pas les personnes mais la situation dans laquelle elles m'apparaissaient. Il y eut un moment où je compris que je pouvais convoiter n'importe quelle femme avec la même voracité sans éprouver un sentiment de répétition. Dès lors, je fus heureux. Ma vie entière s'écoulait dans les quelques centimètres qui séparent la bouche d'une fée de son sexe. Après leur départ j'allais renifler sur les draps ou le dessus-de-lit les résidus de la joute sensuelle dont les tendres émanations m'enivraient.

Des fastes royaux

Sitôt que je parvenais dans ma chambrette, je glissais dans une autre dimension du temps et fermais ma porte au monde. Je changeais de nom, de garde-robe, j'endossais mon costume de scène, chaussures en toile, pantalon léger, chemise flottante. Tous mes anges étaient merveilleux par un côté ou par un autre : les cantatrices qui entonnaient leur plain-chant dès le premier baiser; les reines qui s'abandonnaient avec l'indolence d'un animal de luxe; les endimanchées qui avaient briqué leurs parties intimes comme un pont de bateau, s'étaient mises sur leur trente et un génital; les élégantes qui gardaient leurs lunettes de soleil pour ne pas déroger; les maternelles qui m'apportaient des confitures; les ardentes qui coulaient à pic dans le plaisir telle une pierre; les monothéistes qui ne jouissaient qu'une fois, les polythéistes plusieurs, les agnostiques jamais. Au bas de chaque ventre, une petite porte battait qui ouvrait sur des prodiges.

Le grain de la peau, les membres alanguis, l'haleine exquise, les petites culottes de la taille d'un timbre-poste, tout m'était occasion d'étonnement. Que venaient chercher mes fiancées auprès de moi? Pas seulement l'amour interdit, brutal mais cette joie de l'enfance qui consiste à être cajolé, bécoté, enveloppé par des mains aimantes. C'est ainsi que je concevais ma nouvelle vie : rendre à des anonymes au centuple l'affection que mes parents m'avaient portée. J'avais toujours su plus ou moins que l'amour est la passion des grands nombres et je voulais, en tenant boutique de mon cul, me faire l'agent de cette multitude, le propagandiste du multiple. Pour la première fois, je me sentais libre et juste comme on le dit d'une note qui sonne bien.

Il faut croire que le bouche à oreille m'était favorable : les demandes affluaient. On me savait poli, discret, travailleur, je ne laissais jamais une femme en plan. Mon humble labeur côtoyait souvent le sublime. Je me souviens d'un jour d'hiver froid et hostile où la nuit était tombée à quatre heures. De ma terrasse, je voyais Paris illuminée ; les toits de zinc, mouillés par une averse de pluie et de neige mêlées, avaient des reflets liquides. Découvrant sur mon lit une certaine Natacha, receveuse aux impôts dans le Xe arrondissement, un trésor de chair grasse vautrée sur mes oreillers, dodue comme un bébé, douce comme un abricot, avec une vulve minuscule enfouie telle une maison de poupée, je la trouvais si gracieuse, appétissante que, prenant conscience de ma chance, je m'effondrais en pleurs. J'étais dans la situation d'un adulte à qui l'on annonce que le Père Noël existe bien et qui doit réviser d'un coup trente ans d'incrédulité. Mes quartiers étaient modestes par leur superficie mais luxueux par leur fonction : ces fastes royaux me dédommageaient de tous les prestiges sociaux que je négligeais, de la carrière que je sabordais. Avec mes fées, j'avais des conversations de coiffeur, je leur parlais du temps pourri, des vacances, de l'horoscope, des amours des stars, je les complimentais sur leur habillement, leur forme physique. J'étais la version hard du moniteur de ski, du masseur. Je dois dire ici que la prostitution ne laisse pas d'être chaste. Je croyais croiser fureur, luxure, bestialité ; on me réclamait surtout affection et câlins très forts, les yeux clos. Qui a dit que la civilité avait disparu ? Nous faisions preuve d'un tact que les amants ordinaires ne connaissent plus, nous mêlions l'effronterie et la bonne éducation. Et comme elles étaient convenables après, repeignées, remaquillées, essoufflées peut-être mais ravies, répétant : oh, ma baby-sitteuse ne va pas être contente, mon boss m'attend, je dois passer prendre mon mari. Le souci domestique succédait au souci érotique sauf pour les rares qui, après l'amour, s'affaissaient, se dégonflaient doucement et s'endormaient.

Ma fonction de courtisan amateur ne se limitait pas à l'acte physique, il relevait presque du dévouement. Je recueillais des confidences, réconciliais des familles, réparais des couples brisés. On s'ouvrait à moi sans crainte, je plongeais dans l'intimité des êtres, j'étais sans danger. Combien de maris me devaient sans le savoir une meilleure entente, une sexualité régénérée ? Je faisais office de marabout, de thérapeute, j'écoutais les doléances de jeunes personnes qui se plaignaient de ne pas trouver d'amoureux, je rassurais des plantureuses aux lourdes mamelles qui rêvaient de légèreté, je confortais des plates qui s'excusaient de ne pas avoir de seins. Et quand l'une d'elles, après un long travail de musculation en salle, revenait me voir en disant : « Cette fois, je crois que j'aime enfin mes fesses. Je vais oser le string cet été », j'étais heureux comme un maître d'école qui a tiré un enfant de l'illettrisme. Je veillais sur mes dulcinées comme sur un pensionnat. Etre pris pour un gigolo ne me dérangeait pas : j'avais choisi ce passe-temps, je l'avais même conquis de haute lutte. Et que la plupart de mes fées me regardent comme un demeuré, un piston sans cervelle me semblait naturel. Je me gardais de les détromper, ne laissant traîner que des revues de dentiste sur les tables. Si je m'étais mis à pontifier, à étaler mon savoir, elles auraient déserté la place sur-le-champ. Ma soif de bonté était si grande qu'il m'arrivait au terme d'une journée bien remplie de courir chez une professionnelle où je lâchais tout, l'argent et la semence, dans une rapide dilapidation, avide de renverser les rôles, de boucler la boucle par une ultime diablerie.

L'amour sans préférence

J'exerçais ma profession dans le dédain total des critères esthétiques. Le trouble sensuel n'est pas lié à la beauté mais à la nouveauté d'un corps dont l'exploration donne le vertige. Le désir pour naître a besoin d'une certaine imperfection, il est sensible aux petits défauts qu'il célèbre et rachète dans son élan quand les très beaux visages, enfermés dans leur minéralité, dégagent quelque chose de glaçant. J'aimais le travail du temps sur les êtres, suivre du bout des doigts l'entrelacs des rides au coin de la bouche, les plis de la chair dans le cou, le froissé d'un ventre un peu relâché, j'aimais la douceur de papier de soie de leur peau, les organes lourds qui tombaient avec grâce comme écrasés par leur propre inertie, les marques du bronzage qui annonçaient les zones brûlantes, l'imprimé des agrafes et des ceintures sur les hanches qui dessinaient des hiéroglyphes. Bourdon chargé de titiller mes reines, j'allais de surprise en surprise, rien ne me rebutait. Ces corps gâtés, un peu empâtés m'excitaient terriblement. Les flancs épais, les cuisses marbrées, les seins veinés, crevassés disaient l'expérience, l'aptitude à jouir mieux que la silhouette élancée d'une sylphide.

Ces femmes mûres venaient à moi non parce qu'elles étaient plus âgées mais parce qu'elles étaient plus libres. La jeunesse est le temps de l'absolu, c'est-à-dire des préjugés. Et quand m'arrivait par hasard une jouvencelle envoyée par sa mère pour se déniaiser avant le mariage, je la trouvais aussi impeccable qu'insipide. Je m'interdisais de porter le moindre jugement même quand des viragos aux seins flasques, des créatures felliniennes au bassin démesuré venaient retrousser leurs jupes chez moi. C'étaient des torches vivantes qui brûlaient entre mes bras, chacune était nimbée d'un éclat féerique. Ce qui m'arrivait alors n'était rien d'autre que ce que j'avais ressenti à l'âge de vingt ans : une formidable passion de l'indifférence où la quantité seule comptait. Immergé dans la chaleur d'une bouche, dans le calice d'un ventre, j'étais soumis à une seule injonction : ne préférer personne, choisir de ne pas choisir. A toutes je murmurais les mêmes cajoleries pour les remercier d'exister et d'être là. J'ai toujours apprécié l'affection anonyme dont les chats gratifient ceux qui les approchent et les nourrissent. Ils veulent leur ration de câlins et de caresses et la quémandent au premier venu. Je partageais cette avidité et partais en quête de la même pitance avec n'importe qui. Je n'avais jamais autant déclaré mon amour en général depuis que je n'étais plus capable d'aimer quiconque en particulier. Aucun simulacre d'adoration ne me repoussait et j'entendais donner à ma concupiscence le masque de la tendresse la plus pressante. Les paroles douces créaient une intimité immédiate qui mourait une heure après mais donnait l'illusion de vivre intensément. Le plaisir seul me dictait ces aveux enflammés auxquels je croyais sincèrement sur l'instant. « Si ça n'était pas toi, ce serait un autre. » Voilà ce que les amants devraient se dire quand ils s'enlacent : ils se croient indispensables, ils sont interchangeables.

Aventurier urbain

J'adorais le côté mécanique de mon travail. Je me sentais comme un petit artisan, un horloger effectuant un labeur de précision avec des pièces infiniment sensibles et fines. Après tout, le sexe masculin n'est qu'un outil qu'on nettoie et lubrifie, à mi-chemin du tournevis et du tire-bouchon. Je nageais dans ces femmes comme dans un aquarium dont j'étais le locataire provisoire et jamais le désenchantement ne suivait l'éblouissement de la passe. Je ne sentais pas la fatigue. Je jouissais d'une bonne nature, la queue me repoussait sans problème.

Ma vie se découpait en trois parties : dans la première j'étais un bon père de famille; dans la seconde diplomate et zélé serviteur de l'Etat; dans la dernière call-boy tarifé. Le matin, je partais d'un cœur léger, tout remords aboli, rejoindre mes promises du jour, une fois la parenthèse du ministère close. A midi je déjeunais légèrement, l'excès de nourriture ou d'alcool me coupait l'inspiration. J'avais besoin de garder l'esprit clair, le ventre plat et l'estomac vide pour officier. Entre deux visites, je suivais un protocole rigoureux : je me douchais après chaque séance et restais la serviette nouée autour du cou comme un sportif à l'entraînement. Mes journées étaient des malles à double ou triple fond analogues à celles des contrebandiers entre lesquelles je maintenais une cloison étanche. J'habitais le XVe arrondissement, travaillais dans le VIIe, boulevard Saint-Germain, et œuvrais au bonheur de l'humanité près de la rue des Rosiers. J'aimais cette corruption de la vie ordinaire par la vie subreptice. La plupart des gens, pour changer de monde, doivent s'exiler, rompre avec leur milieu. Moi je n'avais qu'à traverser la Seine et je ne blessais personne. Je m'endormais mari, me réveillais fonctionnaire, me rallongeais catin. J'étais presque étonné de trouver cette carrière, que tous disent abominable, aussi facile : ni statue du commandeur ni mort tragique. Je revenais le soir heureux, vidé, content de rejoindre Bobonne et la marmaille. Besogner trois ou quatre femmes l'après-midi et me retrouver quelques heures plus tard à lire *Babar* ou *les Contes du Chat Perché* à mes enfants sagement assis autour de moi constituait le type de contraste dont je raffolais. J'étais un trait d'union entre des sphères dissemblables. Au bureau, tandis que mon ministre de tutelle pontifiait sur le rayonnement et la grandeur de la France, je songeais avec un sourire béat aux petites luronnes volcaniques qui m'attendaient là-bas dans mon perchoir et je me disais que le monde était bon, qu'il me gratifiait de ses faveurs. J'avais besoin d'autres corps, d'autres peaux comme d'un oxygène pour survivre. Je découvrais chaque jour des géographies nouvelles qui me dispensaient de prendre le large. Je m'étais trouvé depuis longtemps. Ma seule ambition désormais était de me perdre. Ou plutôt de me surprendre. Mon histoire n'était pas celle d'un garçon révolté qui s'assagit avec le temps mais celle d'un homme trop sage qui trouve tardivement sa voie et décroche de son entourage pour connaître un peu de folie.

Le soir, dans le cocon de notre appartement, si joliment décoré, Suzanne m'exposait quelque problème éducatif de première importance. Par exemple, fallait-il pour Noël acheter à nos petits des jeux de construction en plastique ou acquérir, dans une vente consacrée au développement durable, un village africain en bois démontable ? Si elle avait pu lire dans mes yeux mon opinion réelle écrite en lettres d'or : JE M'EN FOUS !, elle en eût conçu de la peine. Or je ne voulais pas la peiner et j'argumentais longuement, pesant le pour et le contre, dans un jugement digne de Salomon ou plutôt du roi des faux culs. Seules me coûtaient les vacances où je redevenais l'otage des miens. Mais redoublant d'ardeur au bureau, je me portais volontaire pour des heures supplémentaires, des stages, des missions d'évaluation dont nul ne voulait tandis que ma progéniture barbotait au bord de l'Océan et que Suzanne s'extasiait, auprès de ses parents, de mon acharnement.

— S'il continue à ce rythme, dans sept ou huit ans, il sera le plus jeune ambassadeur du Quai.

— Puisses-tu dire vrai, rétorquait ma belle-mère qui n'avait jamais vu notre mariage d'un bon œil et le vivait comme une mésalliance.

La vieille bique n'était pas facile à tromper. Quant à mes collègues, ils me prenaient pour un arriviste forcené et ricanaient de me voir déployer tant d'efforts au milieu de l'engourdissement général.

Une sorte d'orgueil naïf me grisait et quand je croisais mes amis, je les plaignais sincèrement. Je les avais laissés si loin derrière moi ! Je cicatrisais peu à peu de la banalité. Au dernier étage de mon immeuble, j'étais un moine dans sa cellule. Parfois, à cette hauteur, une forte brise se levait et je me croyais dans une cabane en Alaska ou dans l'Ouest américain, confronté à des éléments sauvages. Je voyageais par les seuls mouvements de mon bassin. Mais le vent avait beau souffler en bourrasques, faire gémir les murs, tanguer les cheminées, ici régnait, immuable, l'empire de la volupté. Sur mon lit à baldaquin, cette arène de satin blanc couronné d'un dais extravagant, se déployaient de délicieuses mises à mort. J'y éprouvais un double sentiment de sécurité et de vérité. Quand je collais l'oreille à ma terrasse, aux beaux jours, j'entendais un vrai bourdonnement de prairie avec la basse continue des insectes, le vrombissement des abeilles, le sifflement des oiseaux plongeant comme des flèches dans le ravin des rues. Un ruissellement de lumière et de chaleur tombait par la terrasse. Des papillons distraits entraient par la fenêtre et venaient se poser sur les bouquets fichés dans leur vase, des pigeons se pavanaient dans un chatoiement de plumes et s'adonnaient à leurs amours roucoulantes. Dominait là une étrange quiétude liée à une étrange folie. J'étais dans mon cloître face au ciel, n'ayant de comptes à rendre qu'à lui. La cloche d'une église voisine carillonnait toutes les heures, sonnant le départ d'une fée et l'arrivée d'une nouvelle comme si l'archevêché en personne m'accordait sa bénédiction. Cet état dionysiaque dura trois ans, trois ans de gloire irréfutable.

CHAPITRE IV

Les perturbations de l'attachement

La soixantaine venue, mes parents replongèrent dans le gauchisme le plus classique. Fatigués des sarcasmes et des doutes, ils retrouvèrent intacte leur foi dans le romantisme trotskiste, cette poésie du vaincu qui reste, en dépit de sa défaite, seul dépositaire de la vérité. Ils défilaient aux côtés des altermondialistes, défendaient les Palestiniens, les Brigadistes italiens réfugiés en France et fustigeaient leurs anciens camarades, renégats passés à la réaction. Ils opéraient une révolte de type pubertaire contre les adultes qu'ils étaient devenus, réécoutaient avec ferveur les Doors, Lou Reed et les Sex Pistols. Contrairement à la plupart des gens qui veulent paraître plus qu'ils ne sont, mon père tombait dans le snobisme inverse du déclassement : il ne cessait d'invoquer les origines populaires de son milieu pour se défendre d'être un bourgeois. Ce bobo voulait passer pour un prolo : c'était son chic ouvrier à lui. Le moindre dîner en famille dégénérait en imprécations, en disputes. Mes beaux-parents, des libéraux de centre droit, s'offusquaient de ces opinions radicales qui froissaient leur sens des nuances. Quant à l'écologisme de ma mère, elle venait d'adhérer à l'organisation britannique du Front de Libération des Animaux, ils l'attribuaient à l'ignorance pure et simple. Mon beau-père avait travaillé à l'élaboration d'une chimère animale, le lapinchilla, mélange de lapin et de chinchilla, très convoité en raison de sa chair et de sa fourrure, et il tentait maintenant, avec une équipe australienne, de rendre à l'autruche sa vocation d'oiseau en lui préparant une voilure et un empennage capables de faire décoller ses 150 kilos. Ces manipulations révoltaient ma mère qui croyait en la sagesse supérieure de la Nature. Pour elle il existait une solidarité foncière des êtres vivants : les arbres étaient ses amis, l'herbe aussi, elle imaginait la douleur du persil qu'on arrache à la terre, de la carotte qu'on épluche. Les prises de bec n'étaient pas seulement idéologiques. Ma belle-famille, je l'ai dit, était plus riche et mieux née que nous : savoir que les grands-parents de leur gendre étaient de souche ouvrière leur gâchait l'appétit. Quant à moi j'étais du camp de mon désir et je n'avais pas assez de convictions pour adhérer à un parti ou à un autre. Dans le royaume du stupre, les divisions politiques n'ont plus cours. Mon père n'en finissait pas d'opposer la torpeur des temps présents à l'agitation de ses vingt ans :

— Nous avons eu une jeunesse formidable, hein, Maman ? Vous ne pouvez pas savoir les enfants ce que c'était alors : Dylan, la pilule, la guerre du Vietnam et une générosité, une ouverture d'esprit ! Dire que je vais peut-être mourir sans voir l'effondrement du capitalisme !

— Mon petit Marcel, vous êtes tellement pittoresque, disait alors Irène, ma belle-mère, en posant la main sur celle de mon père. Vous êtes presque à l'âge de l'andropause et vous avez encore des emballements de jeune homme. Heureusement qu'il reste des gens comme vous !

J'en voulais à mon père de se laisser humilier de cette façon.

Reprise en main

D'autant que l'heure du rattrapage sonnait : comme en physique, après un mouvement de dilatation venait un mouvement inverse de contraction. Tous mes proches semblaient se coaliser pour me récupérer. J'avais tablé sur un refroidissement progressif avec mes amis, sans fâcherie ni rupture. J'avais tort. Ils ne savaient rien mais l'intuition ne les trompait pas. Ils percevaient ma dérobade et se mobilisaient pour la contrecarrer. Suzanne, elle-même, entretenait avec chacun d'eux de longues conversations au téléphone. Je rêvais de vies cloisonnées, de relations étanches, d'appartements capitonnés entre lesquels rien ne circulerait. Sentant le lacet se refermer autour de mon cou, je multipliais les gages de bonne volonté, honorais toutes les invitations avec une allégresse feinte. J'allais même, preuve ultime de dévouement, jusqu'à déjeuner une fois par trimestre avec mon frère Léon, abasourdi que cette boule humaine soit de ma lignée. Manger face à lui m'était un supplice : le simple craquement du pain sous la pression de ses molaires me donnait la chair de poule. Ses bajoues cramoisies pendaient comme deux sacoches de vélo. Il mâchait la bouche ouverte, avec de vigoureux claquements de langue, ponctuant cette opération de rasades de vin qu'il ingurgitait sans mesure. Je pouvais entendre le liquide descendre le long du tube digestif et se mélanger dans la poche gastrique avec le magma. Sa chemise, sa veste étaient maculées de miettes, de morceaux de nourriture. Il ne me laissait rien ignorer de son corps, m'imposait la tyrannie de son œsophage. J'avais envie de le retourner, de le vider de tout ce qu'il avait dans la panse. Quand je repartais de ces agapes, j'en pleurais presque de fureur, j'aurais pu le tuer sur-le-champ pour le punir d'être si gros et d'oser se goberger devant moi sans rougir. Mon père avait sa théorie sur l'obésité : elle était le produit de l'hyperconsumérisme à son stade ultime qui commande aux êtres d'accumuler n'importe quoi y compris de la graisse. Son fils aîné était une victime du système. Léon subissait ce prêche sans rien dire et dès le sermon fini courait acheter chez le boulanger sa ration de crocodiles et de fraises Haribo qu'il engouffrait à pleines paumes.

Avec les uns et les autres, je m'en tenais à ma déclaration initiale : j'étudiais l'après-midi les langues orientales dans l'école du même nom où je m'étais inscrit en auditeur libre. C'était une fable pitoyable mais je n'en avais pas trouvé d'autre. Les plus perspicaces n'étaient pas dupes de mon affairement, à commencer par ma mère qui soupçonnait une liaison. Ma joie secrète la mettait en rage, cela voulait dire que je n'avais plus besoin d'elle. « Reste avec ton sale bonheur », me dit-elle un jour. Julien lui aussi se montrait sceptique. Il m'invitait à déjeuner, prenait un air de chattemite, m'endormait par un ton badin pour mieux me passer à la moulinette de ses questions. Je déjouais un à un les pièges qu'il me tendait sans parvenir à désarmer sa méfiance. Il devinait les êtres, il nous avait bluffés plusieurs fois par ses intuitions. La discussion traînait, la gêne s'installait, il déployait de touchants efforts pour alimenter la conversation. Sous la jovialité de ses traits perçait la torture d'une âme ulcérée. Il aimait à se croire indispensable et vivait dans la terreur d'être ignoré. Je n'y pouvais rien : depuis la révélation de ses dégoûtantes pratiques, je ne l'admirais plus. Il avait chuté de son piédestal. Tous les stratagèmes qu'il imaginait pour m'enjôler tournaient court. Séparés par nos aspirations divergentes, nous restions isolés, sans nous voir ni nous entendre, chacun au centre d'univers dissemblables. Un jour, il me glissa sans me regarder :

— Tu n'es plus avec nous, Sébastien. Reviens !

Je ne bernais personne. J'en eus la preuve lors d'un autre déjeuner, avec Fanny cette fois. Elle avait pris du galon dans le groupe, était maintenant la numéro deux à ma place. Elle me raconta avec une joie mauvaise une aventure récente : un malotru dans un bar l'avait harponnée puis insultée, traitée de « sale niakoué ». Julien, elle avait justement rendez-vous avec lui, avait corrigé le grossier personnage dans un silence de mort avec une force qui aurait brisé un gorille. On entendait, paraît-il, le bruit sec des doigts sur le crâne. L'individu tombé par terre, le nez brisé, pleurait, quémandait la pitié, s'excusait. Julien l'avait saisi par le fond du pantalon et jeté dans une poubelle, tête la première. Il avait ensuite fallu calmer notre chef que la bagarre avait enragé : il avait commencé à insulter tout le monde, à proférer des bassesses contre Jean-Marc, son souffre-douleur habituel, arrivé sur ces entrefaites, mais Fanny l'avait arrêté. Elle exultait en me relatant cet épisode nauséeux, plus provocante, plus sûre de ses charmes que jamais. Je lui objectai :

— Tu ne trouves pas que ce sont des méthodes de mafieux ?

Elle sourit : elle me tenait à sa merci, ses longues jambes dénudées frémissaient, elle avait de si belles dents et sa voix basse, un peu rauque de fumeuse, me fit presque défaillir.

— Oui, ce sont des mœurs de voyous. Tous les groupes considèrent leurs règles comme supérieures à la loi. Mais le nôtre n'est pas une prison : nous restons ensemble par amitié. Si tu veux quitter le clan des voyous et rejoindre les gens ordinaires, libre à toi.

Je me sentis affreusement gêné, dansai sur mon siège. Si elle avait tenté de m'embrasser alors, je lui aurais tout avoué.

La situation se détérioriait aussi avec Suzanne : elle avait quitté la télévision pour monter sa propre firme de production spécialisée dans les documentaires scientifiques. Elle se révélait une femme d'affaires redoutable, gagnait déjà autant que moi. Mon indifférence érotique à son égard la blessait. Pour m'appâter, elle s'extasiait sur ma puissance sexuelle, me rappelait nos ébats fougueux. Je me forçais à l'honorer. Dans un couple tous les baisers n'ont pas la même valeur, il en est de révélation comme il en est de confirmation. Le baiser machinal transforme la bouche en chambre d'enregistrement. Il s'agit simplement de marquer son territoire, de vérifier l'appartenance réciproque. Après l'amour que nous faisions de plus en plus rarement, Suzanne me contemplait avec des yeux extatiques comme si nous venions de gravir l'échelle du Paradis à quatre mains. Tous ces émois, ces yeux humides pour une malheureuse galipette ! Elle devenait obsédée à l'idée de me plaire, changeait de tenue deux ou trois fois par jour. Dès que j'hésitais sur un cardigan ou sur une jupe, elle passait autre chose dans l'espoir que je lui délivrerais un certificat définitif de séduction. Le chagrin rend bête, je m'en voulais de la rabaisser, de la transformer en marionnette affolée. Notre couple se maintenait, cahin-caha, dans un état d'invalidité permanente. J'injectais suffisamment de concessions pour le maintenir, pas assez de passion pour le guérir. Les nuages s'amassaient, nous commencions à touiller la soupe rance des rancœurs domestiques. L'exaspération est le climat sentimental des vieux époux qui ont trop mangé au même râtelier et ne supportent plus leur haleine réciproque. Et l'on est un vieil époux dès qu'on a trois ans de vie commune et qu'on s'énerve de trouver l'autre si prévisible, de se constater si conforme à ce qu'il sait de nous. Le mariage est une guerre que deux personnes se livrent pour se punir d'être ensemble. La moindre anicroche nous hérissait. Pour déjouer les périls, Suzanne affichait un optimisme désespérant : fanatique du happy end, elle était toujours en quête de raccommodements. Il fallait vider la querelle, la mettre en mots selon les vieilles recettes éprouvées. Alors, qu'est-ce qui n'allait pas ? Je refusais de répondre, la martyrisais par mon silence. Elle revenait à la charge, se retenait pour ne pas m'insulter. Sa mansuétude, je le sentais, ne durerait pas. Sa mère la montait contre moi. Finalement, elle décida de m'emmener voir un thérapeute. Douze ans, décréta-t-elle, c'est l'âge critique. Nous nous retrouvâmes chez d'aimables charlatans, aux tempes grises, aux têtes d'intellos torturés et qui nous débitaient leur charabia freudien sans conviction. Je m'imaginais leur dire :

— Monsieur, toutes les après-midi, je vends mon corps à des inconnues. Je leur donne la partie de moi qu'elles préfèrent et prends celle qu'elles m'accordent. Ma femme y trouve à redire : ELLE EST VRAIMENT PAS COOL !

Je nous voyais détaillant pendant des années nos chamailleries à un inconnu qui régirait à notre place la table, le lit, le ménage dans une sorte d'adultère payant. Suzanne ne savait comment me retenir. Elle m'accordait des soirées libres, décrivait la vie de couple comme la petite poésie des services rendus, la tendre assistance que se doivent les époux. Elle me disait :

— Etre avec toi, c'est vivre dans un enthousiasme permanent.

— Non ?

— Tu es une énigme que je ne veux pas résoudre.

— Sans blague !

Sa bonne volonté m'anéantissait. Je prenais sur moi, je ne voulais rien perdre, garder un doigt dans tous les gâteaux. Plus je m'égarais dans l'amour mercenaire, plus je tenais à une vie normale de père et de mari. Seul m'attirait l'entrelacement de la norme et de la clandestinité tendues comme les deux bouts d'une même corde.

La nonchalance de l'inconnue

Je me souviens très exactement du jour où j'ai croisé la route de Dora. Je venais de passer une magnifique après-midi avec deux amazones dont l'impudence m'avait tellement subjugué que j'en avais oublié de leur demander mon petit salaire. J'étais loin maintenant de la rigueur des débuts, j'étais devenu une cigale qui accordait ses faveurs sans contrepartie. Mes fugaces épouses me faisaient un tel cadeau que j'aurais dû les payer pour les remercier de monter chez moi. Je l'ai dit, j'aimais avant tout le petit vibrato de la passe, un tournoi dont les figures, librement improvisées, se succédaient, immuables. Telle l'araignée, j'attirais dans ma prison chaleureuse les proies consentantes. Après cette douce affaire, j'étais toujours affamé. Je m'ébrouais, joyeux, détendu et allais, pour me ménager un sas de décompression, croquer un pain au chocolat et boire un verre au bistrot avant de rentrer à la maison. J'appréciais les cafés de ce quartier pleins d'une faune hétéroclite : on y est tranquille sans être jamais seul, ce sont des villages provisoires où l'on choisit ses voisins sans les subir. J'étais en train de lire le journal, absorbant des nouvelles terrifiantes qui n'entamaient en rien ma bonne humeur, levant la tête quelquefois pour voir passer de grands gaillards cadavériques, tout en cuir, chaînes et menottes qui prenaient le thé avec leur maman avant d'aller se déchaîner dans une cave en compagnie d'autres soudards de leur acabit. Bientôt, je remarquai l'une des serveuses, une créature toute en jambes et rondeurs, en jupe courte : elle portait à l'arrière du genou une petite tache de boue. Il avait plu dans la journée, une averse chaude de printemps qui l'avait éclaboussée. Par jeu, je m'imaginais déjà accroupi, mangeant cette terre qui lui maculait la peau si elle m'autorisait ensuite à remonter plus haut. Quand elle se retourna, je vis une grosse bouche, des joues veloutées, des yeux verts dont l'intensité éblouissait comme des phares dans la nuit, des yeux ombragés par de longs cils recourbés dont chaque battement signifierait plus tard ma disgrâce ou mon salut. Tout de suite, j'eus envie de m'en remettre à elle, qu'elle tombe sur moi comme la foudre. Au lieu de quoi, je lui souris et repris ma lecture tonifiante des désastres quotidiens. Je posais sur elle un regard débonnaire : mes sens calmés me dissuadaient des procédures de la drague. Je n'aurais pas levé le petit doigt pour aller lui parler.

Je la revis presque chaque jour, elle était nouvelle dans cet établissement. J'admirais sa nonchalance au milieu de l'empressement général. Dès qu'elle avait un moment de répit, elle ouvrait un épais volume imprimé dans un alphabet étranger et prenait des notes sur un cahier en mordillant son stylo. Probablement une étudiante qui payait ses droits universitaires par quelques heures de service. Elle mastiquait des bonbons et le ressac régulier de ses mâchoires animait un visage de type lointainement africain encadré d'une chevelure frisée dont chaque boucle avait l'épaisseur d'une pelote de laine. Nous nous souriions l'un à l'autre sans nous parler et ce sourire accentué instaurait une intimité factice qui me dérangeait.

Ce tendre examen de nos charmes respectifs dura des mois. Ce fut, je crois, ma feinte décontraction qui l'intrigua. En vérité, plus les jours passaient, plus je la buvais des yeux tandis qu'elle traversait la salle, un plateau à la main, au milieu du vacarme. Je la contemplais d'autant plus que je me croyais désintéressé, immunisé contre les poisons du sentiment. Un jour que j'étais arrivé un peu plus tôt, on était à la mi-août, les affaires roulaient mollement, mes ouailles batifolaient sur la Côte, ma famille aussi, elle me fit porter par un serveur un pli contenant en tout et pour tout un énorme point d'interrogation à l'encre grasse. Je lui répondis d'un PARCE QUE écrit en majuscules et souligné trois fois. Elle me réexpédia sous ma réponse un AH D'ACCORD au feutre rouge. Je l'invitai à venir s'asseoir à mes côtés, nous n'avions pas échangé plus de quatre mots depuis notre première entrevue. Les fadaises que nous énonçâmes alors le furent sur un ton si grave que j'aurais dû en être alerté. Je la retrouvais presque chaque fin d'après-midi et dès qu'elle avait un creux, elle venait boire un verre avec moi. Tout de suite, ou presque, elle m'entreprit sur Dieu. Avais-je au moins une religion ? Moi qui avais été élevé dans l'aversion des curés et des rabbins, je fus d'abord amusé par ce gavage à l'eau bénite. Dora Anse-Colombe, c'était son nom, m'avoua qu'elle parlait à Dieu depuis l'âge de neuf ans. Allons bon, c'était bien ma veine ! L'Eternel l'avait choisie comme interlocutrice et se manifestait à elle sous un double aspect masculin et féminin. Elle suivait des cours de Talmud-Torah en hébreu chaque soir dans le quartier et déplorait l'anticléricalisme fanatique des Français. Dès qu'elle perçut mon ironie, elle se ferma comme une huître. Nous fûmes deux semaines sans nous voir.

Sur mon insistance, elle sortit de sa bouderie. Nous eûmes à nouveau de longs entretiens où les mots comptaient moins que l'intention : nous avions envie de nous parler, peu importe de quoi. Nous marivaudions et cette relation sans but ni objet n'allait nulle part mais allait à bon train. Dora était une « illettrée éclairée » qui avait suivi de nombreuses études sans les achever. Autodidacte frénétique, elle dévorait tout ce qui lui tombait sous la main, des sciences dures à la théologie. A l'âge où d'autres barbotent dans la puberté, elle lisait sans les comprendre Aristote et Platon. De père antillais et de mère ashkénaze franc-comtoise, elle avait une peau mate d'un beau café allongé de beaucoup de lait avec des nuances plus ou moins ocre quand elle était fatiguée et une couleur vieux cognac quand elle bronzait. D'emblée je la baptisai « Miss Caramel ». Elle adorait sa grand-mère paternelle, Naomie Anse-Colombe, une très belle femme, paraît-il, habitant le nord de la Martinique, en pleine montagne, et qui constatait avec tristesse sur le visage de ses enfants et petits-enfants la dilution de son propre teint. L'aïeule dénonçait l'impureté fatale des croisements et imaginait parfois la fin de la race noire par un métissage généralisé qui consacrerait le triomphe du brun délavé, c'est-à-dire de la fadeur. Dora n'aimait pas sentir sur elle cette réprobation et n'allait jamais voir la vieille dame sans se faire rôtir au soleil. Mais alors, ses cheveux châtain clair viraient au blond vénitien. Sa grand-mère lui disait : oui tu es très jolie mais j'en voudrai toujours à ton père d'avoir épousé une métropolitaine. On ne dissout pas un bel espresso dans un bol de crème fraîche.

A l'évidence, Dora ne savait comment concilier ses deux origines : juive et antillaise, elle se posait quelquefois en grande maudite, héritière d'un double malheur, l'esclavage et l'extermination qui l'installaient dans l'aristocratie des réprouvés. Ou bien elle se voulait un pont entre des cultures qui ne se parlent pas, incapable de trancher entre ces appartenances, de choisir entre le christianisme et le judaïsme, se demandant si ce mélange était source de richesse ou de malédiction. Elle avait une sœur jumelle très pieuse qu'elle voyait à peine et qui vivait dans un quartier ultra-orthodoxe de Jérusalem. Tout le monde la prenait pour une Falacha : elle avait fait cinq enfants et ne se donnait à son époux que couverte d'un drap blanc. Dora était la conscience déchirée par excellence : pour elle, exister, c'était expier la faute d'être vivante alors que tant d'autres étaient morts avant elle. Toute son enfance, elle avait rêvé de se sacrifier. En Martinique, elle se mettait des couronnes de fil de fer sur la tête pour ressembler à Jésus-Christ et allait méditer au sommet du volcan de la Montagne Pelée, lui parlait, le suppliait de l'avaler afin de racheter les souffrances des hommes. Chaque année au moment de la saison des pluies, la terre vomissait des milliers de crabes, dits diables rouges, qui descendaient vers l'océan, indifférents au reste du monde, n'obéissant qu'à leur instinct, faisant bouillir le sol dans un tapis pourpre de cuirasses et de pinces. Quand elle vit pour la première fois les crustacés se diriger vers sa maison, elle se coucha sur le chemin, prête à se faire déchiqueter : mais les bêtes aux allures de tanks eurent peur d'elle et la contournèrent. Quelques-uns, paniqués, s'accrochèrent dans ses cheveux. Elle en garda un souvenir cauchemardesque et rêva longtemps qu'une fontaine de crabes lui coulait la nuit par la nuque. Dora ne se posait jamais en victime : sauf quand des Martiniquais, eux-mêmes pétris de préjugés raciaux, la traitaient de « sale juive » ou de « sale mulâtre » ou des Juifs en France de « négresse mal débarbouillée ». Elle s'interrogeait alors : pourquoi ses parents lui avaient-ils laissé une telle succession, pourquoi devait-elle cumuler deux handicaps alors que la vie est déjà si difficile ?

— Quand ma part caraïbe parle avec ma part juive, elles s'invectivent ou s'ignorent, cohabitent comme deux étrangères tombées dans le même corps. Chacune revendique la détresse maximale et accuse l'autre d'usurpation.

Dora se présentait comme l'enfant terrible de sa famille : accumuler les diplômes, embrasser une carrière lui semblait trop convenu. Son père et sa mère menaient une existence sans histoire dans le sud de la France, ses frères et sœurs étaient tous mariés. Elle avait quitté la maison très tôt, vécu en Israël, en Egypte, aux Etats-Unis, passé six mois en Sierra Leone pour une mission humanitaire où elle avait failli laisser sa peau et fait un long séjour en Afghanistan. Baroudeuse par intermittence, il lui fallait les grandes mêlées, les lieux brûlants de la planète, les guerres insolubles. Tout l'opposé de moi. Elle m'affirmait non sans vantardise : je rêve en créole, je pense en arabe, je prie en hébreu et le reste du temps je parle français. Je m'en aperçus vite : son prurit religieux n'était pas simple affectation. Elle évoquait avec passion la Palestine au temps de Jésus, pleine de messies autoproclamés, de zélotes, de faiseurs de miracles. Le Talmud était devenu sa patrie portative, son foyer. Elle entretenait avec sa grand-mère de vraies discussions philosophiques où elle la pressait de se convertir à la foi mosaïque pour rapprocher les deux branches familiales. L'aïeule, animiste et catholique, s'empoignait avec elle sans rien céder.

Quand elle fit kippour, nous nous connaissions encore mal, elle refusa de m'appeler, me disant :

— Je dois jeûner même de toi, te parler serait te manger un peu.

L'idée qu'elle me mange, fût-ce un peu, me devenait de moins en moins désagréable. Je me demandais sur quelle illuminée j'étais tombé car Dora, très œcuménique dans ses goûts, mélangeait volontiers les croyances. Heureusement, un jour qu'elle était partie aux toilettes, son sac, laissé sur la banquette, s'ouvrit sous la pression de son volumineux contenu. Et là, derrière un exemplaire relié pleine peau du Zohar, le livre des Splendeurs, entre un poudrier, un plan de Paris, une bouteille d'eau, un agenda gonflé comme un ballon, j'aperçus, pointant son museau rose tel un animal indiscret, un vibromasseur hérissé d'antennes, une sorte d'hybride mi-cactus, mi-escargot. Je le pris délicatement, le reniflai, je suis un olfactif compulsif : il ne sentait, hélas, que le caoutchouc. Cette trouvaille me rassura : ma dévote était donc incarnée, nous avions un avenir autrement que dans la théologie. Je continuais à la voir au café, ruminant à son propos des idées coquines, songeant à sa précieuse porte et au moyen de l'entrebâiller tandis qu'elle dissertait sur la Genèse et les Psaumes. Nous restâmes ainsi des mois dans un platonisme intégral. J'étais gavé ailleurs : pourquoi manifester un appétit déplacé ? L'écouter parler me suffisait. Elle me disait parfois en riant qu'elle aurait fait un bon rabbin. Je voyageais à ses côtés, suspendu à ses lèvres, captivé par son éloquence. Je la laissais grandir en moi, déposer son empreinte sur mon territoire. Cette chasteté consentie qui allait tellement à l'encontre de mes principes aurait dû m'alarmer. J'étais bêtement en train de tomber amoureux de cette gaillarde spectaculaire en dépit de toutes les partenaires qui me passaient entre les bras. J'avais le cœur au chômage depuis trop longtemps. Un grain de sable détraquait le beau programme que je m'étais fixé trois ans auparavant. Je me mis à l'aimer parce qu'elle me changeait de mon épouse, de mon milieu, tranchait sur le simplisme familial, m'ouvrait à un monde nouveau qui faisait contrepoids au mien. Je m'y attachais parce que je ne l'attendais pas et que notre rencontre eut tout de suite l'aspect d'une catastrophe bienheureuse. Je tentais de l'annexer, ce fut elle qui m'enleva. Je fus très vite possédé autant que révolté par cette toquade intempestive.

De beaux incendies

Peu à peu, je découvris une autre Dora, plus mondaine que je ne l'aurais pensé, une coquette qui passait des heures chez le coiffeur, ne pouvait entrer quelque part sans se regarder dans une glace et remontait se changer, le matin, si elle n'avait pas eu son lot d'œillades. Elle se sentait parfois inachevée, laissée à l'état d'ébauche, comme si le Créateur, dans son cas, n'avait pas jugé utile de terminer le travail. J'allais bientôt connaître la vérité de cette jeune femme de vingt-quatre ans, qui prétendait commenter la Bible tout en dévorant les horoscopes et les séries télévisées. Elle me donnait le sentiment de lire les Grands Textes comme elle aurait lu un manuel de psychologie, pour qu'ils lui donnent des nouvelles d'elle-même. Je me demandais si la religion n'était pas, à ses yeux, une autre forme de la quête de soi et Dieu, une sorte de coach supérieur, qui la guidait sur les chemins de l'épanouissement. Un soir que je m'étais coupé en ramassant les débris d'un vase de fleurs qui m'avait glissé des mains, j'arrivai au café le pouce et l'index bandés d'un mouchoir ensanglanté. Dès qu'elle me vit dans cet état, Dora sortit des compresses et de l'eau oxygénée et pansa la blessure avec des gestes précis. Le sang versé nous rapprocha plus que toute controverse d'idées. Sa compassion, son empressement me prouvèrent que je ne lui étais pas tout à fait indifférent. Feignant l'évanouissement, je me penchai sur elle et l'embrassai. Peu après, malgré les réserves d'usage, nous étions dans mon studio, « un lieu de méditation loin du fracas familial », lui avais-je dit pour expliquer son existence. Dora n'ignorait rien de mon statut d'homme marié, fonctionnaire consciencieux lancé dans l'apprentissage de l'arabe. Cela ne l'avait guère émue quoiqu'elle trouvât ma connaissance de la langue du Prophète proche du zéro. Discrètement j'annulai ma seule cliente de fin d'après-midi et avertis Suzanne que je rentrerais tard ce soir, un meeting sur le Moyen-Orient auquel je ne pouvais me soustraire.

C'était une tendre journée d'octobre, toute baignée d'une clarté d'été indien et qui portait en elle une ultime bouffée de plaisir avant le deuil de l'hiver. Un soleil couleur moutarde jaunissait la ville et tombait à l'horizon comme une pièce d'or dans une tirelire. Hirondelles et martinets tournaient au-dessus des toits, une sorte d'apaisement serein gagnait la capitale. J'ai toujours adoré ce moment où une femme distante, fermée comme une tombe, se rend à vous, quand la terre promise devient la terre permise. Peu après notre arrivée, la robe de Dora formait une petite flaque noire à ses pieds. Ma nouvelle amie me subjugua tout de suite par une sorte de beauté démodée. Si le visage était d'aujourd'hui, le corps appartenait aux peintres du passé, Rubens, Boucher, une nature généreuse, des seins volumineux sur un buste élancé, un joli ventre saillant et les fesses comme deux tendres amies cohabitant en bonne intelligence, deux ballons de montgolfière sur lesquels je m'empressai de poser les mains de peur qu'ils ne s'envolent. Le décalage me surprit entre ce physique de danseuse aux avantages proéminents et le souci spirituel affiché. L'apparence n'était pas trompeuse. Dora additionnait sur elle plusieurs clichés qui se renforçaient les uns les autres : mystique et lascive, bigote et bimbo.

On s'attend toujours à trouver quelque chose sous les jupes d'une femme mais là je fus estomaqué. Tout de suite, mon amie se déplia, ouvrit ses jambes comme on ouvre un livre à la bonne page. Couchée sur mon lit, elle se laissa glisser à terre de façon théâtrale, la tête en arrière, la gorge haletante, ses épais cheveux répandus sur le sol, formant une masse sombre et menaçante. Et moi qui me croyais rassasié avec mes anges, je fus emporté. On estime avoir tout vécu quand arrive un être qui vous met en état de fusion, vous hisse sur les cimes. Dora devint peu à peu ce que je ne pensais plus possible : une femme pour toutes les femmes. J'avais cru à un béguin d'automne : j'entrais sans le savoir dans une période de désordre fou. Elle possédait ce don très rare du romanesque dans l'amour physique et savait transformer un simple baiser en événement bouleversant. Elle était comme un château dont les pièces s'ouvrent les unes après les autres, sans fin : le plaisir éprouvé débordait infiniment le plaisir attendu.

Nous devînmes des amants réguliers. Je dus bousculer mon emploi du temps déjà fragile, déplacer mes rendez-vous, compartimenter encore plus mon existence. Dora était à mille lieues de soupçonner la vérité, elle s'étonnait juste de la décoration surchargée de mon studio qui ressemblait plus à une loge de cocotte qu'à un cabinet d'études. Elle déplorait notre situation adultérine, voulait m'avoir tout à elle – même si elle était déjà sortie avec un homme marié. Le jour où elle arriva à l'improviste alors que je portais sur moi ma tenue de travail, un tee-shirt inspiré des gogo-girls de Pattaya en Thaïlande : « Tu n'es peut-être pas la première mais tu seras la prochaine », elle éclata de rire et ne demanda aucune explication.

Elle subissait les diktats d'un corps extravagant qui la tourmentait depuis toujours. Dès l'âge de huit ans en voiture, surtout dans les virages serrés, elle était clouée par des spasmes qui lui montaient du ventre et bloquaient son élocution. Elle suppliait son père d'accélérer, assimilant la vitesse à l'irruption de ces délices. Depuis, toute urgence, tout retard à un rendez-vous déclenchaient en elle une rafale de convulsions qui la pliaient en deux, lui coupaient le souffle, l'obligeaient à s'asseoir. On croyait à un malaise, on l'entourait, elle était juste trempée. Elle craignait alors que ses pensées intimes ne s'inscrivent au-dessus d'elle comme les bulles d'une bande dessinée. Cela pouvait la prendre dans le métro, au travail, dans la rue : son corps lui lançait un défi au moment où elle avait besoin plus que jamais de garder l'esprit clair. Elle était de ces êtres pour qui l'érotisme n'est pas le premier acte de l'âge adulte mais le dernier épisode de l'enfance, le prolongement de la tétine et du biberon. Dès qu'elle sentait monter le plaisir, elle suçait son pouce ; dès qu'elle mettait son pouce dans la bouche, c'est qu'elle avait envie d'être touchée.

Les amants s'inventent toujours une grammaire inédite du désir même quand ils répètent des gestes immémoriaux. Je pratiquais avec mon amie une innocente habitude qui acquit une splendeur inusitée : le baiser sur son sexe. Il constituait pour moi un mets princier que je goûtais sous toutes ses formes, il m'éclatait au nez avec ses lourdes senteurs et j'en admirais la broderie complexe, les lèvres entrouvertes qui interrogent sans répondre, consolent sans rassasier. Les êtres qu'on aime n'ont pas un organe génital comme les autres mais un dessin particulier, ciselé à leur intention, aussi unique qu'une empreinte digitale. Celui de Dora, j'aurais voulu le détacher de son corps et l'emporter avec moi. Je plongeais donc dans son terrier, la saillie de mon nez écartait les obstacles, barattait tout un paysage aquatique. Je me faisais abeille butinant son miel, chien truffier, cochon dans son auge mais cette auge était plus riche qu'un tas d'or, elle contenait les éléments fondamentaux de la vie. Je dévorais la crevasse sucrée, je m'abreuvais de cette huile nourricière. Si, par étourderie, j'oubliais l'œil sombre d'à côté, le petit volcan aux senteurs poivrées, il se fâchait, lâchait une vigoureuse protestation. Quand vous détenez cette tendre architecture entre les lèvres, quand vous roulez sous votre langue le bibelot vénéneux du clitoris, vous pouvez mourir apaisé, vous siégez au cœur même de la beauté.

J'avais élu domicile entre les jambes de ma maîtresse où je survivais entre asphyxie et résurrection. Son sexe sécrétait une crème grasse qui, mêlée à ma salive, formait une nourriture intime que nous nous partagions telle une hostie. Je fouaillais son ventre pour la porter au plus haut niveau d'incandescence. Elle entrait alors en liquéfaction. Les yeux mi-clos, montrant la face aveugle d'une statue, elle émettait un bourdonnement continu, commençait son récital, montait et descendait les gammes, secouait la même note longtemps à la façon des chanteuses orientales. On eût dit que la foudre la soulevait de terre, elle semblait saturée d'électricité. Elle psalmodiait, pleurait, suppliait et parfois me renversait loin d'elle, me frappait pour me punir de lui faire du bien. Puis elle revenait d'entre les morts, le teint crayeux, d'une pâleur d'ivoire ancien. Des cernes noirs dévoraient ses yeux.

J'émergeais à mon tour, la bouche gonflée de sucs, avec le sentiment d'être un baptisé sortant des eaux du Jourdain. Alors je me disais : dans ma prochaine existence, je veux renaître femme.

La glace et la braise

Miss Caramel faisait l'ange mais sa chair éclatait de partout, l'entraînait dans une dissipation dont elle avait honte ensuite : son buisson ardent empestait la lubricité et l'indécence. Elle m'avoua que depuis sa petite enfance, elle n'était pas restée un jour sans jouir, ne fût-ce que pour s'endormir. Elle avait appris à distinguer l'orgasme café, ivresse sèche qui consume et calcine, de l'orgasme thé, griserie légère et délicate; mais elle éprouvait aussi l'orgasme poignard qui déchire le ventre, l'orgasme raz de marée qui dévaste jusqu'au sommet du crâne, l'orgasme feu d'artifice qui envoie ses éclats aux quatre coins du corps. Après l'abandon amoureux, elle affichait souvent une réserve que je n'osais contrarier. Au beau milieu d'une copulation, elle pouvait me supplier d'arrêter et passer de la possession érotique au dégoût. Elle se donnait, se reprenait. Pour effacer ses égarements, elle invoquait les grandeurs de la religion, les disciplines de la glace mais la glace recommençait à brûler, la religion à composer avec la faiblesse humaine. La reddition était chavirante. Le plaisir physique devait être tremplin vers le sublime mais le tremplin était en soi tellement sublime qu'elle y revenait sans cesse. Aussitôt, elle se rétractait, furieuse de sa fragilité, m'interdisait de l'approcher. Je devais m'excuser et, pour arriver à mes fins, enrober la chose dans tout un jargon de bondieuseries. Seule l'invocation des Ecritures rendait la convoitise acceptable. Elle voulait bien sacrifier à Vénus mais non sans le Seigneur, ses Anges, et tout le saint-frusquin. Amen. Ce qui fait le prix d'un être, ce ne sont pas ses convictions mais ses inconséquences. Peut-être Dora avait-elle raison de diviniser l'érotisme, de le convertir en geste sacré. A quoi bon l'acte amoureux si ce n'est pour y quêter des vérités essentielles ? me disait-elle. Elle imaginait parfois qu'au plus fort de l'extase, une fleur fabuleuse jaillissait de son ventre pour témoigner de la qualité de sa piété. Elle s'était fait tatouer une mezouzah à l'intérieur de la cuisse droite afin que tous ceux qui accèdent à cette région soient bénis, connaissent joie et gratitude. Et il me fallait avant de l'honorer embrasser avec respect ce motif.

Ces simagrées m'amusaient et m'inquiétaient en même temps. Dora quelquefois me faisait peur : sage et bestiale, elle abritait en elle deux personnes qui juraient l'une avec l'autre. Avec le temps, elle me devenait plus intime mais plus ténébreuse aussi, d'autant que je croyais mieux la cerner. Elle me racontait par le menu ses aventures précédentes sans m'épargner le moindre détail, m'effrayant autant que m'échauffant par sa crudité. Quand je l'avais rencontrée, elle sortait d'une liaison de deux ans avec un intellectuel de la génération de mon père, une sorte de maniaque de la pétition. Elle se disait très attirée par les hommes mûrs, soutenait qu'il y a des femmes à vieux comme il y a des femmes à soldats.

— On a tort de croire l'érotisme subtil : il marche parce qu'il est primaire et obéit à des instincts simples. Tu es un mec, je sais comment tu raisonnes. Pour vous, il y a les canons, les bonnes, les baisables, les envisageables en période de famine et les thons impraticables quoi qu'il arrive. Il existe une autre catégorie que tu devrais considérer et à laquelle, nous les femmes, sommes sensibles : les VEB, les vieux ou les vieilles encore bonnes. A partir de quarante, cinquante ans. Nous leur offrons notre jeunesse en échange de leur sagesse.

Comment lui expliquer sans me trahir que l'âge n'avait pour moi aucune importance, que je passais mes journées à honorer des vieilles encore bonnes, très bonnes même ? Mais penser qu'un barbon, un vétéran de 68 ait pu poser ses sales pattes sur elle me révulsait. Le type en question, genre échalas à tignasse comme les années 70 en ont produit en série, déblatérait chaque semaine dans le poste. Il était, paraît-il, une pointure dans son domaine et donnait des cours de philosophie à Paris VIII. Le pire pour moi fut d'apprendre qu'il la touchait à peine et se contentait de lui parler. Cette parcimonie sexuelle rendait mes exploits dérisoires. Dora le disait doté d'une voix mélodieuse, admirablement timbrée qui envoûtait ses auditeurs. Je ricanais : tomber amoureux d'une voix. C'est qu'il était donc impuissant ?

— Pas du tout. C'était même un très bon amant mais là n'était pas l'essentiel pour lui. L'entendre me mettait presque en transe, me rendait plus intelligente.

— Mais s'il ne te sautait pas, que faisiez-vous ?

— Nous discutions, de tout et de rien, il m'expliquait l'idéalisme allemand, le bouddhisme, le soufisme, le problème israélo-palestinien. Il était très engagé.

— Quel intérêt de parler d'un conflit entre tribus qui s'écharpent pour quelques kilomètres carrés de territoire ?

— Ne dis pas de bêtises, Sébastien. Tu n'apprendrais pas l'arabe si cette région ne t'intéressait pas.

Dora désapprouvait ma vision négative de la diplomatie. Dès que j'embrayais sur les saltimbanques du Quai d'Orsay, l'employé qui a peur du chef de service qui redoute son directeur de cabinet, lequel tremble devant le ministre, elle m'arrêtait.

— Arrête de voir les choses par le petit bout de la lorgnette. C'est un métier passionnant où tu as la possibilité de changer les choses. Tu vas le rater par paresse ou mesquinerie.

Cela me vexait d'être rabroué par une gamine de dix ans de moins que moi. A tout moment c'étaient des anecdotes sur son vieil auteur : apparemment cet ami des opprimés avait déclaré une guerre personnelle au mal et se jetait sur les massacres, les charniers avec une indignation qui frisait la gourmandise. Sur ce fond d'atrocités, il entonnait le grand air de la dénonciation, fustigeait la mollesse, la tiédeur des repus. Je comprenais maintenant où elle avait pris ses mauvaises habitudes, à commencer par celles de ratiociner. Je me sentais tout à coup inculte à côté de ce personnage public : j'aurais préféré un obsédé à un pur esprit avec lequel je ne pouvais rivaliser. J'insistais sur les côtés scabreux.

— Et tu t'accommodais d'un homme qui ne te prenait qu'une fois tous les quinze jours ?

— C'est pour ça que j'avais Raoul !

Raoul était le nom du vibromasseur que j'avais aperçu au tout début de notre liaison dans son sac avec son nez en épingle et son parfum de synthèse insipide. Nous l'utilisions parfois dans nos jeux amoureux comme démarreur.

Bêtement, l'incongruité de ces confidences qui auraient dû me laisser froid me faisait dresser les cheveux sur la tête. La continence volontaire à laquelle ma maîtresse s'était soumise avec cet homme me semblait une autre forme de débauche. Dès qu'elle se confessait, j'entrevoyais des abîmes en comparaison desquels je me faisais l'effet d'un novice. Dora dont je déclinais les sonorités Odorat, Adorer, Ardeur, Aura distillait savamment ses aveux, choisissant en général un moment de détente pour me délivrer quelque anecdote glauque. Un jour que nous visitions une église luthérienne au fond d'un jardin, rue de Grenelle – elle raffolait des lieux de culte, m'entraînait aux offices, frissonnait au moment de l'Eucharistie –, elle m'apprit qu'une amie à elle gagnait un peu d'argent le dimanche en promenant de vieux académiciens et membres de l'Institut. Elle les tenait par le bras, leur faisait la conversation. Elle aimait la compagnie des vieillards chez qui le corps se fait discret, devient diaphane, suivait avec passion le réseau des veines bleues sur leurs mains, leurs doigts maigres et fins comme des élytres d'insectes. Ce récit m'alarma quand Dora ajouta :

— Elle caresse certains d'entre eux quand ils insistent. Mon amie est une jolie brune d'origine égyptienne. Ils se cachent derrière un arbre ou rentrent sous un porche. Elle les masturbe très doucement comme une mère, une infirmière. Elle craint toujours que le choc ne déclenche dans leur organisme fragile un début d'attaque. Il paraît que la semence du vieillard ressemble à des gouttes de pluie chaude avec un peu de savon dedans. C'est presque translucide. Il paraît aussi que la plupart jouissent sans bander comme s'ils faisaient pipi.

Dora disposait d'une érudition étonnante pour son âge.

— Ton sperme que tu me donnes si rarement, m'avait-elle dit d'un ton averti de sommelier, dégage un fort goût de lait de brebis avec des relents de girolles. Quand tu es stressé s'y ajoute une touche plus acide.

Elle s'enflammait pour des histoires bêtes comme chou et peu ragoûtantes qui me mettaient mal à l'aise : je la suspectais soit de les avoir inventées, ce qui dénotait un esprit malade, soit de les avoir vécues, ce qui était pire. Elle devenait intarissable quand nous montions chez elle, un galetas un peu délabré, deux pièces mansardées sous les toits aux murs couverts de livres jusqu'au plafond. Nous y accédions par l'escalier de service, aux marches de bois usé, d'un magnifique immeuble du boulevard Saint-Germain, à quelques centaines de mètres à peine du ministère, avec une cour grandiose et un jardin privatif. Sa veine jacassière s'exaltait là, dans ce charmant dépotoir dont le fouillis l'incitait aux confidences croquignolettes. Elle faisait craquer les jointures de ses doigts comme chaque fois qu'elle était nerveuse, s'entortillait les cheveux autour des phalanges, les transformait en hérisson de ramoneur dressé sur son crâne. Une autre de ses amies par exemple – je n'en connaissais aucune – au lendemain de sa première nuit d'amour avec un garçon avait laissé les toilettes pleines de matières sans tirer la chasse. Qu'avait-elle voulu dire ? Et moi comment réagirais-je face à une telle éventualité ? Y verrais-je une mise à l'épreuve ? C'était tout Dora : même dans la scatologie, inséparable chez elle d'une certaine agressivité, il fallait déployer une subtilité de talmudiste, interpréter longuement.

La propreté était sa grande affaire. Elle étudiait la corruption progressive de son corps après une douche. Elle allait toutes les heures se renifler pour identifier l'instant où l'impeccable laissait la place à l'équivoque, où le cadavre l'emportait sur le vivant. C'était une frontière imperceptible mais capitale : la pourriture menait contre l'humanité une guerre sans fin. Se laver, c'était retarder de quelques années l'issue fatale, le triomphe de la charogne. Elle citait sans cesse une phrase de saint Augustin qui la troublait et contrariait pourtant les principes du judaïsme :

— *Inter faeces et urinam nascimur* : nous naissons entre l'urine et les excréments.

Elle répétait que le sexe est parent de l'immondice puisque les mêmes organes valent pour le plaisir et l'évacuation. Et comme j'aimais, après l'étreinte, flairer mes doigts tout imprégnés de son intimité, elle répliquait en se pinçant le nez :

— Arrête de me humer comme un chien, tu es risible. Si tu voyais mes boyaux, sous ma peau satinée, tu aurais envie de vomir.

L'amour est en principe un processus de domestication de la nouveauté : il transforme l'inconnu en familier, l'intègre au cours normal des choses. Avec Dora c'était l'inverse : je la voyais désespérément floue. A vingt-quatre ans, il lui était arrivé tant de choses qu'elle énonçait en croquant une barre de chocolat, comme un garnement qui énumère ses bêtises à l'école ! Elle avait ce langage neutre des adolescents : un orgasme était qualifié de « génial », un acte sexuel réussi était un « bon moment, très sympa », notre relation était « cool ». Elle tenait un journal intime qu'elle gardait caché tout en m'en lisant des passages. Il parlait de moi, bien sûr, mais était rédigé pour partie en hébreu, partie en créole avec des mots en arabe, ce qui m'en aurait rendu la lecture impossible si je le lui avais dérobé. Les êtres ne sont jamais ni si innocents ni si pervers qu'on ne le croit. Je soupçonnais Dora des pires égarements et la minute d'après je m'étonnais de ses naïvetés. Mais cette oie blanche m'en remontrait ou plutôt me suggérait qu'elle en savait plus que je ne pensais. Trop sage ou trop délurée, elle demeurait une énigme. Sous un air indolent, elle avait déjà multiplié folies et imprudences. La jeunesse ne calcule pas, c'est que pour elle la mise est sans fin, les occasions illimitées. Dora jouissait d'une formidable disponibilité : se lever à midi, travailler quelques heures, terminer la nuit en boîte, partir à volonté au bout du monde alors que j'étais pris dans un réseau d'obligations absurdes, courant d'une occupation à l'autre. A toute heure du jour et de la nuit, je me demandais : que fait-elle et avec qui ?

Je me rendis compte de ma servitude le jour où, par le plus grand hasard, son ex-amant, l'intellectuel verbeux, dont mes parents avaient lu tous les livres même s'ils le jugeaient réactionnaire aujourd'hui, vint faire une communication au Quai d'Orsay sur le thème : « La France face à l'empire américain ». Qu'est-ce qui avait pris à notre directeur des ressources humaines d'inviter ce clown qu'on disait influent auprès du ministre ? Ma répulsion à son égard fut immédiate. Je le trouvais veule et mou avec sa coiffe à la Beatle, ses lèvres obscénes qui avaient touché ma maîtresse bien-aimée, sa langue grasse qui sautait dans sa bouche dès qu'il reprenait son souffle. Sa voix n'était pas « splendide », elle m'écorchait les oreilles, trop basse, insinuante, racoleuse. Il ne démontrait pas, il vaticinait, débitait ses sophismes avec componction et au moment des applaudissements je sifflais. Mes collègues ne comprirent pas ma hargne, crurent à un différend politique. Etais-je donc encore atlantiste ? Je mesurai alors par mon dépit la profondeur de mon attachement à Dora. Etre jaloux d'un quinquagénaire bien entamé et quasi impotent, il fallait que j'aie perdu la boule ! J'étais mordu, faute majeure dans mon métier. Je préférais un être au détriment des autres, je succombais au principe d'exclusivité. J'en voulus à Dora d'avoir dérangé mon existence, d'avoir jeté un désordre inutile dans son cours passionnant.

CHAPITRE V

La main dans le sac

Depuis cinq ans, ma vie reposait sur un échafaudage de mensonges : un étage pour ma femme, un autre pour mes collègues, un troisième pour Dora, un quatrième pour mes amis. Je les multipliais avec une prodigalité qui allait me ruiner. Cette fragile acrobatie risquait de s'effondrer. J'étais si imbibé de tromperies que je doutais même de la vérité quand je l'énonçais. Dès que j'avançais un fait, je ne savais plus si je l'avais inventé ou vécu. Tout mystificateur risque un jour d'être sa propre dupe, de croire à ses affabulations. Mon cerveau était un labyrinthe cloisonné qui délivrait à chacun une part de fiction. J'avais toujours peur d'un court-circuit et de ne plus me souvenir de ce que j'avais dit aux uns et aux autres. Je m'égarais dans le dédale que j'avais créé, perdu dans mes manigances. Il était temps de remettre cet écheveau en ordre.

Cette fois Suzanne me déclarait une guerre ouverte, le temps du dialogue était clos. Elle m'invectivait à tout propos, sèche, pointue, les enfants, les vacances, la maison, mon absence de désir, ma carrière qui piétinait. C'était son principal grief : elle pouvait tout pardonner sauf l'échec professionnel.

— Quand partons-nous à l'étranger, Seb ? J'étouffe en France. Qu'as-tu fait de tes ambitions ? Tu veux rester un grouillot éternel au ministère comme tous les minables qui t'entourent ? J'avais espéré que tu t'élèverais un peu au-dessus de ton père...

Sa voix de pie devenait acide, méchante. C'était le Devoir aboyant après l'Insouciance : dans ces moments-là, son nez s'effilait comme une lame de couteau flanquée de deux narines, un horrible appendice à la Cyrano. Pour se punir de mon désintérêt à son égard, elle s'était mis en tête de faire un régime alors qu'elle n'avait que la peau sur les os. Elle ingérait des bouillies amaigrissantes qui lui donnaient une haleine fétide. Elle s'attirait les sarcasmes de nos enfants, étonnés que leur mère, déjà famélique, se mette à la diète.

— C'est pour plaire à votre papa, disait-elle, implorant discrètement mon aide.

— Cinq kilos de plus ou de moins ne feront aucune différence, mon amour !

J'avais beau me contenir, l'impatience me submergeait trop souvent. Dès qu'elle crachait son venin, je l'imaginais volontiers enlaidie, la face enflée, la paupière tombante comme un vieux volet et cette dégradation anticipée me réjouissait. L'amour, le bel amour que chantent les poètes est une machine à capitaliser les griefs, une banque qui comptabilise le temps partagé en débits et en crédits. Mais Suzanne ne pouvait tenir longtemps sa colère. Le chagrin la terrassait. Elle s'effondrait en larmes, cassait deux ou trois objets, claquait les portes, rameutait les petits. Ceux-ci se divisaient : l'aîné prenait mon parti, les cadets, surtout ma fille, se liguaient contre moi. Tout le monde criait, pleurait, je m'éclipsais sur la pointe des pieds au milieu du tintamarre. Quelques minutes plus tard, des coups de marteau résonnaient dans l'appartement : Suzanne bricolait pour se calmer. La maîtrise des petites choses la consolait de la perte des grandes. Après quoi, piteuse et reniflante – le reniflement est la déchéance du sanglot, on était émouvant, on n'est plus que morveux – elle venait s'excuser de ses paroles blessantes et m'assurait que pour sauver notre couple, nous devions quitter Paris au plus vite. Elle pouvait exercer son métier de n'importe quel point du globe. J'approuvais, je voulais gagner du temps, surtout ne pas ouvrir un troisième front.

Affolé, je cherchai un bouc émissaire. La fureur de Suzanne, j'en tins Dora pour responsable. Celle que j'idolâtrais me parut tout à coup le principal obstacle à ma liberté. Et comme je m'en étais épris, je me forçais à la désaimer par un mouvement pendulaire impitoyable, certain que mes sentiments obéiraient à ma volonté comme une troupe disciplinée à son supérieur. Ce fut un désengagement progressif mais continu, la fin d'un jaillissement inépuisable. Passé certains seuils d'intimité, les phénomènes amoureux peuvent s'inverser et séparer des amants que tout rapprochait. On croit aimer un être ; ce n'est pas cette personne que l'on aime, c'est l'état dans lequel elle vous met et dont elle ne constitue que le prétexte. Je me forçais à ne plus la chérir et crus y arriver quelque temps, je me forgeais toutes sortes de raisons bonnes et mauvaises pour secouer ce joug qui me tyrannisait. Comme toujours, dès que l'enchantement décroît, se multiplient les arguments à charge pour prouver que l'autre a démérité. Des détails inaperçus jusque-là vinrent s'interposer entre nous. Une subtile machine de désintégration était en marche. J'avais toujours considéré Dora comme une beauté à éclipses, désormais je ne voyais que l'éclipse et cherchais en vain les phases de lumière. De temps en temps, elle s'abandonnait à un mauvais goût criard, les lèvres sanglantes, les yeux charbonneux, boudinée dans un jean surpiqué et un tee-shirt ultra-court, le ventre sortant du pantalon comme la hernie d'un pneu crevé. A la moindre remarque, elle faisait exprès de s'accoutrer plus mal encore. Je ne portais plus sur elle ce regard admiratif des premiers temps quand tout de l'autre vous ravit jusqu'à ses maladresses. Vient un moment où un être n'est que ce qu'il est, à la fois singulier et limité, et cesse de nous terrasser de sa nouveauté. Je fus exaspéré le jour où, allant acheter un médicament avec elle, le pharmacien, admirant pardessus le comptoir son nombril évasé qu'elle affichait fièrement, s'exclama :

— Oh, je vois que Madame attend un heureux événement !

— Non, Madame est juste un peu ballonnée, répondis-je du tac au tac.

En sortant, je la suppliai de se rationner, de commencer le sport, les abdominaux, sinon elle aurait la sous-ventrière en capilotade avant peu. Mes avertissements la blessèrent. Je n'avais qu'à la prendre comme elle était.

Un autre jour, j'étais attablé au café avec un copain, un vague cinéaste au chômage comme on en rencontre à la pelle dans ces quartiers dont chaque habitant ou presque est hanté par le mal du siècle, l'envie d'être un artiste. Dora passa devant nous sans nous voir, le visage tracassé, traînant les pieds, la voussure des épaules trahissant la fatigue. Je demandai à mon compagnon comment il trouvait cette fille sans rien lui dire de notre relation. Il répondit avec indolence :

— Pas terrible, vilaine peau.

Après un instant, il reprit :

— Elle a surtout l'air perdue.

La phrase m'accabla : comme si le tribunal de l'opinion publique venait de rendre son verdict. J'avais hérité d'une paumée ! Immédiatement me vint à l'esprit l'image d'une valise en souffrance abandonnée sur un quai de gare et prête à s'accrocher à la première main qui passe.

Alors d'elle, tout finit par me crisper. D'autant qu'elle ambitionnait maintenant de m'« arracher aux ténèbres de l'ignorance », de m'initier à la Kabbale. Son zèle prosélyte se traduisait en longs développements qui m'exténuaient. Je demeurais imperméable à ses sornettes bibliques. Elle s'en désolait, restait écartelée entre ses diverses appartenances, Sion et la négritude, Rome et Jérusalem, l'Ancien et le Nouveau Testament. Son studio me navrait : ce n'étaient qu'ampoules nues au bout d'un fil composé de moucherons agglomérés, moquette tachée, murs zébrés, disques et livres traînant partout, lit jamais fait. Le bruit de castagnettes de ses doigts qu'elle brisait l'un après l'autre m'horripilait. Je n'aimais pas sa façon de manger sans fermer la bouche, comme une enfant mal élevée, et malgré moi la comparais à la distinction un peu glacée de Suzanne. Elle se montrait collante jusqu'au cauchemar, se plaignait que je la néglige et que notre histoire n'aille nulle part. Avec elle, il fallait que tout ait un sens, au bout de deux semaines déjà, elle faisait des bilans. A ses côtés, je me sentais traqué une nouvelle fois par les poncifs de la conjugalité.

A cause d'elle, enfin, je délaissais mes anges. Mon stupre de grande classe me manquait. Ma vocation n'était pas l'amour passion mais le dévouement érotique de masse. Je montais toujours à mon deuxième bureau la braguette gonflée, avide d'usiner mes Parfaites. Mon carnet de bal était bien rempli et ne pouvoir répondre à toutes les attentes me hérissait. A chaque érection, c'était comme un soleil qui se levait en moi. Je me montrais odieux avec Dora, multipliais les scènes sous des prétextes risibles, lui faisant payer au centuple ce que je subissais de ma propre épouse. Au lieu de lui porter secours, je creusais ses failles, accentuais son malheur. Immanquablement, nous finissions dans les bras l'un de l'autre, elle redevenait cette belle bête piaffante qui galopait avec moi sur les chemins de la félicité. Elle égrenait tout un chapelet d'orgasmes comme le Petit Poucet ses miettes de pain ; dans la joie des sens, son visage s'animait, traduisait par des contractions ravissantes les extases qui la parcouraient. Mais le venin de la discorde nous rongeait. D'autant qu'elle encaissait, sans rien dire, mes fielleries. Son absence de réaction renforçait ma piètre opinion d'elle. Il est une loi immuable en amour, que la faiblesse de l'autre n'éveille pas l'indulgence mais le mépris. Et encore elle ne savait rien de mon industrie galante !

La vérité des organes

Ici intervient un élément que j'oserai qualifier d'anatomique. Mes après-midi rue du Bout du Monde m'obligeaient à certaines précautions : comme tout homme, je devais m'économiser, ne disposant pas d'une capacité de renouvellement illimitée. Pour le dire crûment, je ne pouvais éjaculer avec chaque cliente au risque de me rendre indisponible pour la suivante. Je devais simuler. J'avais mis au point quelques stratagèmes : je braillais comme un âne pour laisser croire à un emportement torrentiel. Je prétendais avoir appris auprès d'un maître zen à jouir sans émission, par simple concentration interne. On admirait ma maîtrise et je crispais d'autant plus ma figure que je ne ressentais rien en bas. Je parvenais même à débander, ce qui donnait au processus un cachet d'authenticité. J'avais lu quelque part que certains prostitués mâles s'aspergent de blanc d'œuf sur les cuisses pour mimer la jouissance en glissant un petit bol sous le lit. La difficulté de la jonglerie me rebuta d'autant que l'odeur de l'œuf tuait toute illusion. Je la faisais donc au chiqué, copulais sans spermater. J'accompagnais mes amies dans le plaisir comme d'autres les mourants : l'un s'en va mais l'autre reste. Mes vrais orgasmes, je les monnayais cher car ils me privaient de mon outil de travail. La semence devait rester rare et précieuse. L'agonie de la verge qui se rétracte, tel un accordéon privé d'air, m'était un spectacle douloureux.

Avec Dora je me gardais de toute libation séminale, ne m'abandonnais qu'une fois sur trois ou quatre. Elle s'en étonna, demanda si elle ne m'excitait pas assez : toujours cette obsession de la preuve comme si l'érection ne suffisait pas. Je lui servis le bobard du maître zen : elle m'arrêta tout de suite. Elle avait lu les livres de référence sur le sujet, elle avait tout lu. Il y était dit que la rétention masculine était motivée par le souci d'aspirer l'énergie de la femme afin d'acquérir l'immortalité. Dora m'objectait :

— Si tu ne vois pas l'amour comme un échange, c'est que tu le vois comme une captation, un gisement de forces que tu cherches à t'accaparer.

La remarque me toucha en plein cœur et je ne sus que répondre. Mais un jour, sous la pression des circonstances et pensant que je n'avais plus rien à perdre, je décidai de passer aux aveux. J'avais à l'époque une cliente régulière, directrice d'un grand magasin, dont la fantaisie consistait à me soumettre à des examens de masturbation. Elle arrivait très stricte, épaisses lunettes de soleil, long tailleur gris jusqu'aux mollets, chignon comprimé comme un poing, veste étroite écrasant des seins qu'on devinait copieux. Elle officiait avec une badine de jonc tressé. J'étais supposé être le mauvais élève, le cancre relégué au fond de la classe. Elle commandait d'une voix forte :

— Virgile, récitation !

Je me levais, allais jusqu'à elle la tête baissée. D'un geste brusque, elle dénouait ma ceinture, me déculottait jusqu'aux talons, baissait mon slip (un slip à l'ancienne, un de ces affreux accessoires qui vous remontent au-dessus du nombril et donnent au paquet génital l'aspect d'un long nez), examinait d'un air sévère mon pénis, l'agaçait de son bâton.

— Voyons ce qu'il a à nous dire, ce paresseux. Je vous écoute, Virgile. Je vous préviens, je suis très fâchée contre vous. Vos derniers résultats ont été au-dessous de tout.

Dans cette position inconfortable et ridicule, les jambes entravées par le pantalon, je commençais à me manuelliser. Elle m'observait, penchée, le nez posé sur l'objet du délit. Elle devenait très rouge, les narines palpitantes, m'administrait des coups sur les fesses en criant :

— Plus vite et mieux que ça, fainéant.

Je devais m'agiter au moins dix minutes et accélérer le mouvement quand elle l'ordonnait. Elle me renvoyait alors à ma place, attendait que ma tige mollisse, me convoquait à nouveau en aboyant. Elle goûtait un plaisir particulier à me hurler dessus, style gardienne de camp. Le scénario se reproduisait à l'identique trois ou quatre fois. Jusqu'au moment où, après 30 ou 45 minutes, une crampe me paralysait l'avant-bras, elle tonnait en faisant claquer sa cravache :

— Et la conclusion, Virgile, vous oubliez toujours la conclusion. Vous n'avez pas honte ?

En général elle me tirait l'oreille, me faisait craquer le lobe, le pinçait jusqu'au sang et de dégoût crachait sur ma queue qui se mettait à luire. Tel l'empereur romain baissant son pouce pour achever le vaincu, elle posait ensuite sa main glacée sur ma verge : cet unique contact avait le don de m'emmener dans une béatitude irrépressible. J'étais autorisé enfin à libérer le flot en poussant des râles d'outre-tombe. Il fallait que ça gicle de partout. Elle examinait les produits de cette averse d'un air révulsé, y trempait un doigt, goûtait, mettait une note qui dépendait du volume de l'émission, de la vigueur du jet, de la consistance des flocons. Pour deux cents euros de plus, je devais recommencer. Ma sévère enseignante ne se déshabillait jamais et repartait comme elle était venue, sa baguette soigneusement glissée dans son sac. Les balafres rouges qu'elle m'avait infligées sur les bras, le dos et les fesses cicatrisaient vite.

Or un jour, une heure après une de ses visites, je voyais Dora. Depuis quelque temps, fatiguée de la vie de camouflage que je lui imposais, celle-ci s'était mis en tête de me réconcilier avec Suzanne, éprouvant vis-à-vis de ma famille des sentiments de culpabilité au point de rêver, la nuit, que mes enfants l'accusaient de me séparer d'eux.

— Le mensonge est une forme de vol, disait-elle, citant le Talmud.

— Non, c'est une forme de compassion, c'est épargner à l'autre les tourments de la franchise.

— Arrête tes sophismes, Sébastien. Dis la vérité à ta femme, c'est une personne généreuse, elle te pardonnera. Je suis prête à me retirer pour vous rabibocher.

A peine cette résolution prise, elle venait en général se jucher sur moi et m'entraînait dans une mêlée sauvage, me griffait, m'insultait, se vidait sur moi de ses eaux et s'évanouissait dans une longue pâmoison, jurant et blasphémant comme un charretier. Mais ce soir-là, épuisé par mes récentes prestations, je déclinai ses avances. Cette rebuffade, exceptionnelle pourtant, la froissa. Pour la première fois depuis longtemps, elle s'emporta. Elle avait encaissé des semaines d'outrage. Soudain elle ne supportait plus rien et partit comme un coup de feu. Toutes les doléances remontèrent à la surface. Elle me harcela :

— Tu n'es qu'un petit joueur qui s'encanaille avec moi dans la journée et rentre dormir chez Mémère le soir.

Bêtement je fus piqué au vif. Au lieu de me taire, l'envie me prit soudain d'achever la démolition et de lui lâcher le morceau.

— Ah, je suis un lâche ? Eh bien, je vais te dire la vérité et tu ne vas pas être déçue, crois-moi...

Alors, sans réfléchir aux conséquences, je lui narrai par le menu les péripéties de mon entreprise vénale. La soudaineté de l'aveu sécha net sa colère.

— C'est pour ça que tu te retiens ?

Elle restait incrédule. La révélation était trop énorme. Je jouissais du double plaisir de dire la véritéet de n'être pas vraisemblable. Le portrait que je venais de tracer de moi en gigolo dépassait son entendement, elle ne connaissait que le gentil fonctionnaire et l'amant capricieux.

— Tu as besoin d'argent, tu as fait des dettes ?

— Non, je reçois par plaisir, parce que j'aime ça.

— Tu oses me dire que tu aimes ça ?

— Oui, mon amour, je ressens un besoin irrépressible de faire le bien autour de moi. J'ai la passion des multitudes, j'ai besoin qu'une foule de femmes vienne se dénuder chez moi chaque semaine.

— Tu me sautes et après tu en baises une autre ?

— Ce peut être l'ordre inverse. Toutes les autres me mènent à toi comme tu me renvoies à elles.

— Ça n'est pas possible ?

— Mais si ! Il y a longtemps que je voulais te le dire. Mais tu es si coincée. Essaye de t'élever au-dessus de tes préjugés, de comprendre la beauté de ce que j'accomplis.

Et posément, profitant de son désarroi, je lui racontai l'aventure du jour, lui montrant les traces légères du fouet, mon gland tout flaccide.

— Là, tu vois, je suis hors d'usage, il me faudra quelques heures pour récupérer.

Elle dut s'asseoir, se servir un verre d'alcool.

— Dis-moi, tu te protèges au moins, tu fais attention ?

— En principe, oui. Mais tu sais ce que c'est, dans le feu de l'action, il arrive qu'on oublie.

Dora frissonna et termina son verre d'un trait.

— Tu as pensé à ta femme, à ta famille ? Tu sais combien de germes tu risques d'attraper par un seul baiser ?

Ses seins lourds se soulevèrent comme la houle. Mais c'était d'indignation. Elle se mit à sucer la mine âcre d'un crayon noir qui traînait sur la table et la brisa de ses dents pointues en petits éclats. Je réfrénais mal l'envie de lui planter la pointe du crayon dans l'œil quand elle énonça, posément, la commissure des lèvres barbouillée de charbon :

— Je ne marche pas, tu bluffes.

Elle eut le beau sourire de soulagement de qui revient d'une fausse frayeur.

— Quand je pense que j'ai failli marcher !

Excédé par son scepticisme, je décidai de lui dévoiler mes preuves. Elle allait comprendre avec quel lascar elle fricotait depuis un an.

— Regarde un peu puisque tu doutes.

Je fis coulisser un panneau de bois qui abritait, derrière des vêtements pendus à des cintres, un vaste placard ainsi qu'une commode en noyer. Quiconque travaille dans le sexe doit s'entourer à un moment ou à un autre d'un nécessaire analogue au marteau du maçon, à l'équerre de l'architecte, au stéthoscope du médecin. J'enveloppais mon matériel dans des boîtes en acajou, le nettoyais chaque soir, remplaçais les pièces défectueuses. J'étais méticuleux à l'excès. Dora fut stupéfaite de découvrir tout un fatras de minijupes en cuir, chasubles, bodies, guêpières, culottes fendues, collants résille, bustiers pigeonnants, mousseline transparente que certaines habituées laissaient chez moi, dans des tiroirs classés alphabétiquement comme on met dans une pension de famille son rond de serviette à table. J'étais devenu receleur de trésors féminins, gardien d'un harem de satin, de latex, de bracelets. D'autres compartiments regorgeaient de cadeaux faits par mes poupées, briquets jetables, porte-clefs, statuettes hideuses, croûtes à l'huile que je n'osais jeter par superstition mais aussi menottes, anneaux péniens, martinets, poires à lavement, godemichés alignés comme bottes d'asperges au marché, toute une ferblanterie qui évoquait à la fois l'épicerie, la salle de torture et l'hôpital. Mon appartement était truffé de caches secrètes, de cloisons amovibles, de trous creusés dans les murs réalisés par un artisan. Dora eut un petit rire nerveux et sur le ton de celle à qui on ne la fait pas, s'exclama :

— Jolie mise en scène !

Fâché, je la saisis presque par le col.

— Viens demain à 15 h 15 tapantes. A 15 h 30, je reçois Marie-Jeanne, préparatrice dans un laboratoire. Tu te caches derrière cette penderie et tu verras si je mens.

— Tu as donc tellement peur que je ne te croie pas !

— Si tu veux, tu pourras participer. Cette laborantine adore les femmes.

Mais le lendemain, après avoir frappé à ma porte et s'être glissée dans un minuscule réduit encombré de sacs et de cartons, Dora en ressortit aussitôt, arguant d'un accès de claustrophobie. Elle s'échappa comme un brigand sans attendre l'arrivée de Marie-Jeanne. Je me sentis presque frustré.

Nous nous revîmes. Nous eûmes encore de grandes chutes dans l'extase. Mais Dora tremblait en tombant dans mes bras et je ne savais si c'était d'excitation ou de répugnance. Chaque accouplement était plus dissuasif que le précédent. Sur le lit nos corps faisaient l'amour mais nos ombres dessinaient une autre scène : celle d'une femelle gigantesque étranglant un petit homme qui se débattait en vain sous elle. C'était le mouvement grinçant de deux mécaniques qui s'ajustent, s'éloignent, se rapprochent sans parvenir à trouver la bonne distance. Elle ne parla plus de ce que je lui avais confessé. Je ne savais comment interpréter son silence : mauvais présage ou preuve ultime de son côté mollusque ? Je fus vite fixé. Petit à petit elle se refroidit, nos étreintes se firent plus rares. Elle se laissait faire, demandait : c'est fini ? et se rhabillait. Un instant déchaînée comme une bacchante, un autre insensible comme du métal, immodérée dans la jouissance comme dans l'abstinence. Elle se mit à me dominer par le pouvoir d'une frustration délibérée.

Jusqu'au jour où elle se refusa complètement. De but en blanc, elle m'annonça qu'elle faisait vœu de chasteté pour racheter ma conduite. Croyant à une nouvelle divagation, j'insistai, la pelotai sans vergogne. Elle me repoussa. Enragé par cet interdit, je me déculottai et commençai à me branler devant elle, lui promenant ma queue sous le nez par défi. Je voulais l'importuner de mes envies, l'inonder de ma semence, tacher ses vêtements.

— Tu veux baiser ? D'accord. Regarde-moi bien.

Froidement, avec un calme qui n'annonçait rien de bon, ses yeux virant au gris pierre ponce, elle ôta sa jupe et sa culotte. Puis, sans que je me doute un instant de ce qui allait se passer, elle prit dans son sac une aiguille et du fil et là, tranquillement, les jambes écartées, se repérant avec les doigts, commença de se coudre le sexe comme une couturière qui aurait voulu refermer tous ses orifices. La fine tige d'acier pénétra dans le gras d'une lèvre, un filet de sang coula, je poussai un cri. Cet admirable organe était en train de devenir une pièce de boucherie, une plaie purulente. Elle m'étalait ce spectacle sous les yeux d'un air de dire : voilà ce que tu as fait de moi, j'irai jusqu'au bout !

Elle ne pleurait pas, concentrée sur son ouvrage. Cette vision nauséeuse m'avait statufié. Il fallut que l'aiguille pénètre dans l'autre lèvre pour que je réagisse enfin :

— Tu es complètement malade. Qu'est-ce que tu fais ?

— Tu le vois bien. Je me barricade pour que tu n'aies plus jamais accès à moi.

— Arrête, je t'en supplie.

— Tu ne me toucheras plus ? Jure-le !

— Je le jure. Arrête cette horreur, s'il te plaît.

Elle se leva, les jambes maculées de gouttes écarlates et s'enferma dans la salle de bains. Elle en ressortit très pâle. Je lui proposai d'appeler un médecin, de la conduire à l'hôpital.

— Je suis désolée, Seb, mais j'ai échoué.

— Qu'est-ce que tu me chantes là ?

Ma voix vibrait, je perdis patience.

— J'ai échoué à te sortir de l'erreur, à te ramener à Dieu.

— Arrête avec Dieu, nom d'un chien. Plus jamais ce mot obscène chez moi !

Exaspéré, je lui arrachai son sac des mains, le vidai de tous ses stupides ouvrages pieux, et les lançai sur la terrasse où ils échouèrent dans les bacs à fleurs. Calmement, elle les récupéra un à un, les essuya. Je tentai de la serrer contre moi.

— Je vais t'accompagner à l'hôpital tout de suite. Ce genre de blessures peut s'infecter.

Elle m'écarta sans violence, le bras tendu. Elle murmura quelques mots à peine audibles :

— J'aurai tout essayé, tout essayé...

Elle sortit à reculons et claqua la porte derrière elle. Je n'essayai pas de la rattraper. La violence de la scène m'avait trop secoué. Bon débarras après tout. Pauvre conne ! De toute façon, elle me rappellerait ! Pendant quelques jours, je savourai ma liberté retrouvée, retournai à ma chère routine, travail, famille, foutrerie.

Jusqu'à ce que je m'éveille un matin et réalise un peu tard que Dora ne se manifestait pas. J'avais cru ne plus aimer ma petite talmudiste au physique de Betty Boop ; c'est elle en réalité qui se détachait. J'avais confondu fatigue passagère et désaffection. Je lui envoyai sur l'heure un gros bouquet de fleurs accompagné d'une jolie carte où je demandais pardon, prenais les torts sur moi. Puis je la bombardai de coups de téléphone, de lettres suppliantes, promis même une conversion, un apprentissage de l'hébreu.

Elle avait quitté son travail au café depuis des mois et faisait maintenant, je crois, des piges pour la presse étrangère. Je tressaillais à la moindre sonnerie du combiné, me précipitais : ce n'était jamais elle. Mon ton plein d'espoir quand je décrochais, désabusé quand j'entendais la voix de l'interlocuteur, en froissa plus d'une. J'expédiais mes anges sans passion et, au bureau, mon travail déjà dégradé s'en ressentit. J'avais profité jusqu'à l'indécence du « compte épargne temps » ouvert par le ministère pour ses employés, dans le cadre de la loi sur les trente-cinq heures. Conformément à ses dispositions, j'avais droit à des congés de présence parentale, de formation professionnelle, syndicale, à des congés d'assistance à grands malades, d'accompagnement de personnes en fin de vie. J'avais déjà enterré deux tantes, deux grand-mères et j'hésitais par un reste de superstition à en faire autant pour mes propres parents. Sans compter les jours de repos compensatoire et ceux des fêtes religieuses non recensées dans le calendrier officiel à respecter au nom de la diversité culturelle. J'étais devenu un expert dans ce funambulisme arithmétique au point que mon protecteur, Jean-Jacques Bremond, qui m'avait couvert jusque-là, s'en inquiéta et m'invita à déjeuner pour faire le point. Il venait d'être nommé ambassadeur de France à Madrid. J'avais beaucoup intrigué pour que sa maîtresse qui officiait au même étage obtienne le poste de directrice de l'Institut français de Barcelone. Nous nous étions épaulés pendant des années et cet échange de services rendus nous avait soudés comme deux complices. Mais la situation avait changé.

— Qu'est-ce qui se passe, Sébastien ? je ne vous reconnais pas. Je vous préviens, la semaine prochaine, je ne pourrai plus vous aider. Vous êtes intouchable en principe mais il flotte de vilaines rumeurs à votre propos dans les couloirs. Mon remplaçant n'aura pas la même indulgence à votre égard. Reprenez-vous, mon vieux, et de grâce trouvez un autre prétexte à vos escapades : les cours d'arabe et d'hindi, c'est nul.

Son successeur, Jean-Ignace de Guiolet, malgré son nom à tiroir, était un freluquet de vingt-sept ans, faussement décontracté et dont je compris dès la première poignée de main qu'il ne serait jamais un allié. Comble de malchance : on m'offrit une fois encore de partir à l'étranger. Lesotho, Nicaragua, Birmanie, Bangladesh. Pourquoi pas le Groenland pendant que vous y êtes ou les îles Kerguelen ? Je n'eus guère d'énergie à dépenser pour décliner cette proposition : dans aucun de ces pays n'existait de lycée français convenable pour mes enfants. Suzanne, à contrecœur, dut l'admettre pour mieux m'en rendre responsable et m'assommer de reproches. Le directeur des ressources humaines m'avertit que je compromettais ma carrière en refusant l'expatriation. Cela m'indifférait comme m'indifférait que mes collègues commencent à murmurer contre moi et prennent ombrage de mes agissements.

Seul m'importait que la voix de Dora se dépose sur mon répondeur comme de la rosée et m'annonce mon retour en grâce. En voulant la sanctionner, je m'étais puni moi-même. Je compris alors la densité que prend un être dès qu'il nous quitte. Il nous semblait encombrant à nos côtés, il devient essentiel dès qu'il tourne les talons. L'amour nous rachète du péché d'exister mais dès qu'il échoue, il nous accable de la gratuité de cette vie. J'avais beau interposer entre elle et moi un mur de corps, elle me hantait, à la manière d'une idée fixe. A rebours de mes principes, j'étais en train de découvrir que tous les êtres ne se valent pas, que certains sont même irremplaçables. Dora ne me téléphona qu'une fois pour me demander de ne plus la harceler. Elle raccrocha sur cette phrase :

— Tu ne toucheras plus ta petite négresse kascher...

J'étais si heureux de l'entendre que je mis un certain temps à réaliser la teneur du message. Je rappelai aussitôt : la ligne sonnait dans le vide. Elle avait dû me joindre d'une cabine. Je courus chez elle, montai essoufflé les six étages jusqu'à son gourbi. Une jeune étudiante africaine aux belles épaules découvertes m'informa que Dora Anse-Colombe était partie sans laisser ses coordonnées. Elle m'invita à vérifier l'intérieur de l'appartement : ce n'était plus le sympathique foutoir que j'avais connu, c'était propre, pimpant, entièrement repeint de jaune avec des gravures naïves des rues de Saint-Louis du Sénégal. Malgré mon désarroi, j'eus envie un instant de mordre les épaules de la nouvelle locataire, d'enfouir mon nez sous ses aisselles. J'interrogeai ensuite la concierge qui me confirma ce « départ à la cloche de bois ». La « demoiselle du 6e » n'avait pas souhaité faire suivre son courrier. « Un sacré phénomène, celle-là, personne la regrettera dans l'immeuble. »

Une après-midi, j'étais vautré sur le sofa de mon studio, je n'avais plus le cœur à l'ouvrage. Mon père me faisait part au téléphone de sa dernière lubie : uriner assis sur le siège, ce qui avait un double avantage, selon lui, mettre fin à l'orgueil du mâle qui se dresse pour pisser et ménager la prostate, éviter les tensions sur cette glande. La morale politique rejoignait ainsi la santé. Soudain la sonnette retentit. Mon cœur bondit. Je n'attendais personne : ça ne pouvait être que Dora, elle m'avait pardonné. La providence me sauvait une fois encore. Je raccrochai et courus chercher, pour les mettre en évidence sur ma table, quelques livres religieux, un sur la Kabbale, un autre sur la mystique juive que j'avais achetés depuis son départ pour me rapprocher d'elle. Je dois à la vérité de dire qu'en dépit de mes efforts, ils m'étaient tombés des mains. La sonnette se remit à grésiller, à la fois geignarde et péremptoire. Je dus me retenir pour ne pas dévaler l'escalier quatre à quatre afin de l'enlacer au plus vite. J'appuyai sur le bouton qui libère le pêne sans demander qui était là. J'attendis, appuyé contre le chambranle de la porte, le cœur battant. Quelqu'un en effet montait qui n'avait pas jugé utile de donner son nom à l'interphone. Quelle merveilleuse surprise ! Les pas réguliers freinèrent au dernier étage comme si la personne cherchait son chemin, hésitait au lieu de prendre le petit escalier latéral qui menait jusqu'à chez moi ! Un froissement de papier troubla le silence, suivi de deux coups timides sur la porte :

seule une familière pouvait tambouriner ainsi. Je pris une profonde inspiration et ouvris avec un grand sourire. C'était plus fort que moi, je souriais toujours à cette occasion, la grimace engageante du vendeur. Mais les jointures de mes mâchoires se bloquèrent. Une silhouette se dressait sur le fond lumineux du couloir. C'était Suzanne, de profil.

Tout le sang de mon visage reflua. Je crus tomber, foudroyé de surprise. Elle était là, emmitouflée dans un manteau de laine noir rabattu, le nez pris, le teint fiévreux. C'était cette période de l'année où les femmes s'enrhument, embaument l'eucalyptus, le bonbon à la menthe. Elle semblait horriblement gênée.

— Ce n'est pas moi que tu attendais ?

Sa voix chevrotait malgré la fausse cordialité du propos. Une révolution mentale agitait mon cerveau : je devais trouver une parade, vite, ne pas donner le sentiment d'être pris au dépourvu. Je savais qu'un être en proie à la défiance préfère se raccrocher à une fiction plutôt qu'affronter la vérité. Suzanne entra d'elle-même avant que je ne l'invite.

— Dis donc, c'est très coquet chez toi, décoré avec goût en plus ! C'est donc ici que tu viens toutes les après-midi. Tu ne te demandes pas comment je le sais ?

— Tu m'as suivi ?

— Pas du tout !

Elle reprenait de l'assurance. Elle sortit de son sac une enveloppe violette d'un beau papier vélin, épais et souple, comme s'en envoient les amoureux.

— Tu ne devines pas ?

— Non.

De l'enveloppe, elle tira une feuille manuscrite de même couleur noircie sur un seul côté.

— Lis. C'est une lettre anonyme. Quelqu'un qui te veut du bien. Sans doute une des amies que tu reçois ici pendant que tu apprends l'arabe.

A cette simple mention, ma vue se brouilla. Je faillis tomber : je ne pouvais y croire. Qui m'avait joué ce vilain tour ? J'aurais dû alors renverser Suzanne sur le lit, lui faire l'amour. C'eût été une diversion formidable. Mais j'avais autant envie de sexe que de me pendre. Je me recomposai une figure.

— C'est vrai, j'aurais dû te le dire avant. J'ai pris ce studio pour être tranquille et potasser mes langues l'après-midi.

— Je suis sûre que tu potasses toutes sortes de langues ici !

— Regarde avant de faire de l'humour facile.

Par chance étaient ouverts sur un petit guéridon, à côté du volume sur la Kabbale, un cahier, un dictionnaire franco-hindi ainsi qu'un gros livre recouvert, en fait l'annuaire du Paris Coquin. Ils pouvaient donner le change et prouver que mon claque était une bibliothèque ardente.

— Suzanne, tu dois me comprendre, j'ai trente-cinq ans, trois enfants à la maison, un boulot à plein temps. J'ai besoin d'une chambre à moi, d'un jardin secret où me retrouver. J'ai eu tort, je le sais, mais tôt ou tard je t'en aurais parlé.

Je sentais mon épouse prête à mordre à l'hameçon, à évacuer le doute torturant.

— Personne n'est au courant, pas même Julien ou Jean-Marc...

— Enfin une parole vraie. Je te le confirme, ils ne sont au courant de rien.

Un espoir fou germait en moi. Il était 17 h 20. Mon prochain ange, un mastodonte en vérité, n'arrivait pas avant 18 heures. Avec un peu de chance et beaucoup de doigté, j'aurais d'ici là rasséréné Suzanne, l'aurais peut-être même raccompagnée à sa voiture.

— Allez, viens boire quelque chose au bistrot du coin.

— Non, je préfère ton jardin secret. J'adore les jardins, voir les plantes qui y poussent, les légumes qu'on y cultive.

Elle avait retrouvé sa causticité. Manifestement le lit à baldaquin, ses draps de satin blanc et les cœurs brodés sur les oreillers avec le monogramme qui disait « AIMONS-NOUS LES UNS SUR LES AUTRES » (très douteux, j'en conviens) ne passaient pas. Elle les contemplait, interloquée. Elle s'assit dessus, testa l'élasticité du matelas.

— On doit être bien sur ce lit pour étudier les langues orientales. Je sens que si je m'allongeais, je parlerais l'arabe couramment.

Elle se laissa tomber en arrière, écarta les jambes et se mit à onduler du bassin, à pousser des gémissements en tordant la tête de droite à gauche.

— Comment trouves-tu mon accent ?

Je ne me souvenais plus que mon épouse pouvait avoir de l'humour. Ça se gâtait. Il fallait que je l'entraîne dehors sans tarder. Descendre les escaliers, m'éloigner de ce lieu brûlant.

— Cela peut te paraître bizarre, je sais. Mais nous traversions une crise. Je craignais que tu ne le prennes mal. Allons prendre une bière, nous en avons besoin tous les deux.

Suzanne pointa du doigt une étagère garnie de bouteilles de vodka, cognac, liqueurs de fruits, toutes entamées.

— Dis donc, ça donne soif les langues étrangères. J'espère que tu n'es pas devenu alcoolique au moins ?

— Ce sont de vieilles bouteilles choisies pour leur esthétique.

— Comme il est agréable ton petit nid d'amour. Tu aurais dû m'inviter avant. Je serais venue, tu sais.

— J'allais le faire, je te promets, je voulais t'en réserver la surprise.

Les mensonges me coulaient de la bouche comme un sirop nauséabond. Elle se raidit.

— Sébastien, tu es pathétique. Dis-moi : qui est cette femme ?

Elle me tendit ou plutôt me jeta au visage la feuille de papier violette. Je la pris avec terreur. Tout de suite, j'en reconnus l'écriture. Elle n'avait pas pris la peine de la déguiser. Ce n'était pas une lettre écrite à la hâte avec des lignes débordant de partout mais un projet mûrement réfléchi. Sur un seul côté étaient tracés, avec une belle calligraphie, les mots suivants à l'encre bleue :

« Ton mec est une pute. Il fait des passes l'après-midi au 19 rue du Bout du Monde, 75004 Paris, 5e étage face, au sommet de l'escalier. Code 07852. Interphone au nom de Virgile Coutances. »

Entre parenthèses étaient indiquées les stations de métro Saint-Paul ou Hôtel de Ville, coutume d'étudiante qui utilise les transports en commun. J'avais dû pâlir à l'extrême, car Suzanne me demanda si je me sentais bien. Mes jambes étaient faibles, mes réflexes cérébraux bloqués. Les mots restaient collés sur ma langue, je peinais à trouver le seul qui eût brisé le maléfice. Je n'eus même pas la force de prétendre que cette lettre constituait une pure calomnie. Je ne savais ce qui était pire : être découvert par Suzanne ou trahi par Dora. Peut-être la conjonction des deux. Je ne pouvais croire que ma maîtresse ait agi de la sorte, elle qui n'avait que la miséricorde à la bouche.

— Qui est cette personne, Sébastien ? Parle-moi un peu d'elle. Et pourquoi ce pseudonyme Virgile ? Assouvis ma curiosité. Tu me dois bien ça non ?

Un enchaînement impitoyable

Je n'arrivais plus à réfléchir. La sueur se condensait en gouttes glacées sur mon front. Je fus pris d'une envie folle de frapper Suzanne, de lui fracasser la tête sur les murs pour la punir de m'avoir débusqué. Tant d'animosité s'était accumulée de part et d'autre, transformant notre vie commune en un grand lac d'amertume.

— Julien te trouve bizarre depuis quelque temps. Il se demandait même si tu n'étais pas sous l'emprise d'une secte. Je vais le rassurer tout de suite : tu fais du jardinage.

Je restai frappé par le mutisme, la tête baissée, dans la position du bandit pris sur le fait.

— Sébastien, je veux que tu me dises la vérité toute bête, toute simple.

Soudain la sonnette de l'interphone retentit. Ce fut un autre coup de poignard dans ma poitrine, mon cœur bondit de façon anarchique. Il était 18 heures pile. Le temps avait filé si vite. Tout était perdu. Ma cliente ne m'avait pas rappelé sur mon portable comme c'est la règle. J'avais imposé une loi intangible dans mon travail : ne jamais laisser monter une femme avant que la précédente n'ait tourné les talons au coin de la rue. Question de bienséance : dans la prostitution comme aux toilettes, on ne veut pas savoir qui est votre prédécesseur.

— Réponds, dit Suzanne d'un ton mielleux. C'est peut-être un colis de la poste. Tu ne m'as pas dit que tu attendais le facteur ?

Dans mon égarement, j'eus presque envie d'éclater de rire. L'effroi emportait ma raison, paralysait mes facultés. Je tombai à pieds joints dans le piège grossier qu'elle venait de me tendre.

— Oui, ça doit être ça, un livre qu'on m'a envoyé.

— Un livre ! C'est vrai que tu adores les livres ! tu les achètes par caisses entières !

La sonnette vibra une fois encore, impatiente : je reconnaissais bien le style autoritaire de ma prochaine cliente. Suzanne alla presser elle-même la touche qui déverrouille la porte d'entrée. Des pas lourds commencèrent à gravir l'escalier. Dans le silence de l'immeuble, nous les entendions comme s'ils grimpaient dans notre propre tête. C'était mon 18 heures du jeudi (je parlais comme un chef de gare), une femme forte entre deux âges, vêtue en clergyman, avec une veste noire à revers, un pantalon sombre et les avant-bras engorgés, tatoués d'une croix celtique. Sa fantaisie à elle était d'endosser une tunique de bonze, couleur safran, de se placer dans la position du lotus tandis qu'une cassette jouait un air de sitar et que des bâtonnets d'encens brûlaient alentour. Dans cette attitude, il me suffisait de la surprendre par-derrière, de la renverser et de la trousser, mise en scène assez sommaire. Dès le deuxième étage, son pas ralentit. Je l'imaginai au bord de l'apoplexie, maudissant sa corpulence et la vétusté de l'habitation qui interdisait l'aménagement d'un ascenseur. Elle poursuivait son ascension himalayenne, ponctuée d'accès de toux à fendre l'âme. Il n'aurait plus manqué qu'elle crache comme cela lui arrivait parfois. Suzanne écoutait ces expectorations dignes d'un camionneur avec effarement. Quand la porte s'ouvrit, l'hommasse écarlate reprit son souffle, se racla la gorge, fit un pas en avant. Dès qu'elle nous aperçut, elle éructa d'une voix canaille, faussement parigote :

— J'dérange pas, au moins, c'est ben mon heure ?

Suzanne blanchit, son visage se froissa comme une boule de papier. Elle eut un battement désordonné des paupières, sa tension explosa en contractions.

— J'peux attendre quekzinstants sur le palier, pas de problème.

Suzanne avait l'air maintenant d'une belette aux abois, traquée par les chiens qui vont l'achever. Son minois fripé, son dérèglement me ravirent. Quinze années de corvée conjugale se trouvaient vengées en cette minute. On eût dit que des pétales de peau tombaient un à un de son visage pour le réduire à la taille d'un trognon. Si elle avait pu mourir là, de saisissement, sous nos yeux, nous l'aurions balancée par la fenêtre, la grosse et moi, comme un déchet. Elle tenta d'ouvrir les lèvres, émit des bredouillements, s'étrangla et s'enfuit, pinçant la bouche pour ne pas hurler. L'air s'était raréfié, les masques étaient tombés avec un fracas effrayant. Ma cliente, insensible à ce minidrame, se changeait dans la salle de bains, tel un lutteur de sumo, me rappelant à mon humble devoir.

Le soir même, mes valises m'attendaient sur le palier de notre appartement, rue de l'Arrivée. Suzanne, en peignoir, les cernes gonflés, m'ordonna de quitter la maison.

— J'ai couché les enfants. S'il te reste des affaires, je te les enverrai dans ton... jardin secret.

Son air d'épouse offensée me mit hors de moi. Un dernier accès de vindicte me dicta ces mots :

— Bon, je suis gigolo à mi-temps, tu vas pas en faire une salade. J'ai droit à des loisirs quand même !

Suzanne redressa la tête.

— Mon pauvre Sébastien, tu ne tiendras pas la route. Tu n'es qu'un tocard !

Dans les jours qui suivirent, mes amis m'appelèrent avec une compassion exaspérante. J'appris par Jean-Marc que Suzanne était outrée par la laideur de la créature montée chez moi. Elle eût compris l'élan pour une personne splendide, hors du commun mais cette horreur l'avait suffoquée. Cela dénotait une perversité abominable. Julien m'adjura de penser aux enfants, de ne pas briser une famille unie pour quelques caprices érotiques. Mais je sentais dans son timbre une répulsion qu'il cachait à peine. J'avais tellement honte que le groupe sache la vérité que je préférai rompre les ponts. Ils me relancèrent, je ne décrochai plus le combiné. Je me sentais comme la mouche collée sur du papier adhésif : dès qu'elle libère une patte, l'autre s'englue. Un jour, ils cessèrent tous de me téléphoner. Avec une surprenante unanimité. Seule Fanny m'envoya un mot :

— Mon salaud, si ce que j'ai appris est vrai, tu es un fieffé hypocrite ! Cela te ressemble tellement peu ! Je ne te juge pas, nous serons toujours là si tu as besoin de nous.

Deux semaines plus tard, je comparaissais en procédure de conciliation avec Suzanne et son avocat. Elle avait étoffé son dossier, beaucoup dans sa famille avaient témoigné contre moi. Je pris tous les torts à ma charge, acceptai le divorce aux conditions de la partie adverse. J'étais prêt à verser un montant compensatoire, à renoncer aux droits paternels. Déçue de ma reddition immédiate, avide, je pense, de me voir mordre la poussière, la magistrate me demanda ce que je comptais transmettre à mes enfants avec un tel comportement. Je répondis sans réfléchir :

— Le goût du chocolat !

Dans les couloirs du tribunal d'instance, lugubres comme un hospice où traînaient de pauvres hères que la justice allait briser, mes trois petits attendaient sagement. Ils coururent vers leur mère sans me parler. Zabo, la bambine, se réfugia dans les bras du cadet, tous deux se cachèrent derrière l'aîné, Adrien, qui venait d'avoir quatorze ans, et se plaça devant Suzanne comme pour la défendre. Je me penchai pour l'embrasser. Il me repoussa, les yeux brillants d'indignation.

— Papa, ce que tu as fait est dégoûtant.

Je lui répondis calmement en me baissant pour être à sa hauteur.

— Adrien, un jour tu comprendras que j'ai seulement essayé de faire le bonheur autour de moi.

Il pivota, se tourna vers son frère et sa sœur qui, eux-mêmes, dans un bel élan, enfouirent leur tête dans le ventre de leur mère, laquelle les couvrit de ses bras d'un air farouche. Suzanne était redevenue belle, altière. Elle protégeait sa portée des turpitudes de leur géniteur.

CHAPITRE VI

Le mercredi des cendres

J'ai toujours rêvé de m'alléger tant j'ai peur d'étouffer sous le poids des êtres, des objets. La vision de mes parents accumulant meubles et babioles année après année, de mon épouse et de mes enfants partant en vacances, sept ou huit valises posées côte à côte m'a de tout temps accablé. Il n'est qu'un argument valable contre le principe de propriété : on est possédé par ce qu'on possède. Très tôt, je n'ai plus voulu être encombré, je me suis rêvé mercuriel, vif-argent. Ne pas peser, ne pas m'alourdir, ne pas m'engager : ce triple programme, je l'avais mené à bien. J'avais dénoué les liens qui me rattachaient à ma famille, à mes amis, à mon amante pour me livrer à ma seule passion. En me délestant de toute chaîne, n'avais-je pas aussi sacrifié l'essentiel ?

Petits moyens

J'avais perdu après le divorce les mille privilèges d'une existence aisée qui m'étaient devenus indispensables. Avec l'âge, je m'étais transformé en poule de luxe qui dépérit dès que lui manque son confort. J'étais un trentenaire bien entamé qui n'avait jamais manqué de rien. Le superflu m'avait été octroyé encore plus que le nécessaire, bonne chère, vieux meubles, grandes maisons aux parquets poncés, aux jardins élégants, domestiques discrets, voyages en première classe, palaces et tout le tralala. Rien ne m'appartenait, je vivais au-dessus de mes moyens, parasite attitré qui avait la chance d'évoluer dans un milieu aisé. J'avais gâché les avantages d'une belle-famille généreuse qui nous aidait à arrondir les fins de mois, nous conviait au pays Basque, en Bretagne, au Maroc ou aux Caraïbes. Ces prébendes auraient corrompu les plus endurcis. Je me retrouvai précipité dans la gêne, soumis à l'obligation de compter sou à sou. Mon salaire n'avait pas diminué ; seuls mes frais avaient augmenté. Je versais une pension alimentaire substantielle à Suzanne, ce qui me laissait à peine de quoi vivre. Je végétais dans la terreur des petits moyens, des vêtements miteux, des troquets puants, des gargotes aux relents de graillon, des espérances déçues. J'imaginais un avenir d'indigence, les premières atteintes de la maladie. J'étais surtout limité à mon studio de la rue du Bout du Monde, jadis oasis de liberté, maintenant prison en voie de délabrement. Même le plafond du lit à baldaquin s'était affalé sur moi tandis que je besognais une grande perche qui avait trouvé ça comique. Le plancher se brisait par lames entières, la plomberie fuyait et chuintait, les fenêtres mal jointoyées laissaient filtrer des masses d'air froid qui me glaçaient les pieds. Mon bobinard ressemblait de plus en plus à la piaule dégradée où vivait jadis Dora. Dans mes placards saturés, je contemplais les beaux restes d'une garde-robe élégante : les costumes de lin et de cachemire se lustraient, le col des chemises brillait d'usure, les coudes des pull-overs étaient troués, la semelle de mes chaussures fondait.

Je me souvenais avec émotion des jours heureux aux côtés de Suzanne : la table aux couleurs toujours vives, la belle vaisselle de type provençal, son goût exquis pour la décoration et l'arrangement des chambres, les petits plats mitonnés, notre projet d'acheter un cinq-pièces dans un meilleur quartier, nos enfants aux cris joyeux. J'avais encore dans les oreilles le bruit des crayons dans leurs trousses, leurs farandoles hurlantes et surtout le rire de Zabo, ma dernière, ce grésillement en cascade qui me ravissait. Je n'avais plus le droit de leur rendre visite pour le moment : je m'y résignais sans colère. Mais plus que tout, Dora n'était pas là : comment faire bonne figure, feindre le moindre intérêt pour les autres ?

Je croyais la voir partout, chaque silhouette féminine me la suggérait par un détail pour mieux me la dérober, tel un halo persistant qui soulignait son éloignement. Son fantôme se faufilait, grimaçant, entre les corps qui s'allongeaient chez moi et me gâchait le labeur. Il arrivait qu'un de mes anges porte le même parfum qu'elle et la coïncidence me révoltait : j'aurais volontiers giflé l'usurpatrice. Je me sentais tout petit avec mon chagrin d'amour en bandoulière, ramené à une dimension bien mesquine de l'existence. Mais Dora me hantait : quelque chose d'admirable s'était produit entre elle et moi que je n'avais jamais connu. Je la bénissais presque de m'avoir quitté, sa trahison lui octroyait une stature formidable. Une femme capable d'une telle scélératesse méritait toute ma vénération. Ne me restait d'elle qu'une photo d'identité prise dans un couloir de métro. Je me consolais de la laideur du monde en contemplant ce méchant cliché, aux couleurs passées, que j'élevais comme une icône au-dessus des petitesses du temps.

Cheval de cirque

Mon appétit sexuel déclinait lui aussi comme si le fait de ne plus transgresser l'ordre matrimonial avait émoussé ma libido. C'était miracle déjà que j'aie pu tenir cinq ans sans être attrapé. J'ingurgitais des vitamines pour ranimer mes ardeurs, allais soulever de la fonte en salle, pratiquais le vélo stationnaire. Célébrant désabusé d'un culte phallique, j'avais du mal à vendre mes charmes. La frêle tribu de parfums et de sourires de mes fées s'était transformée en un troupeau de commères qui défilaient, caquetantes et piaillantes, avec leurs doigts indiscrets, leurs bouches luisantes. C'étaient des hordes qui se ruaient chez moi pour se faire caresser l'abdomen. Les accueillir à l'étage, les reconduire sur le palier avec des mots doucereux, des sourires entendus était au-dessus de mes forces. A chacune, je devais laisser croire qu'elle était unique, qu'elle m'avait excité plus qu'une autre. J'avais à peine le temps de retaper mon lit que le timbre de la porte sonnait la charge. Je traitais chaque visiteuse avec l'affection anonyme d'une infirmière qui vérifie sous les draps l'écoulement d'une vessie. Je m'efforçais de les achever au plus vite, de les débiter à la chaîne. Je sortais ma petite pièce d'anatomie et la logeais dans le réceptacle prévu à cet effet. Fouteur mécanique, j'étais à la manœuvre, je tournais des boulons, j'actionnais des manettes. Je me sentais comme ces acteurs qui cachetonnent en province et doivent sourire à de vieilles dames qui leur disent : vous m'avez fait passer un bon moment. Certaines sentaient le gel à cheveux, la laque ou des parfums acides qui me piquaient les yeux, me prenaient à la gorge.

Je n'allais plus au studio, j'allais à « l'usine », j'avais rebaptisé mes anges les « tirelires ». J'étais devenu âpre au gain, réclamais mon obole avec insistance et surfacturais chaque variation, chaque dépassement surtout quand je tombais sur une coriace dont le traitement relevait du calvaire. J'interdisais maintenant qu'on m'embrasse : mes lèvres n'appartenaient qu'à moi. Je redoutais par-dessus tout les bougresses vindicatives qui me soupesaient comme un morceau de barbaque, me donnaient du « mon chou », « mon trognon », m'appelaient « pine de nègre », me disaient « baise-moi à mort » me lançaient des « je t'aime » comme de vieux gants usagés sans compter celles qui me payaient pour prendre leur revanche sur ces « salopards de mecs ». Mise en position de cliente, la femme n'est pas moins vulgaire et brutale que l'homme. Des matrones truculentes, des pots à tabac enveloppés dans des joggings fuchsia avec un string enfoncé dans leurs fesses plates croyaient m'appâter en me dégoisant à l'oreille des blagues grivoises avant de jouer avec ma « bistouquette » comme si j'étais un baigneur de celluloïd. Toutes ces dames étaient de leur temps et récitaient le catéchisme sexuel contemporain, disaient bite, chatte, couilles, enculer comme on dit bonjour, bonsoir. Les traiter de salopes, de chiennes constituait le plus beau compliment qu'on puisse leur adresser. Jadis les putains de haut vol voulaient passer pour des honnêtes femmes ; aujourd'hui ce sont les bourgeoises qui veulent passer pour des traînées. Mais l'obscénité est un art délicat qu'un rien sépare du radotage. Les mots sales, hélas, ne le restent pas longtemps et s'éventent à une vitesse stupéfiante, comme du vin ouvert. Parfois une de mes passagères brisait ce schéma, exhumait une métaphore marine ou minière qui me laissait pantois, telle cette honorable ménagère qui m'avait dit un jour en fermant les yeux :

— Travaille-moi les fonds !

Diable, les fonds telluriques, océaniques, financiers ? Je devenais spéléologue, m'enfonçais dans les entrailles d'un être pour en extraire de l'or, du feu, des minerais rares.

Plus grave : la laideur avait cessé d'être une anecdote, un témoignage de diversité, elle était une agression. Je n'attendais pas avec la même fébrilité les petites grosses, les haridelles, les décharnées dont les angles me blessaient, dont l'épine dorsale avait des duretés de bâton. Les mentons fuyants, les croupes affaissées, les seins reconstitués au milieu d'une étendue d'os et de clavicules ne me disaient plus rien. Je craignais par-dessus tout les monts de Vénus rasés, les petites fentes dégarnies qui évoquaient la crudité d'un coquillage et ramenaient leur propriétaire au statut ambigu de la fillette. L'épilation intégrale est un rêve de pédophiles. Restait-il en France une seule femme qui s'autorise encore une petite touffe sous les bras, un duvet sur les jambes, voire une toison sous le nombril ? Même les délurées, les filles à la poitrine hypertrophiée où il faisait si bon jadis se vautrer, me laissaient coi. Je reprenais mon souffle et me lançais les yeux fermés, me souvenant qu'en chaque créature, comme me l'avait expliqué Dora, réside un peu de l'âme divine. Pour relativiser mon malaise, je songeais à ces belles recluses en maison, ces arpenteuses des boulevards contraintes de vidanger jour et nuit des porcs, des vieillards, des débiles qui leur fourraient leur organe dans la bouche comme s'il s'agissait d'un dû. Je comprenais maintenant la haine des prostituées pour le client, leur conception de l'acte vénal comme vengeance. Il n'est pas de mission qui ne connaisse ses défaillances, même les martyres ont eu leurs moments de doute. Une mince, très mince cloison sépare la vocation d'une contrainte, le paradis d'une corvée. Notre métier s'apparente par certains côtés à la trajectoire du saint qui doit laver les pieds du lépreux, lécher les plaies du pestiféré. Mais j'étais loin de la sainteté et une jolie frimousse de temps à autre ne m'eût pas déplu. Jusque-là j'avais fessé des grand-mères, labouré des duègnes avec le sérieux d'un ouvrier qui soigne la belle ouvrage. Soudain je calais, je criais pouce !

Suzanne avait eu raison : je n'étais pas à la hauteur. Les événements avaient pris le pouvoir sur ma vie. J'aurais dû tout arrêter. Je persistais par besoin d'argent. Cette deuxième source de revenus non déclarés n'était pas négligeable. Et puis je ne souhaitais pas me dédire, désavouer un choix qui m'avait déjà tant coûté. Je suivais ma routine comme un cheval de cirque. Il m'arrivait plus d'une fois de déclarer forfait. A la moindre contrariété, mon engin piquait du nez, fondait comme bougie et plus moyen de redresser la barre. Quand le moteur connaissait des ratés, j'avais droit à des paroles de commisération suivies d'une discrète demande de dédommagement. J'allai consulter un médecin qui me prescrivit une dose de comprimés avant chaque rapport « pour faire repartir la machine ».

Seule consolation au milieu de ces déconvenues, j'avais neutralisé l'hostilité de mon nouveau chef de bureau, Jean-Ignace de Guiolet. Peu après sa nomination, il m'avait convoqué pour me passer un savon.

— Mon cher Sébastien, j'ai cru comprendre que mon prédécesseur vous avait à la bonne. J'en suis ravi. Mais je n'ai pas coutume de mener une politique de privilèges. Vous savez les consignes que nous avons reçues d'en haut : l'opinion publique exige maintenant de nous des résultats. Cela peut paraître exorbitant mais c'est ainsi. Or votre assiduité professionnelle laisse à désirer. Vous avez une réputation de dilettante. Je ne vous ferai pas l'injure de vous demander à quoi vous passez vos après-midi, je n'écoute pas les ragots même s'ils sont vrais...

Il réprima un sourire et ses grands doigts s'entre-croisèrent en un maillage difficile. Son visage juvénile se forçait à être désagréable alors que l'évocation de mes lutineries avait l'air de l'amuser au plus haut point. Je constaterais chez lui plus tard ce même mélange d'espièglerie et de vacherie. Ce petit merdeux allait m'en faire baver.

— ... je vous avertis : je ne tolérerai plus vos fugues quotidiennes. Si encore vous exerciez une activité syndicale, si vous militiez contre la mondialisation, nous saurions nous montrer compréhensifs. Vous savez à quel point le Château (il leva son doigt en l'air) aime ces sujets. Reprenez-vous ! Vous étiez bien parti à ce que je vois dans votre dossier, et au même âge que moi. J'espère que je ne finirai pas comme vous ! Donc c'est clair : plus d'absence après le déjeuner ?

Je modifiai mes horaires en conséquence : je recevais maintenant de 19 heures à 22 h 30 dans mon appartement. Toutefois, par une sorte de vanité puérile, je mis un point d'honneur à gagner M. de Guiolet à ma cause. Je tentais de retrouver pour mon métier la foi des premiers temps avant que la fatigue et le découragement ne cisaillent mes convictions. J'avais gâché une chance extraordinaire. Une confidence jetée à la hâte me mit sur la voie. Mon jeune supérieur, encouragé par sa maman, écrivait un livre, comme tout le monde. Il souffrait de ce fameux complexe de Saint-John Perse qui tenaille consuls et diplomates en France. L'occasion était trop belle : je lui proposai de lire son texte, j'étais normalien après tout, j'avais gardé quelques notions de littérature. Il en fut dérouté, ravi. Comme je m'y attendais, l'intrigue de sa fiction était d'un convenu affligeant, je l'avais déjà rencontrée sous de multiples formes dans des bandes dessinées : un vieillard avale par mégarde une pilule de rajeunissement qui le ramène à l'état de bébé, provoquant le désarroi de ses proches. Je lui suggérai d'inverser les termes du procédé : qu'un nourrisson dans une même famille se mette à vieillir à grande vitesse, atteint de dégénérescence précoce, tandis que son aïeul rajeunit. Les deux personnes, chacune sur une échelle de temps parallèle mais inversée, se rencontrent au même âge, trente-cinq ans, se racontent leurs souvenirs respectifs, sachant que les rôles vont être renversés, que l'enfant deviendra le grand-père de son grand-père, ce dernier le petit-fils de son petit-fils. M. de Guiolet se remit au travail, me soumit chaque page du nouveau texte, trouva un éditeur. Je venais de garantir ma tranquillité, il me mangeait dans la main désormais. Sa maman, une grande femme à poigne d'une redoutable distinction, vint me féliciter dans mon bureau.

Je voyais à peine mes parents sinon dans des cafés le temps d'un sandwich. Je n'étais plus convié à la maison. Ma mère ressemblait à une vieille squaw aux traits creusés, aux cheveux grisonnants ; elle m'énumérait ses activités militantes à la façon d'un catalogue de bonnes actions qu'elle opposait à mon infamie. Elle prenait tout à cœur désormais, le moindre échec d'une grève, la raréfaction d'une espèce la jetait dans le désespoir ; la décision du président brésilien Lula d'autoriser le passage d'un gazoduc à travers la forêt amazonienne lui avait occasionné une forte fièvre et un amaigrissement brutal. Elle était fière d'avoir inventé un nouveau slogan pour le Front de Libération des Animaux : « Tant qu'il y aura des abattoirs, il y aura des champs de bataille. » Une gêne durable nous séparait, son fils fétiche l'avait bafouée. Elle repartait au bout de quelques minutes, digne et triste, le noir corbeau du chagrin juché sur ses épaules. Mon père, qui s'était arrondi, rivalisait en diversions, en jérémiades. Mon divorce l'avait brisé, il ne voyait plus ses petits-enfants qu'entre deux portes sous la supervision du Cerbère comme il appelait mon ex-belle-mère, laquelle passait son temps à dire du mal de moi (« Celle-là, je suis sûr qu'elle vote Front National »). Mon frère Léon allait mieux, beaucoup mieux, il avait perdu vingt kilos, trouvé une place dans une boîte d'agro-alimentaire et même rencontré une fille qu'il allait leur présenter. Mon père tournait autour du pot à la façon de ces hommes que l'autorité rebute et qui veulent la jouer copain-copain. Enfin, repoussant son assiette, buvant une autre gorgée de bière pour se donner du courage, il s'affirmait soucieux de mon évolution, c'était l'euphémisme qu'il utilisait pour dire ma perdition. Il refusait de me faire la morale, cet affreux concept bourgeois, mais ma mère et lui craignaient que je ne fasse fausse route. Je le priais de préciser ce qu'il entendait par là. Il suffoquait, demandait de l'aide. Je l'obligeais à prononcer clairement l'horrible mot en P qui le tétanisait, le mot putain. Je lui confirmais que c'était un de mes passe-temps favoris, que j'y trouvais de grandes joies. Il baissait la tête, défait. Comme j'aurais préféré un père à l'ancienne capable de me gifler, de me botter le cul au lieu de cette chiffe molle gauchisante engluée dans ses contorsions.

Ma perception du monde avait changé avec mon état social. Je n'aimais plus Paris, sa grisaille qui enveloppe les passants dans un suaire, ses clochards affalés en tas, l'hiver, sur des bouches de chaleur comme autant d'immondices qu'enjambent des jeunes femmes follement chic. L'aura un peu faisandée du Marais, cette fausse vitrine de la marginalité dédiée à la fringue et à la restauration, avait cessé de m'attirer. J'étais fatigué de ce folklore qui réunissait tous les stéréotypes de la bohème attitrée, du fils de famille en rupture de ban à l'artiste maudit inscrit aux Assedic sans oublier la serveuse de bar qui attend son grand rôle au cinéma. A mes moment perdus, je me réfugiais dans un petit café sans prétention de la rue du Roi-de-Sicile « Au chat qui fume », un boui-boui à l'ancienne avec des miroirs presque opaques à force de renvoyer aux clients leurs sales gueules, des banquettes de moleskine rapiécée et un zinc délavé doux au toucher comme du marbre. Un gros matou, à la bouille de corsaire, à demi borgne, dormait sur le comptoir et constituait la mascotte du lieu. Quiconque poussait la porte sans lui rendre un discret hommage, lui gratter la tête et le menton était prié de déguerpir. Des artisans, des pochards, des étudiants, des immigrés survivants de la spéculation immobilière, plus quelques homos hors d'usage, expiant le crime d'être vieux et pauvres, se croisaient entre ces murs. Dans chacun des villages qui composent Paris se tissent, entre paumés de toutes origines, des liens secrets qui leur permettent de fraterniser autour du pain noir de la solitude et de la débine.

C'est là qu'un matin par hasard, je tombai sur mon ami Gérald en train de siroter un petit noir. Je fus déconcerté et ne m'interrogeai pas sur cette coïncidence extraordinaire. Dès que je l'aperçus de dos, avec ses cheveux noirs bouclés, sa veste de velours fatiguée, ses pantalons froissés, je faillis m'enfuir. Je raisonnai comme le voleur que deux gendarmes attendent en bas de chez lui pour le menotter. De toute la bande, c'est de Gérald que je me sentais spirituellement le plus proche : comme moi, il avait pris des chemins de traverse, comme moi s'était embourbé, sa réputation littéraire ou musicale restant proche du zéro. De fait il parut ébahi, lui aussi, de me rencontrer. Il venait répéter, dans un studio du quartier, une nouvelle chanson qu'il avait composée, peut-être la chance de sa vie. Il ignorait que j'habitais par ici, s'enquit de ma santé. Ce fut très simple, entre nous, comme le sont les choses authentiques. Tout de suite, il m'avoua que je leur manquais à tous : aucun ne comprenait pourquoi je boudais le groupe au moment où j'avais le plus besoin d'aide. J'avais d'ailleurs cessé de payer ma cotisation à Ta Zoa Trekei. Julien était particulièrement affecté par mon silence, il se demandait s'il avait dit ou fait quoi que ce soit qui m'eût blessé. Ces phrases m'allèrent droit au cœur. J'avais voué mes amis aux gémonies, alors que leur seul crime était de m'aimer. Nous décidâmes de nous revoir. Il me rappela, m'invita à dîner la semaine suivante chez Mario. J'acceptai avec joie, surtout quand j'appris que Julien, retenu par un procès au Danemark, ne serait pas là. Il était le seul dont la présence m'eût gêné après toutes ces péripéties.

Un soir brumeux où l'hiver avait imposé son triste couvre-feu dès 16 heures, je sonnai en haut de la rue des Martyrs. Mario habitait un cent cinquante mètres carrés au dernier étage d'un immeuble haussmannien avec une vue stupéfiante sur la capitale. L'endroit respirait l'aisance et le bon goût, d'immenses bouquets de fleurs rares embaumaient, fichées dans des vases tordus comme des cierges. Mario avait connu un sérieux revers financier avec le krach d'Internet puis s'était refait en lançant un nouveau produit fabriqué en Italie dans le Val d'Aoste, un savon gras, à l'odeur de musc, aux propriétés régénérantes. Son compagnon Prakash suivait des cours à l'Ecole florale française et repartirait dans un an à Lahore, fonder un établissement du même genre. Trois écrans, trois chaînes financières, une en français, deux en anglais, étaient allumés en permanence dans le bureau, la salle de bains et les toilettes : le couple boursicotait. Le dîner, indo-pakistanais, fut exquis et les nans, larges comme des oreilles d'éléphant, me rappelèrent ces cataplasmes truffés de moutarde que ma mère m'appliquait, enfant, quand je souffrais d'une angine. Prakash s'était surpassé dans ses talents culinaires, il portait une tunique blanche avec une grâce de prince. Je me laissai gagner par l'atmosphère chaleureuse de la réunion, déplorant juste l'absence de Fanny, retenue par un déplacement à l'étranger. J'en oubliais presque ce que j'étais devenu, un petit manutentionnaire de l'amour, le télégraphiste de l'entrecuisse. Nous étions en comité restreint, sans épouses. Mes camarades n'avaient pas changé et je mesurais l'extraordinaire résistance masculine à l'usure du temps, cette capacité propre aux garçons d'étirer leur adolescence bien après l'âge limite. Qu'il était bon de les retrouver avec leurs manies, leurs aspirations grandioses. Gérald écrivait maintenant des chansons pour la scène alternative française et il avait bon espoir que Manu Chao lui en prenne une ou deux. Je l'avais imaginé souffreteux, écrasé par les revers. Je découvrais avec envie un être effervescent, sûr de lui, qui gagnait sa vie comme pianiste dans un grand hôtel de la Rive Droite et travaillait tout le reste du temps à sa musique. Fanny fit l'objet d'intarissables éloges : on ne cessait d'énumérer avec admiration ses initiatives. Elle avait inventé pour une grande chaîne de supermarchés les produits parlants dits « nécessaires » qui posaient à tout acheteur la question préalable : As-tu vraiment besoin de moi ? Réfléchis bien ! Cela permettrait, selon elle, de moraliser le consumérisme et de freiner les achats compulsifs. Elle venait aussi de proposer à un richissime Afro-Américain, B. Jay John III, d'installer près de Moustique, cette île de nababs blancs dans les Grenadines qui n'emploient que du personnel noir, une autre île peuplée de millionnaires noirs qui n'emploieraient que des domestiques blancs. L'homme d'affaires, spécialisé dans les composants électroniques, cherchait un bout de rocher pour concrétiser cette réparation historique.

La diversité de ces carrières soulignait par contraste la pauvreté de la mienne. Mes amis eurent le tact de n'évoquer ni mon mariage brisé ni mes labeurs annexes. Ils me parlèrent comme si nous nous étions quittés la veille. Cette chaude fraternité me fit un bien fou : je m'étais conduit en misérable, je pouvais m'estimer heureux qu'ils me reçoivent encore. Tout doucement, une idée folle s'insinuait dans mon esprit : et si je plaquais tout ? C'était le moment. J'allais leur annoncer que je souhaitais entrer en cure de désintoxication. Cette perspective me rendit si fébrile que je ne remarquai plus rien, perdu dans mes pensées. Mario nous invita à passer au salon oriental, une pièce adjacente décorée de lampes de harem, de tapis damasquinés, de poufs épais et dorés. Une forte odeur d'encens avec un arrière-fond d'alcool flottait dans l'air. Aussitôt Jean-Marc, qui avait peu parlé, me serra dans ses bras de façon excessivement sentimentale, à la manière de ces mafieux qui se donnent l'accolade avant de se truffer de plombs. Je répondis de bon cœur à cette étreinte, ému par son caractère impromptu. Toute tendresse est bonne à prendre, nous fêtions nos retrouvailles après tout. Il était tard déjà, je n'avais pas vu les heures défiler, je me sentais si bien ! Je m'assis le dernier dans cette pièce à peine éclairée par une boule d'opale verdâtre. Mentalement, je répétai le discours que j'allais leur tenir, affûtant mes phrases, espérant ne pas succomber au trac. C'est alors qu'un projecteur, violent comme une lampe de commissariat, s'alluma pour éclairer un coin du salon laissé jusque-là dans l'obscurité et nous découvrit Julien, assis dans un fauteuil de cuir sur une petite estrade surélevée. Dans ma stupeur, je ne pus réprimer un cri et courus vers lui les bras ouverts, heureux de cette bonne surprise. Il eut une grimace qui lui rehaussa la joue droite et lui rabaissa la gauche à la mode d'un tableau cubiste. Je le saisis par les épaules et l'embrassai sur les deux joues. Il se rétracta comme un serpent à qui l'on verse de la poix fondue sur la peau.

Procès de Moscou

Une bataille avait débuté sans que je m'en aperçoive. Leur suavité m'avait trompé. Très vite, la scène devint folle Je répétais comme un coucou :

— Julien, pourquoi ne m'as-tu pas dit que tu étais là ? Tu as entendu la conversation sans broncher ?

Je m'attendais à un joyeux brouhaha, à un concert de clameurs qui confirment cette cachotterie. Mais un silence de mort régnait maintenant dans l'assemblée. Je demandai à la cantonade :

— Que se passe-t-il, j'ai dit une bêtise ?

Machinalement, je pris place sur un coussin, jetant autour de moi des coups d'œil incrédules. L'atmosphère s'était brusquement refroidie, les sourires avaient quitté les visages comme effacés par un chiffon. Nul ne me regardait plus en face. Julien se leva enfin, les traits tendus. Une rafale de tics le défigurèrent tandis qu'un bruit de chasse d'eau lui sortit du gosier. Ces perturbations physiologiques annonçaient toujours chez lui un malaise. Ses mains tremblaient tant qu'il dut les enfoncer dans sa poche. Je me dis qu'il lui était arrivé un malheur et qu'il souhaitait nous l'annoncer. D'une voix hésitante, il ouvrit la bouche.

— Sébastien, nous t'avons convoqué ce soir en assemblée plénière pour te faire une proposition.

A cet énoncé, je sentis de curieux picotements sur ma peau.

— Je n'ai pas été convoqué, j'ai été invité...

J'essayais de le prendre à la blague. Il me toisa sévèrement.

— ... je n'irai pas par quatre chemins. Tu as longtemps été l'enfant prodige du groupe, nous te pardonnions tes bouderies, tes silences mais cette fois la mesure est pleine. Nous aimions ta femme, tes enfants et selon nos statuts, nous étions prêts à les aider en cas de malheur. Un malheur est bien arrivé, pas celui auquel nous pensions. Les raisons de ton divorce nous ont peinés mais surtout scandalisés.

— De quoi parles-tu, Julien ?

— Tu le sais parfaitement : à l'heure qu'il est, tu devrais être conseiller d'ambassade. Au lieu de quoi tu n'es qu'un épicier du sexe.

— Et alors ?

Un frémissement parcourut mes camarades. Julien était devenu d'un blanc presque ivoire et une traînée de sueur brillait près de son oreille. Ma repartie avait coupé net son caquet martial. Il reprit, frémissant :

— Sébastien, tu pratiques un métier nauséabond qui nous salit tous. Tu avais choisi le corps le plus honorable, la diplomatie, tu as sombré dans l'activité la plus déshonorante. Au cas où tu l'aurais oublié, notre groupe suit des règles que tu n'as pas le droit de piétiner.

Je ne pouvais y croire, j'avais peine à retrouver mon souffle. Ils allaient éclater de rire à un moment ou à un autre et hurler au canular.

— Nous te laissons quand même une chance.

— Une chance ? Qu'est-ce que c'est ce langage ?

Je pris les autres à témoin.

— Gérald, Mario, Théo, Jean-Marc, réagissez, dites quelque chose, bon sang. Dites-moi que c'est une farce. Gérald, tu n'es pas venu au café en bas de chez moi pour m'attirer dans un traquenard ? Pas ça, pas toi ?

Ils avaient pris une fixité de statue, pointant maintenant sur moi leurs yeux grands ouverts. Aucun ne daigna me répondre. On entendait au loin Prakash donner des ordres à la cuisinière, qui rangeait le salon, entrechoquait les assiettes et les verres. Ces bruits familiers me rassurèrent : nous n'avions pas basculé dans un autre monde, nous n'étions pas dans ces boîtes de nuit tenues par la pègre où l'on danse au rez-de-chaussée tandis qu'au premier étage, les hommes de main tabassent et rançonnent. Julien se dandinait d'une patte sur l'autre tel un ours qui se balance avant d'attaquer. Il n'y avait pas à s'y tromper, il me considérait avec horreur. Ses pupilles se rétrécirent. La navigation de ses mains, de nouveau à l'air libre, s'accéléra comme si elles avaient fait sécession. Leur turbulence contredisait l'impression de contrôle qu'il voulait dégager. Les miennes étaient glacées, la sueur me coulait sous les bras.

— Voici notre offre, Sébastien : tu arrêtes tout de suite et nous passons l'éponge. Tu es réintégré comme membre à part entière de Ta Zoa Trekei.

Je me redressai pour ne pas avoir l'air accablé par leurs accusations.

— Quoi, cette vieillerie existe encore ?

Une nouvelle fois, j'apostrophai les autres.

— Les gars, faites quelque chose. Julien a pété un câble !

Jean-Marc se pencha vers moi, posa une paume visqueuse sur la mienne. J'avais oublié à quel point il était le paillasson du chef et son mouchard.

— N'insulte pas Julien, n'aggrave pas ton cas.

— Aggraver mon cas ? Mais nous sommes où ici ? Au Palais de Justice ? Chez le Grand Inquisiteur ? Je n'ai rien à me reprocher, vous entendez, rien du tout...

J'étais à bout de souffle.

— ... et je vous interdis de me juger. Vous me convoquez devant un tribunal populaire sous couvert d'un dîner entre amis. C'est dégueulasse, c'est d'une bassesse sans nom.

Je les examinai un par un : leurs figures exprimaient quelque chose de cauteleux, de haineusement crispé. J'aurais voulu tenter une pirouette, les dérider. Julien reprit, glacial :

— Nous attendons ta réponse, Sébastien.

— Ma réponse ? Elle tient en une phrase : je fais ce que je veux de ma vie.

Je rajoutai en sifflant presque :

— Même mon père n'oserait pas me parler comme ça.

— Ton père n'est pas un modèle, c'est bien le problème.

Je suffoquais, cherchais mes mots. La panique me gagnait devant toutes ces faces réprobatrices. Je sentis des piqûres au fond des yeux, mon nez se mit à couler. J'étais comme un petit garçon pris en faute ou, pire encore, une gouape acculée contre un mur et qui va recevoir sa trempe. En un éclair me revint une scène de notre jeunesse. Julien avait vingt ans, il se postait dans un wagon de métro, hurlait :

« Désolé de vous déranger, M'ssieurs Dames, de troubler votre digestion. Je m'appelle Anatole Barbachouk, je vis dans un bel appartement boulevard Lannes, je mange à ma faim, je dispose d'une femme de ménage et de beaucoup d'argent de poche, je n'ai besoin de rien. Si toutefois vous pouviez me donner un petit quelque chose, que des grosses coupures s'il vous plaît, les pièces déchirent mes poches, c'est que vous êtes vraiment trop cons et méritez d'être plumés. »

Il allait bien au-delà de ce type de provocations. A un mendiant qui tendait sa paume, il serrait la main, disait : toi au moins, t'as pas de problèmes de loyer. Si l'autre grommelait, Julien le saisissait par le col et le claquait. Il hélait aussi des gars de banlieue, un peu braillards dans les transports publics, se moquait de leur façon de parler, leur sabir 9-3 comme il disait, et leur volait dans les plumes à la moindre insulte, indifférent aux poings, aux pieds qui s'abattaient sur lui, le mettaient en sang, attendant que l'un d'eux sorte un couteau pour lui casser le poignet. Cette sauvagerie, ce mélange de bravoure et d'ignominie, nous fascinaient à l'époque. Il avait l'âme de ces justiciers américains qui défient les voyous pour mieux les abattre.

Je pris un kleenex dans ma poche, me mouchai bruyamment. Cette fanfare nasale me rasséréna. Je retrouvai un certain aplomb. J'espérais toujours que mes copains viendraient me taper sur l'épaule en éclatant de rire. Je me demandai avec douleur si Fanny était de la partie, si elle avait donné son aval, elle aussi, à la conjuration. Il n'était pas concevable que notre amicale d'anciens élèves tourne au Comité de Salut Public.

— Tu peux encore te rétracter, Sébastien, nous te reprendrons parmi nous.

Des images d'hommes en cagoules brûlant la plante des pieds des hérétiques en invoquant l'amour de Dieu me revinrent en cet instant.

— Je n'ai rien à me faire pardonner, vous entendez, rien !

Une tempête de murmures hostiles parcourut notre cercle. Je dus m'arrêter pour reprendre mon souffle. Mon cœur galopait dans ma bouche, je crus que j'allais le recracher tel un noyau indigeste. Je ne voulais pas qu'ils sachent à quel point j'étais bouleversé.

— Il y a des années que je ne fais plus partie de votre bande. Vous devriez avoir honte de cette mise en scène.

En fait je ne parlais pas, j'aboyais rageusement. Je levais haut la tête pour les défier tous. Je ne sais ensuite d'où me vinrent ces mots et comment j'eus le courage de les prononcer.

— Quant à mon deuxième métier, sachez que je suis fier de l'exercer. Ce n'est pas de l'épicerie, comme vous dites, c'est du service public. C'est le mot qui convient. Je me mets au service du public féminin de ce pays. L'ENA devrait prévoir une section spéciale pour ce genre de carrières.

Jean-Marc, apoplectique, des plaques rouges montant du col de sa chemise, s'accrocha à mon bras, l'enserrant à la façon d'une pince de crabe.

— Arrête, Sébastien, tu vas trop loin.

Je me dégageai sans le regarder.

— Lâche-moi, larbin.

Je repris d'une voix trop élevée.

— Je comprends votre réaction dans un sens : sur le tableau d'honneur de notre promotion, je fais tache. Vous tous, déjà notables, et moi la tapineuse à roupettes. Vous avez tort pourtant : le créneau que je représente va s'élargir avec l'émancipation des femmes. Beaucoup oseront entreprendre ce qui leur était interdit jusque-là : s'offrir des hommes payants. Tenez, je vais vous suggérer une idée de cadeau pour Noël : si vos épouses, vos sœurs, vos filles s'ennuient, envoyez-les-moi. Je m'y entendrai pour les faire reluire. Mes tarifs sont raisonnables.

Je crus que Julien allait avoir une attaque. Je n'oublierai jamais l'éclair d'affolement qui s'alluma dans son regard après ma proposition. J'avais torpillé son homélie, sabordé sa carrière de procureur.

— Sébastien, tu es un pervers, un sale petit bousilleur.

Une abondante sudation faisait briller son visage. S'il avait commandé un peloton d'exécution, il aurait donné l'ordre de tirer. Je percevais autour de moi la férocité d'une meute prête à se déchaîner. Il y a une demi-heure encore nous trinquions ensemble et je me jurais d'arrêter la prostitution. Tandis que nous dînions, ils prononçaient en silence le bannissement, ils érigeaient la potence. J'étais pire à leurs yeux qu'une déjection, je devais payer pour que le cercle se ressoude.

Julien ordonna :

— Je te prie de sortir...

Mais sa voix mourut dans un spasme. L'indignation lui avait coupé les cordes vocales. Il s'était voulu formidable, il n'était qu'essoufflé et se rassit, pantelant, vieux parrain entouré de ses barbouzes. Les autres se levèrent, Gérald se posta près de la porte, les jambes écartées, l'air d'une crevure qui se prend pour un videur. Mon sort était scellé, mon camp me rejetait. Dans ma bouche, des insultes, des questions se pressaient que je ravalais. J'aurais voulu trouver des répliques cinglantes, des arguments irréfutables pour les confondre. Mieux valait filer sans esclandre. J'esquissai une révérence grotesque avant de débarrasser le plancher. Je devais être écarlate, mes oreilles me brûlaient. Au moins, ils n'avaient pas obtenu ma repentance, je n'avais pas expié en public. Tandis que je sortais, Jean-Marc me suivit, trottinant comme une petite vieille.

— Désolé, Sébastien, mais c'est pour ton bien.

Je fis demi-tour, révolté par cette remarque. J'hésitai un instant entre le gifler et lui fiche mon poing dans la figure. Au lieu de quoi, je le saisis par la nuque et l'embrassai sur la bouche, au vu et au su de tous, malgré son horrible haleine à l'acétone.

Le monde entier était comprimé dans cette pièce et le monde me disait : va-t'en. Les furies avaient comploté pour assurer ma chute, je repartais sous les crachats de la foule. Je traversai le salon désert, entendant au loin une voix en anglais énumérer mécaniquement pourcentages et chiffres et descendis l'escalier de l'immeuble quatre à quatre comme un enfant à qui l'on a donné la permission d'aller jouer dehors. Dans la rue des Martyrs, je me répétais à voix haute : je suis libre, ils m'ont lâché. Ah les cons, les cons ! Une clarté glaciale tombait du ciel, le pavé luisait, couvert de détritus. Une voiture démarra non loin de là, tous feux éteints. Je crus reconnaître de profil le visage de Fanny. Mais non, Fanny était à des milliers de kilomètres d'ici. J'éclatai de rire, sautillai d'une jambe sur l'autre. Jusqu'à ce qu'essoufflé, je m'asseye au bord du trottoir. Et là je fondis en larmes.

CHAPITRE VII

Les missionnaires de la charité

Dans la vie de la plupart des gens, le sexe est une brève saison qui ne revient plus et qu'ils ne cessent ensuite de regretter. L'inappétence des mois précédents m'avait quitté pour une sorte de détachement où rien ne me répugnait. La bête à deux dos fonctionnait avec ses halètements, ses grimaces, sa scénographie. Je n'avais peut-être plus le feu sacré, j'avais encore une petite flamme analogue au brûleur d'une gazinière et qui suffisait à ma combustion. J'acquérais des mœurs de fille, j'étais gagné par une sentimentalité débordante, des attendrissements niais : je pleurais devant des feuilletons télévisés, m'extasiais sur des hamsters, gratifiais chaque cliente d'un « ma puce, ma biquette », m'engageais dans de longs dialogues avec des mémères à toutous croisées dans la rue. J'avais même acheté une peluche, un nounours géant que je serrais contre moi en dormant. Pour le reste j'engraissais, suivais la courbe de dilatation des mâles de la famille : je grignotais à toute heure du jour et de la nuit, dévorais chips et cacahuètes par poignées. Le soir, pour combattre l'insomnie – j'avais peur de m'allonger seul dans ce lit où tant de corps s'étaient posés – je visionnais des comédies musicales des années 50.

Depuis que je me prostituais, je n'avais plus le cœur à faire l'amour.

Prières exaucées

J'allais avoir trente-huit ans dans quelques semaines. Le printemps explosa avec une profusion qui nous surprit tous. La clarté de l'air, lavé par des mois de pluie, était si pure que je passais mes séances vénales la tête tournée vers la lumière. J'avais transformé ma terrasse où poussaient tulipes, œillets, roses en une vaste campagne dont j'arpentais chaque recoin. Des abeilles venaient butiner mes fleurs, je les étanchais d'une goutte d'eau, j'étais le prince d'un royaume de poche où tous les ordres coexistaient. Par une éclatante journée de la fin mai, un samedi, l'interphone sonna vers les cinq heures. Je sortais des bras d'une mère de famille, graphologue auprès du tribunal d'instance, venue de Vélizy en RER et qui m'avait laissé des sacs de courses pour les recupérer plus tard. J'attendais une Libanaise, une certaine Myriam, qui m'avait contacté la veille sur les recommandations d'une amie. Elle parlait avec un fort accent, roulant les r comme cailloux sur la langue. Je vis débarquer chez moi une grande plante juchée sur d'immenses talons et dont la figure était dévorée par un casque de cheveux noirs et laqués. Elle portait une telle couche de fard sur le visage que je la soupçonnai de cacher quelque éruption de boutons. Le fard se coagulait à l'arête de la mâchoire et à proximité des oreilles en petits monticules. Je me déshabillai le premier, selon le rituel, histoire d'« exhiber la marchandise », de « sortir ma chose ». Elle me pria de tirer les rideaux, elle avait ses pudeurs. Elle se mit en culotte et soutien-gorge, les mains couvrant sa poitrine et son ventre, n'osant jeter un œil vers mon sexe à demi érigé. Au loin, une radio nasillait. Je la priai de s'allonger, elle m'arrêta.

— Je prreferre que nous parrlions d'abord.

— Pas de problème, j'ai tout mon temps.

Je notai que son accent libanais était devenu presque russe en une minute mais un russe de parodie. Je me préparai à une conversation palpitante sur le changement climatique ou la difficulté de trouver un taxi à Paris. Je regrettai les rideaux tirés qui m'empêchaient d'admirer les nuances du crépuscule. En fait de causerie, ma pratique se recroquevilla en position fœtale. Je lui massai la nuque, les épaules, lui réchauffai mains et pieds glacés en soufflant dessus. Il faisait sombre, cela valait mieux. Quand elle fut détendue, je hasardai un doigt sous le nombril, essayant d'éveiller quelques sensations. Je trouvai la zone sèche comme feuilles mortes après la canicule.

— Embrrassez-moi, dit-elle brusquement de façon théâtrale.

— Désolé, je n'embrasse pas...

— S'il vous plaît, je paierrai plus.

— Non, ma bouche n'est pas à... vendre.

En la prononçant, je me rendis compte de l'énormité de cette phrase. Elle se rua sur son sac à main, fouilla dedans, sortit deux billets de cent euros.

— Et pour ce prix, tu embrasses ?

Tout à coup, elle n'avait plus d'accent. J'aurais dû la jeter dehors pour la punir de me traiter ainsi, de me tutoyer par-dessus le marché. J'en fus au contraire amusé. Elle montait les enchères, le jeu commençait.

— Je crois que vous n'avez pas compris. Je n'embrasse qu'en dehors du travail.

A ces mots, elle s'élança sur mes lèvres, tenta de les entrouvrir avec sa langue. A ma grande surprise, je faillis m'abandonner tant je manquais de tendresse à cette époque. Je la repoussai.

— Arrêtez, s'il vous plaît.

Elle s'obstinait, les narines frémissantes, cela devenait pénible. Sa langue, toujours sortie, me léchait le bout du nez. Elle exhalait une haleine douce. J'éloignai son menton du mien. J'allais lui rendre son fric et la mettre dehors. Je n'aimais pas les filles qui font des histoires. Insensiblement, nous en étions arrivés à un véritable combat : mes deux paumes enserraient ses tempes, mes bras tremblaient de l'effort fourni alors que tout son corps arc-bouté basculait vers moi. Tandis que je songeais déjà à accepter ses euros pour prix de ma complaisance, quelque chose céda sous ma main gauche à la hauteur des pommettes, comme un voile qui se déchire. Une partie de la joue de cette femme me resta dans la paume sous forme d'un masque, d'un composé de synthèse. Elle poussa un cri, enfouit la tête dans les oreillers. Je me relevai, remis mon caleçon jaune, couvert d'abeilles butinantes, celui que je porte les jours de beau temps, et ouvris les rideaux. Un flot de lumière effaça cette scène grotesque.

— Je préfère que nous en restions là. Reprenez votre argent.

Elle larmoyait comme une enfant accablée de chagrin.

— D'accord mais tournez-vous, s'il vous plaît.

Que d'histoires ! J'imaginai quelque maladie honteuse à cacher, un lupus par exemple, une acné récidivante ou une affreuse déformation. Pressé de la voir déguerpir, je me plantai devant une lithographie de Titus Carmel que j'avais sauvée du divorce. Elle représentait un parallélépipède altéré sur l'une de ses saillies et dont l'angle se chiffonnait à la manière d'un papier. La pierre se froissant comme une page ou une étoffe, la contamination d'une matière par une autre, l'idée m'avait toujours séduit. Le verre du cadre reflétait le reste de la pièce à la façon d'un miroir et malgré moi j'observai. L'inconnue rhabillée tentait maintenant d'arracher le reste du masque qui adhérait encore à l'autre joue et pendait comme un pan de mur détaché d'une façade : elle décolla l'emplâtre avec un bruit de chuintement et enleva aussi sa chevelure qui se révéla un postiche. J'étais intrigué : le geste se situait à mi-chemin du comédien qui se démaquille et de l'opéré à qui le chirurgien dévoile sa nouvelle figure. Elle jeta la perruque et le faciès artificiel dans un sac, tourna la poignée de la porte. Mais avant d'en franchir le seuil, elle eut une hésitation fatale, se retourna une dernière fois. Là, dans la réflexion imparfaite du tableau, mêlé aux lignes du dessin, à la perfection géométrique du solide, m'apparut quelqu'un que je reconnus sur-le-champ.

Au lieu d'en être flatté, je grimaçai de douleur. Oh, le pétillement de ce regard, j'aurais dû l'identifier tout de suite !

— Pourquoi es-tu revenue, que fais-tu là ?

Dora me toisait crânement, les joues rouges de confusion. Elle avait maigri, ses yeux exprimaient la tristesse, l'inquiétude. Aussitôt l'aile noire de la trahison revint s'interposer entre nous.

Remué, j'éructai :

— Pourquoi ce déguisement ridicule ?

— J'avais si peur que tu me chasses.

La surprise le disputait en moi à la rancœur. Les blessures que le temps avait apaisées se rouvrirent d'un coup. Il n'est pas vrai que nos prières ne soient jamais exaucées. Elles le sont mais trop tard, au moment où l'événement attendu n'a plus d'importance. J'avais tellement espéré un signe de Dora depuis deux ans que son retour inopiné me laissait froid.

— Qu'est-ce que tu veux ?

— Toi tout simplement.

— Tu ne manques pas d'humour.

— Pourquoi ?

— Tu es sortie de ma vie.

— Tu mens.

— J'aime quelqu'un d'autre.

— Je ne te crois pas.

Je me glaçai soudain. Elle n'aurait pas dû se montrer si sûre d'elle. Elle prit place sur le lit. Et la lumière tombant à l'oblique l'illumina, rajeunit sa face comprimée par le masque. Un visage est un être vivant, il connaît autant de variations que le spectre des couleurs, s'effondre et renaît en quelques minutes. Son épiderme sombre ressortait sur ses cheveux blondis par le soleil qui tombaient en cascade. Elle avait l'air d'une petite fille radieuse quêtant ma clémence. Elle eut un regard désarmant, plein de la certitude d'être à nouveau la bienvenue. Ce qui nous émeut d'un être, ce n'est pas ce qu'il a conçu pour nous séduire, c'est ce qu'il avoue de lui-même, à son insu, quand il braque la lumière sur des abîmes ravissants. Immédiatement, je sus que je n'aurais pas la force de chasser Dora et encore moins de la châtier, qu'elle ferait de moi ce qu'elle voudrait. Ma gorge se serra quand elle se mit à parler, j'en eus la chair de poule. Le fait que j'aie refusé de l'embrasser sur la bouche tout à l'heure l'avait émue jusqu'aux larmes, m'avoua-t-elle. Je n'étais donc pas tout à fait corrompu. J'étais partagé entre l'envie de la jeter dehors et de me jeter à ses pieds. J'avais un double besoin de l'accueillir et de la punir.

Boomerang

J'espérais une demande de pardon spectaculaire, des torrents de pleurs qui justifient ma capitulation. Je la rêvais en flagellante, accablée de ses forfaits, implorant ma clémence. Il n'en fut rien.

— C'est vrai, je t'ai dénoncé à ta femme, c'est dégoûtant. Mais à l'époque, au lieu de me tendre la main, tu m'enfonçais. Tu t'es conduit de façon ignoble : tu n'étais pas mon amant, tu étais mon ennemi. Et tes mensonges m'ont achevée. Tu peux le comprendre ?

Je ne répondis rien. Je devinai sous sa chemise ses seins aux lacis de veines mauves, sa chair ronde, pleine que j'avais tenue dans mes bras tout à l'heure sans la reconnaître. J'en eus un vide au creux de l'estomac et des papillons dans le ventre. J'imaginais sa peau comme une grande étendue mordorée où des taches de naissance jetaient des pétales lactés. Je la désirais comme au premier jour mais d'un désir gâté par le ressentiment. J'aurais voulu la prendre en la frappant, la gifler, lui cogner la tête contre les murs.

— Je t'ai toujours aimé, Sébastien, mais il m'a fallu deux ans pour apaiser ma colère.

C'est alors qu'une idée funeste germa dans ma tête, une de ces impulsions que le cerveau concocte quand il veut satisfaire à la fois l'esprit de vengeance et la volonté de conciliation.

— Comment oses-tu te montrer devant moi après ce que tu as fait ? Tu n'as jamais pensé que le châtiment était disproportionné avec la faute, si faute il y avait, et que tu allais me causer un tort immense ? Tu sais ce que j'ai enduré à cause de cette lettre ?

Tout me revint alors, comme une bouffée de bile, de l'engrenage fatal qu'elle avait déclenché, de mes amis perdus, de ma réputation ruinée. Sachant qu'elle pourrait faire de moi ce qu'elle voulait, je choisis de l'horrifier, de monter aux extrêmes.

— Ecoute, Dora, je ne suis plus sûr de vouloir de toi.

Elle eut une moue, pencha la tête comme si elle attendait la fin du sermon. Cette fausse humilité m'exaspéra plus encore. Ma rage monta d'un cran, j'allais déverser sur elle des tombereaux d'ordures, mettre la barre si haut qu'elle n'aurait d'autre choix que de décamper. Je repris mon souffle, époustouflé par ce que j'allais lui dire, et lâchai d'une traite :

— Je suis une pute, Dora, et je ne peux vivre qu'avec une autre pute.

Elle laissa passer quelques instants, releva la nuque, poussa un cri d'animal blessé.

— Salaud ! Tu ne peux pas me demander ça. C'est encore une blague ?

— Je suis très sérieux. Si tu veux revenir, tu dois faire le même métier que moi.

Toute son assurance l'avait quittée. Elle eut l'air groggy comme si je lui avais lancé mon poing en pleine figure. Je jubilai. Je cherchai des mots encore plus acérés, des poignards plus coupants pour la transpercer. Je n'accouchai que d'un piètre :

— C'est à prendre ou à laisser.

Ses épaules se tassèrent, son menton se mit à trembler.

— Tu gâches tout, je me réjouissais tellement de...

— Il n'y a plus rien à gâcher.

Et rajoutant le geste à la parole, je la priai de sortir, ouvris la porte et la claquai violemment derrière elle.

J'avais pris un risque : qu'elle ne revienne plus. Elle me rappela pourtant, me supplia de la voir, au moins une fois, autour d'un verre. J'y consentis, bon prince. Je m'installais avec délice dans le personnage de l'intransigeant ; c'était ma vengeance mesquine sur deux années de chagrin. Elle pleura, m'adjura d'abandonner mon chantage. Je ne cédais pas. La blesser en retour, lui faire payer sa félonie m'était si doux que je ne songeais pas aux contrecoups éventuels. Elle me raconta les mois passés loin de Paris : quelques semaines auprès de sa sœur chez les orthodoxes, à Jérusalem, dont la rigidité doctrinale l'avait horrifiée, un voyage chez Mère Teresa à Calcutta où elle s'était engagée comme volontaire auprès des enfants de la rue, une autre année en Israël dans une école talmudique libérale où elle avait approfondi sa connaissance du judaïsme. Et chaque jour la certitude que j'étais, malgré mes défauts, le seul homme de sa vie, que je lui avais été envoyé par Dieu. Ces phrases tombaient sur moi comme des gouttes de nectar. Dans mon for intérieur je lui avais déjà donné l'absolution. Je continuais à tempêter pour la forme mais j'avais un besoin d'elle éperdu : elle serait ma bouée de sauvetage, m'arracherait au bourbier où je croupissais. Je rééquilibrais les torts, je m'accusais de l'avoir mal aimée et l'acte abominable commis contre moi s'atténuait, devenait un simple payé pour un rendu. La diablesse pourtant me joua un tour à sa façon et, comme la première fois, le châtiment que je voulus lui infliger se retourna contre moi. Après notre entrevue, elle cessa de me téléphoner pendant un mois, prétextant un déplacement dans le Sud, chez ses parents. Je m'inquiétais déjà, craignant d'avoir été trop inflexible. Un jour cependant, elle me donna rendez-vous pour dîner. Nous étions attablés au restaurant, nous régalant d'un délicieux gigot, quand elle lâcha au détour d'une phrase :

— C'est d'accord.

— D'accord pour quoi ?

— Pour ce que tu m'as demandé.

Je n'étais pas certain de comprendre.

— Qu'est-ce que je t'ai demandé ?

— Que nous exercions la même profession.

J'en restai bouche bée. J'avais tout imaginé sauf qu'elle accepte.

Elle se tut, fixant un point à l'horizon avec une étrange gravité. J'étais si sûr de son refus que je ne sus comment réagir à son approbation. Ce qui suivit fut pire encore. Elle but un grand verre de vin et faisant craquer une à une ses phalanges comme une crécelle, rajouta :

— D'ailleurs j'ai déjà commencé...

— ...

— ... tu sais l'amie chez qui je loge dans le XVIe ? Elle me prête son appartement dans la journée. Elle-même a pratiqué pendant quelque temps pour arrondir les fins de mois. Elle m'a mise en contact avec des gens, une agence très discrète.

Je ricanai bêtement.

— Je ne te crois pas, tu bluffes.

— Viens constater par toi-même. Je reçois demain à 14 h 30. Tu te cacheras dans la cuisine.

Je perdis contenance. Cette fois le boomerang me frappait en pleine tête. Elle avait retourné la situation d'il y a deux ans, j'étais pris à mon propre piège.

— Je voulais te faire la surprise. J'ai commencé il y a quinze jours : c'est terrible mais je tiens bon. Pour toi, je suis prête à tout.

Je la connaissais trop pour savoir qu'elle ne plaisantait pas. Je devais être livide car elle me dit :

— Qu'est-ce que tu as ? Ce n'est pas ce que tu voulais ? une preuve d'amour irréfutable ?

Je réussis à murmurer un hypocrite « A la bonne heure ! » tout en pensant que cette fois nous étions perdus, elle et moi.

Elle vint s'asseoir sur mes genoux.

— Et maintenant, est-ce que je peux revenir ?

Elle pointa du doigt un sac de voyage plein à ses pieds.

En tandem

Alors, une sorte de climat mystico-crapuleux s'instaura entre nous. Par le plus grand des hasards, un studio se trouvait à louer au quatrième étage de mon immeuble, non loin du mien. Dora le prit avec la promesse de ne jamais l'utiliser pour autre chose que l'habitation. Avec l'entrain qui était le sien, elle convoqua une escouade d'ouvriers qui remirent à neuf nos deux logis et rafraîchirent mon appartement dévasté par la négligence. Nous recréâmes un décor de bohème modérée que rien ne distinguait de centaines d'autres : intérieur sage avec petites audaces. Pour la première fois, nous vécûmes comme un couple : nous faisions nos courses ensemble, partions en expédition dans les grands magasins, préparions les repas en commun. Le dimanche, nous allions manger des fallafels rue des Rosiers. Nous avions l'air de deux fiancés montant leur ménage avant la noce. Sauf que la noce serait nombreuse et le mariage collectif. Nous connûmes quelques mois d'amnistie, un nouveau temps de grâce et de bonheur, presque aussi intense qu'avant. Le soir sur la terrasse, je hurlais : Hourra, Miss Caramel et ses formidables nénés sont de retour en ville! Les grands spasmes reprirent, chants d'amour éperdus, pâmoisons en série. Dora vomissait des mots affreux à mes oreilles puis s'endormait entre mes bras après un gros câlin. Toujours ce mélange d'orgie et de guimauve. Elle revenait chaque soir à la maison comme si de rien n'était. Sa placidité m'étonnait. Je l'interrogeais sur son travail : est-ce qu'elle s'en sortait ou non?

— Ecoute, Seb, tu connais la musique, inutile d'en rajouter.

Elle me dorlotait, me mignardait, sultane servant son pacha. Dès qu'elle apparaissait, dardant sur moi ses grands yeux verts, se réveillait le feu de mes entrailles. Son petit ventre rond avait des mollesses d'édredon. La nuit, nous dormions en cuiller, étroitement enlacés, sans bouger jusqu'au réveil, comme pour effacer les êtres qui s'immisçaient entre nous.

Chaque matin, je suppliais Dora de revenir sur sa décision, lui représentais les écueils de la prostitution. Je ne pouvais comprendre son incroyable revirement et encore moins admettre qu'il soit dû à mon seul ultimatum. Qu'elle ait agi par affection me semblait invraisemblable même si j'avais sous les yeux mille exemples de filles qui se vendaient pour les beaux yeux d'un julot. Je lui racontais par le menu mes désillusions, ma fatigue de tout ce commerce physique. Elle me rabrouait gentiment : un pacte est un pacte. J'avais voulu que nous partagions le même destin, elle obéissait. Je la déliais tout de suite de son serment. Trop tard, le mécanisme était enclenché.

Alors je m'énervais, posais mille questions indiscrètes sur ses premiers clients, la soupçonnais d'aimer ça. Si ça se trouve, elle avait le vice dans le sang, je n'avais servi que de catalyseur ! Non, si je voulais savoir, elle trouvait ça répugnant mais le faisait pour moi. Comment pouvais-je être aussi inconséquent, la forcer d'abord et maintenant me rétracter ? Je renchérissais :

— Quittons la France, je démissionnerai de la Fonction publique. Rien ne me retient ici, je n'ai plus d'amis, plus de famille, mes enfants m'ont renié.

Le doux lasso de son regard me soumettait.

— Je suis revenue pour te prêter main-forte, Sébastien, te rendre confiance en toi.

Ces phrases m'effrayaient par ce qu'elles impliquaient. Pour couronner le tout, la religion la reprit dès l'instant où elle vendit son corps, à un niveau inégalé. Un mois ne s'était pas écoulé qu'elle entrait dans une phase d'enthousiasme incontrôlable. Un mot revenait de façon régulière dans sa conversation : celui de charité. Son séjour chez Mère Teresa l'avait chamboulée. Elle y avait constaté un dévouement, une abnégation sans égal. De nouveau elle ne parvenait plus à choisir entre christianisme et judaïsme qu'elle trouvait également admirables. Cette fois, je ne luttais plus mais ce charabia clérical me préoccupait. J'avais peur, ma jolie maîtresse me glissait des mains, tombait dans un gouffre où elle nous entraînerait tous les deux si je ne l'arrêtais pas.

Jusqu'au jour où Dora abandonna toute retenue et devint presque une militante du sacrifice charnel.

Pour elle, le succès commercial avait été immédiat, elle n'avait pas eu à essuyer les plâtres, les prétendants affluaient. Elle accueillait des esseulés, des maris en goguette, des célibataires rancis dans l'onanisme et cette activité, j'allais bientôt le comprendre, était loin de la révulser. Elle me ramenait le soir son petit salaire, d'épaisses liasses d'euros, avec un sourire ravi. Comme elle le disait, « nous partagions la galette », elle tenait les comptes, exerçait sa régence sur la maison. Je la soupçonnais de prendre du plaisir avec ses michetons. Elle ne niait plus :

— Quitte à faire ce métier, pourquoi en exclure l'agrément ? Ce que je donne, je le reçois aussi. Peu importe de qui.

Je protestais, entrais dans une colère froide. Elle haussait les épaules, se désolait de mon étroitesse d'esprit.

— Tu es mal placé pour faire la morale... Je t'en prie, ne me confisque pas de façon égoïste. Nous n'avons pas le droit de nous garder tant qu'il restera un seul homme ou une seule femme abandonnés.

Elle partait au turbin, sérieuse comme une écolière, ma petite métisse, et j'en étais révolté jusqu'au tréfonds. Je devenais horriblement jaloux ! Il lui arrivait de filer en pleine nuit sur un coup de téléphone et de rentrer à l'aube, épuisée, grise, avec des croissants chauds et une haleine alcoolisée en guise de consolation. Je n'en dormais plus, ne pouvais retenir mon chagrin. Et mon esprit, fouetté par mon passé de gigolo, me représentait d'horribles scènes où Dora se réjouissait à mon insu, se laissait manger le ventre par des inconnus. J'imaginais des abominations, j'en avais la tête brûlante. J'étais comme ces voleurs devenus propriétaires et qui s'indignent qu'on leur dérobe leurs biens. J'aurais encore préféré qu'elle ne revînt jamais. Je me disais avec des tortures au ventre que son tempérament sauvage venait de trouver un cadre à sa mesure et qu'au sommet de l'extase, il n'y avait plus pour elle d'individus précis, que des atomes en combustion. Au moment où je me rapprochais de l'amour sentimental, elle sombrait dans le libertinage le plus débridé, comme moi il y a quatre ans. Je pensais à toutes les privautés dont elle m'avait gratifié et dont d'autres maintenant bénéficiaient. J'éclatais en scènes terribles, elle fondait en larmes, m'accusait d'être indigne de mes ambitions.

— Tu sais, j'ai changé en deux ans. J'ai longtemps ruminé tes arguments, ils m'avaient horrifiée à l'époque, tu les formulais bêtement, de façon provocatrice mais tu avais raison sur un point : la prostitution n'est pas un métier comme un autre. C'est une vocation, la plus haute et la plus abjecte à la fois.

Ces remarques ne me consolaient nullement. Le dépit me rongeait. Je la suivais dans la rue pour savoir si elle allait rejoindre quelque galant de connaissance. Je me souviens avec tristesse du jour où m'étant introduit dans l'immeuble où elle officiait, rue Albert-de-Mun, dans le XVIe arrondissement, et collant mon oreille contre la porte, j'entendis des accents rauques qui me chavirèrent. J'en avais les mains trempées de sueur. Je me cachai au fond du couloir pour guetter celui qui lui avait arraché de tels soupirs. Je vis sortir un petit bonhomme quelconque en complet veston avec parapluie et grosses lunettes. Si elle jouit avec ce quidam, me disais-je, qu'en sera-t-il d'un être beau, grand et fort ?

Lassée de mes jérémiades, Dora décida de recourir aux grands moyens. Elle me proposa de faire installer dans nos deux appartements un circuit vidéo, un petit œil espion qui enregistrerait nos ébats. Chaque soir nous visionnerions les films, je saurais et verrais tout de la manière dont elle se comporte, cela désamorcerait ma possessivité. Je refusai tout de go, je ne tenais nullement à savoir ce qu'elle fricotait avec les autres. Pouvait-elle au moins venir me filmer, cachée dans un placard ? J'acceptai à contrecœur. Elle s'installa derrière un rideau opaque, quelques heures par jour, parfaitement silencieuse. Sa présence me réconfortait, me poussait parfois à en rajouter dans le démonstratif pour la faire bisquer. Rien ne la touchait en apparence car cette mise en scène n'avait qu'une visée pédagogique. Après le dîner, tels des cadres dressant leur bilan, elle m'obligeait à visionner ces séances, m'adressait « des critiques constructives ». Sur un ton professoral, elle commentait mes prestations, pointait les négligences, me reprochait, par exemple, d'avoir bâclé telle cliente, outragé telle autre...

— Considère, me disait-elle, que tu es entré dans les ordres. Soustrais les relations amoureuses aux affres de la muflerie. Demande pardon à celles que tu as rejetées, méprisées à cause de leur apparence. N'emploie plus des mots blessants comme boudins, cageots, gros tas. Fais-toi un point d'honneur à honorer les difformes, les rébarbatives. La laideur est dans tes yeux, pas sur elles. Et surtout réapprends à les embrasser sur la bouche : c'est une torture que de priver un être en état d'émotion physique d'un baiser sur les lèvres.

L'étudiant Sébastien devait promettre qu'il ferait mieux la prochaine fois. Je me pinçais pour croire que cela arrivait vraiment.

Servir, étreindre, étudier

Un petit fait devait accélérer les débordements de Dora et toute cette époque ne fut qu'une suite de transgressions qui nous menèrent droit à l'abîme. Un soir que nous passions rue du Grenier-sur-l'Eau, à mi-chemin du Marais et de l'Ile Saint-Louis, une venelle montante aux façades moyenâgeuses, nous avisâmes la porte ouverte d'une église. Une dizaine de clochards dormaient par terre, recroquevillés en une seule masse de haillons qui exhalaient un puissant remugle. Ils étaient venus s'échouer pour la nuit, fuyant la dèche et le froid, profitant de la bonté du curé. L'atmosphère recueillie, l'odeur lointaine de l'encens, le peuple consentant des statues nous poussèrent bientôt dans les bras l'un de l'autre. Nous commençâmes à faire l'amour sur une des stalles du chapitre, Dora à califourchon sur moi, nos halètements rythmés par les ronflements des sans-abri, tels deux instruments jouant en parallèle des partitions différentes. Comme une sœur passait non loin, encapuchonnée jusqu'aux yeux, fantôme parmi d'autres fantômes, mon amie l'interpella sans équivoque, l'invita à se joindre à nous.

— Venez avec nous, ma sœur, venez vous unir en Dieu.

J'étais mort de honte. L'autre s'enfuit, horrifiée dans un froufrou pudibond. Subitement échauffée, Dora se dirigea vers le groupe des dormeurs, en réveilla un et lui fit à voix basse quelques propositions, la jupe relevée sur ses jambes nues. Une tête ébouriffée se dressa, proféra des jurons, attrapa violemment le bras de ma compagne. De nouveaux gisants émergèrent de leur coma éthylique et, fouettés par la vision de cette créature, se jetèrent sur elle en émettant d'horribles éructations. Je n'eus que le temps de la tirer de leurs bras. Nul doute qu'ils l'auraient battue et violée si je n'étais intervenu à temps. Dora, tout au paroxysme de ces instants, n'en fut nullement traumatisée. Au contraire.

— C'est ma faute, je les ai tirés du sommeil, ils ont pris peur. Tu sais, Sébastien, au début nous serons la proie des sarcasmes, des moqueries.

— Au début de quoi ?

— Tu le sais bien.

Toute la nuit, avec calme et pondération, elle m'exposa l'idée grandiose qui avait mûri en elle. Nous avions une mission sur terre : réunir les hommes séparés les uns des autres par les liens d'un mariage mystique. Nous étions comme un Père et une Mère voués à recréer une nouvelle famille fondée sur l'amour et la compassion.

— Concrètement cela veut dire quoi, demandai-je légèrement étourdi.

Ma studieuse mulâtresse lissa ses cheveux du plat de la main, preuve d'une grande concentration, et se déboîta l'index et le majeur pour se détendre.

— Cela veut dire, Seb, nous offrir sans souci de réciprocité, développer un évangile de la charité intégrale.

— N'est-ce pas ce que nous faisons déjà ?

— Oui, mais pour de l'argent et de façon artisanale. Il faut procéder à plus vaste échelle, consoler les affligés, les délaissés.

Elle me cita le cas de ces femmes qui, dans les pays scandinaves, vont secourir les handicapés et leur servent d'assistantes techniques dans l'étreinte amoureuse.

— Dieu est amour, Sébastien. Mais Jésus s'est trompé : au lieu de monter sur la croix, ensanglanté, il aurait dû s'allonger sur un lit et devenir une fille publique, prodiguer à tous son amour illimité avec ses mains, sa peau, sa bouche.

Que pouvais-je lui objecter ? Il y a longtemps que je ne maîtrisais plus rien. Elle me dominait sur le plan intellectuel comme émotionnel. Ce n'étaient pas les âneries apprises à Normale Supérieure ou à l'ENA qui pouvaient m'aider.

— Tu as été mon précurseur en ce domaine, poursuivait Dora, mais tu n'es pas allé jusqu'au bout de ton intuition. Laisse-moi te guider, sois à mes côtés comme un aveugle à côté d'un voyant. Je te rendrai la vue.

Je n'étais pas sûr de bien comprendre, je m'en remettais à elle. Dès que nous avions un moment de libre, elle me lisait des poèmes de Senghor, de

Césaire, dissertait sur les organes génitaux comme preuves de l'existence de Dieu, parts immortelles d'un corps promis à la disparition. Elle ouvrait aussi de gros volumes, commentait. Je gobais tout, sa libido sentencieuse me soûlait et m'envoûtait. Le soir sur notre table, les Saintes Ecritures côtoyaient tubes de vaseline et préservatifs. Plus que jamais ma maîtresse balançait entre la Synagogue et le Bordel, réduisait la religion à une crise d'épilepsie érotique. C'était chez elle un chaos de l'esprit et des sens, un tourbillon indistinct de trivialité et d'élévation, de théologie et de pornographie. Plus souvent qu'à son tour, pourtant, elle calait sur l'exégèse d'un paragraphe, manquait de culture philosophique pour comprendre tel ou tel passage. J'en profitais pour objecter :

— Tu crois que Maimonide, Avicenne, saint Thomas d'Aquin recommandaient le stupre collectif, la levrette ou la sodomie ?

Dora avait assez d'humour pour éclater de rire, me couvrait de baisers, se multipliait en chatteries, en farces. Qu'importaient d'ailleurs les traités, l'herméneutique complexe ? L'amour sauvait tout, apaisait nos plaies, comblait nos lacunes. Sous son éclat les vieux grimoires semblaient d'une telle pâleur.

Pieuse autant que paillarde, ma sang-mêlé faisait preuve d'un culot hallucinant. Cette toquée de la Kabbale cherchait maintenant la caution des hommes de Dieu, rôdait autour des temples, des mosquées, des cathédrales. Quelques semaines après l'épisode nocturne de l'église Saint-Gervais, elle m'entraîna chez l'aumônier de Saint-Antoine avec qui elle avait pris rendez-vous, prétextant un mariage. Le prêtre nous reçut en baskets, gros pull et anorak; il avait effacé tous les signes de sa fonction et aurait pu être chauffeur de taxi, menuisier, peintre en bâtiment. Rarement homme de foi avait déployé de tels efforts pour ressembler à n'importe qui, symbole d'un christianisme qui s'excuse d'exister. Il nous écouta avec componction, nous exposa de façon onctueuse les grandeurs et les fardeaux du mariage dont la finalité se situe dans la procréation et l'assistance mutuelle que se doivent les époux. Quand Dora lui expliqua sa marotte, le don de son corps comme activité sacrée, monsieur tout le monde haussa les sourcils, eut un petit rire nerveux. Elle précisa qu'elle se rêvait en Christ femelle, clouée sur sa couche, fouillée, palpée par de multiples mains. L'homme d'Eglise se racla la gorge, il était enroué, se leva.

— Mes enfants, je crois qu'il y a un petit malentendu. Je pensais rencontrer deux fiancés, je me suis trompé. Je veux croire qu'il s'agit là d'une plaisanterie.

— Pardonnez-moi, mon père, d'insister, mais nous voudrions Sébastien et moi promouvoir une sorte de communisme voluptueux : tous à toutes et réciproquement.

L'aumônier eut l'air interloqué.

— Je ne suis pas certain que Rome ou nos amis protestants approuveraient vos intentions. Il n'est écrit nulle part que la vie selon Dieu commande... ces agissements.

— Et le Cantique des Cantiques, et Marie Madeleine, alors?

— C'est un mythe, tout au plus, pas un personnage central des Evangiles. Elle a été pardonnée par le Christ miséricordieux, non encouragée dans son métier.

Dora tenta une dernière carte.

— Mon père, songez à tous ces ventres tièdes, orphelins qui attendent qu'on les touche...

Elle saisit la main de l'ecclésiastique, la posa sur son sein. Pris de court, le prêtre se laissa faire d'abord. Dora était resplendissante ce matin-là, vêtue avec élégance, simplicité.

— Mon père, relisons ensemble les Evangiles, ce message d'amour intégral...

Il y eut un long silence. Alors elle fit quelque chose d'incroyable : elle lui souffla sur le nez, gentiment, comme à un animal.

— L'amour, mon père, l'amour illimité, sans barrières, plus fort que la mort...

Elle parlait à voix basse, les lèvres entrouvertes, humides. L'homme vacilla tel un blessé qui va tomber. Brusquement il retira sa main, l'essuya contre son anorak comme s'il l'avait souillée, se leva plus froissé que jamais.

— Mademoiselle, je n'ai jamais confondu catéchèse et obsession. Au cas où vous l'ignoreriez, j'ai prononcé des vœux de chasteté et je ne compte nullement les rompre avec vous. En revanche, je peux vous recommander des gens très compétents pour vous soigner.

Cette fin de non-recevoir n'entama en rien le prosélytisme de Dora. Avec un aplomb sidérant, elle alla visiter sans moi deux rabbins, un orthodoxe et un libéral qui l'éconduisirent fermement ainsi qu'un moine bouddhiste en banlieue sud qui éclata de rire et lui offrit un bol de thé vert en guise de réponse. Aucun échec ne la rebutait.

— Partout la caste sacerdotale dessèche la lettre, impose une orthodoxie stérile. Ils ne sont pas prêts, nous sommes trop en avance sur eux.

Les Evangiles de la luxure

Tout cela manquait de bon sens mais non de grandeur. Dora me portait plus haut que tout. Ce fut le commencement du naufrage mais quel merveilleux naufrage ! Jamais je ne l'ai admirée autant qu'à cette époque quand elle se vivait comme une mystique, un pont entre la tradition et l'innovation. Je la voyais d'un côté penchée sur les lettres carrées de la Torah, aux prises avec des textes abscons, humble maillon d'une tradition immémoriale ; de l'autre activiste libidinale, livrée aux outrances vénériennes, soucieuse d'ouvrir à tous le banquet de la chair. Le sexe n'est rien s'il n'est vécu dans l'excès ; et l'on ne fait pas l'amour si l'on ne fait pas trop l'amour. Elle était obsédée par une histoire qu'elle avait lue à Jérusalem dans la bibliothèque d'une Eglise arménienne : l'*Evangelicum Maleficum*, traduit du latin en anglais et écrit en 1590 par un clerc français, un certain Jehan de Borgne. L'opuscule relatait l'histoire des Compagnons du Christ Noir, un ordre monastique clandestin installé dans le Dauphiné, au milieu du

XVIe siècle. Alors que le schisme de la Réforme menaçait, et que les hérétiques vaudois occupaient déjà les hautes vallées alpines, un homme de petite noblesse provençale, originaire de Lourmarin, Gaspard de Perrine, abbé de La Grave, un village de montagne situé au pied du massif de la Meige, prétendait avoir reçu la visite d'un séraphin cuirassé à double visage, diabolique d'un côté, angélique de l'autre. Il en avait conçu la doctrine de l'enfer comptable. Considérant que Dieu, démiurge incompétent, n'avait pas achevé son œuvre, il défendait une conception quantitative du mal, résidu limité de la création que l'on pouvait effacer à force de patience et de ténacité. Il suffisait d'accomplir une certaine somme de meurtres, de vols, de fornications qui venaient en soustraction de l'Ignominie Globale. Le péché servait ainsi au bien, la faute travaillait à la rédemption. Eclairé par cette révélation, Gaspard de Perrine, adepte de la prédication itinérante, descendit dans les vallées et se mit à prêcher. Son mot d'ordre, à rebours du catéchisme officiel, était clair : mentir, piller, tuer, violer était le devoir de tout chrétien authentique. Lui-même armé d'un poignard et d'une épée mit en œuvre ce nouveau Décalogue et s'adjoignit la compagnie de malandrins locaux, trop heureux de voir un homme d'Eglise couvrir leurs forfaits, en latin de cuisine par-dessus le marché. Son passage dans les bourgs et les hameaux semait la terreur : quiconque ne le rejoignait pas était mis à mort, au nom du Christ Ténébreux, les femmes forcées, les enfants dépecés ou enlevés, les curés brûlés vifs, les biens saisis. Tout devenait permis puisque

Satan n'existait pas, que le péché n'était qu'un reste : un gigantesque boulier cosmique défalquait les crimes déjà commis des crimes à venir, abrégeant l'intervalle qui séparait l'humanité de sa rédemption. Agents du Paradis, le voleur, le tueur, le sodomite restaient candides quoi qu'ils fassent. Une longue période de chaos devait précéder le retour du Messie, l'avènement de la Parousie comme il est écrit dans l'Apocalypse selon saint Jean. Chapelles, sanctuaires furent saccagés, livres saints déchirés, messes noires avec fornication sur l'autel et immolation de poupons célébrées dans les églises reconquises. Gaspard de Perrine et sa troupe furent excommuniés par Rome, traqués dans le Massif des Ecrins par les soldats du Roi. Dénoncé par un charbonnier, mis à la question, écartelé sur la place publique à Grenoble, il fut ensuite brûlé avec ses compagnons sur le bûcher, ses cendres données à des cochons qu'on brûla à leur tour et leurs propres cendres enterrées dans un fossé auquel on mit le feu. L'Eglise dénonça l'influence occulte des Juifs et fit mettre à mort pour l'exemple quelques rabbins, sorcières et alchimistes.

Je me suis toujours demandé ce qui séduisait Dora dans cette folie millénariste : la démence du projet proprement dit ou la fin tragique de son concepteur, coupable de vouloir convertir l'immondice en beauté. Elle aussi voulait atteindre la pureté à force de débauche et puiser dans l'obscurité des pulsions une source de lumière. Elle s'était baptisée la fiancée du Christ et appelait son ventre la maison du Bon Dieu. Elle pensait sincèrement qu'au plus fort de la volupté, elle acquérait un pouvoir de clairvoyance analogue aux visions des prophètes, que la jouissance seule était fusion avec le Très-Haut.

— En hébreu, sainte et putain sont pratiquement le même mot : kadosh et kadesh. Cela vient d'une racine identique qui veut dire séparation. Le saint et la putain se séparent de la communauté des hommes pour les sauver, chacun à sa façon.

La linguistique venait à son secours, nous faisait obligation d'être serviables et tant pis si la charité ressemblait à de la débauche. Sans que je puisse la freiner, Dora s'était lancée dans un héroïsme de la fornication. Nous devenions missionnaires en terre païenne. L'amour du prochain, c'est elle qui le pratiquait maintenant, sans limites. Elle m'avait objecté jadis : à tout aimer, on perd le goût de bien aimer. Elle me disait maintenant : à ne pas vouloir tout aimer, on n'aime rien. Elle m'avait rendu goût au plaisir : à nouveau mon sexe, petit dragon dansant, dressait la tête à la moindre sollicitation et honorait avec fougue mes anges robustes ou efflanqués. Même les vieilles carnes retapées me transportaient. J'avais mis ma jalousie entre parenthèses, certain qu'au final, je restais le préféré de Dora, que nous appartenions à tous sans cesser d'être ensemble. Nous formions, elle et moi, un seul et même corps androgyne, nous étions les deux lèvres d'une même bouche et tout ce qui enchantait l'un délectait l'autre. Nous œuvrions en tandem : je l'appelais pour finir « certaines fées » qui appréciaient les femmes, je l'assistais auprès de ses « fiancés » que l'anatomie masculine ne rebutait point. Des couples nous conviaient à des soirées intimes, petits soupers, parties carrées où nous nous retrouvions à dix ou quinze. La mode était à l'échangisme dans les classes moyennes françaises qui l'avaient élevé au rang de thérapie conjugale et y trouvaient un exutoire à leur ennui. Une sorte de snobisme faisait obligation à chacun de passer, comme pour un stage, dans ces réunions où l'on échangeait surtout de la frustration contre du mouvement, de la solitude contre du bruit. Dans ce charivari génital, Dora, un chignon planté comme une banderille dans son cou, m'évoquait ces divinités hindoues dotées de plusieurs bras, plusieurs jambes. Elle se laissait approcher, crucifier par ceux qui la voulaient avec une abnégation proche du détachement. Elle dégageait une majesté dans l'indécence, elle flottait au-dessus des participants, intouchable malgré les assauts, martyre médiévale vissée à tous les organes, soucieuse de n'oublier personne, se portant spontanément vers les oubliés, les gros, caressant ces veaux comme des lys. Elle transformait cette médiocre mêlée en cérémonie nuptiale. Oui, je crois pouvoir dire que l'esprit soufflait alors sur ces mascarades romaines et qu'une nouvelle Eglise s'édifiait sur la communion des âmes et des corps. Je la contemplais étranglé par l'émotion. La grâce l'avait touchée, sa dépravation tournait à l'innocence.

Œuvres pieuses

Un jour nous partîmes tous deux en RER pour la banlieue ouest en service commandé. Une mère de famille nous avait convoqués à Versailles Rive Gauche pour un service un peu spécial. C'est Dora qui avait négocié ce contrat avec le tact d'un ministre plénipotentiaire. Mme Lesueur avait des jumeaux, un garçon et une fille, atteints d'obésité à la suite d'un dérèglement génétique. Incapables de se mouvoir, parqués au premier étage, ils vivaient couchés et quand l'un d'eux tombait malade, il fallait la grande échelle des pompiers pour le descendre et l'emmener à l'hôpital. Les Lesueur habitaient, au fond d'une allée privée, un coquet pavillon de briques blanches et rouges avec des persiennes peintes en vert, des rosiers grimpants sur les murs et une cloche au son grave au-dessus du tympan de la porte. Le jardin, où poussaient pommiers et poiriers, était défiguré par une gigantesque parabole, analogue à un couvercle de poubelle incurvé, qui dispensait aux enfants des centaines de chaînes, en toutes langues. Dans le salon, les lampes avaient l'air de fleurs fanées avec leurs abat-jour à festons et leurs ampoules anémiques. La mère, une femme menue entre deux âges, veuve d'un ancien architecte, affichait un air de mélancolie offensée. Elle ne comprenait pas que la nature lui ait joué cet horrible tour : comment elle, si fine, avait-elle pu donner naissance à ces pachydermes de 220 kilos chacun ? Elle en incriminait un télescopage hormonal dont le défunt, qui n'était plus là pour se défendre, se serait rendu coupable et nous montrait, en guise de preuves, la photo jaunie de sa belle-mère, un peu ample sous sa robe. L'hérédité apaisait sa conscience et atténuait sa répulsion envers sa progéniture. Elle nous remercia de notre diligence et espéra que nous ne serions pas rebutés par les « gosses », comme elle les appelait. Elle allait sortir, nous laisserait seuls à la maison pour ne pas déranger. L'argent attendait sur la table de la cuisine dans une enveloppe. Si nous renoncions, horrifiés par ses petits, elle ne nous en voudrait pas. Elle avait hésité avant de nous appeler, c'était la première fois qu'elle avait recours à de tels services. Nous lui avions été chaudement recommandés et il avait fallu toute l'insistance des jumeaux – ils avaient tout de même vingt-cinq ans – pour qu'elle se décide. Car les monstres, par-dessus le marché, étaient lubriques.

Paul et Lorraine reposaient dans deux chambres bleu pastel communicantes, fermées par une double porte, sur de vastes lits très bas, presque au ras du sol, et renforcés d'armatures de béton. Une aide-soignante venait chaque matin leur faire la toilette et les habiller mais leurs gestes déplacés, leurs insinuations en avaient déjà découragé plus d'une. La mère ne pouvait assumer seule cette tâche ingrate. J'eus un haut-le-cœur en les voyant. Ils n'étaient pas simplement gros comme mon frère Léon ni même énormes : ils étaient répandus pareils à deux amoncellements de saindoux, deux flaques de chair humaine de la taille d'une piscine. La nature avait relâché là toute notion de frontière. Je ne sais quel cataclysme endocrinien avait produit ces menhirs mous. La prolifération adipeuse avait déformé les traits des visages qui s'étaient effondrés de la même façon et se ressemblaient par des boursouflures, des éboulements identiques. Seules les deux nattes de la sœur, ses joues maquillées, poudrées de rose permettaient de la distinguer de son frère qui avait, comme elle, de la poitrine. Pour le reste, ils arboraient un même vêtement, une chemise de nuit en coton blanc de la dimension d'un drap qui aurait pu couvrir un pensionnat entier. Les jumeaux grabataires formaient un troisième sexe ou pour mieux dire un fragment d'humanité asexuée proche de l'enfance. Ils m'évoquaient des nourrissons gonflés à l'hélium : ils n'avaient pas grandi, ils avaient enflé dans des proportions indicibles. Je compris alors l'épouvante qui avait dû saisir les habitants de Pompéi quand le Vésuve avait craché ses entrailles de feu ; il y avait quelque chose de l'éruption volcanique chez ces mastodontes lascifs, une crue qui dévalait en cascade. J'avais presque envie de les lier, de les saucissonner comme de gros boudins blancs puis de les débiter en tranches pour en venir à bout. Le mot de bonté prenait là vraiment tout son sens. Ces mammouths affaissés, je ne saurais jamais les émouvoir mais Dora m'avait promis d'assumer l'essentiel de la tâche. Nous commençâmes par le garçon qui parlait d'une voix aiguë de fausset comme s'il n'avait jamais mué. Il préféra que je sorte, ma présence le gênait. Ses petits yeux enfoncés au milieu des bourrelets me souriaient et me suppliaient ; j'eusse été utile pourtant pour aller extraire sa verge d'un amas de plis, d'empâtements où elle était enfouie car lui-même y accédait avec difficulté. J'allai voir la sœur qui avait pris gauchement une pose d'odalisque. Son regard brûlait d'ardeur tel celui d'une âme entravée et disait l'envie, la crainte, la honte. J'entamai avec elle une conversation décousue jusqu'à ce qu'elle me tende une menotte engorgée, me demande de l'embrasser. J'hésitais sur la façon de l'entreprendre, redoutais le moment où elle se dévêtirait. J'avais affaire à une cataracte de coussinets, de monticules qui dissimulaient formes et orifices. Lorraine devait en permanence se rassembler, lutter contre l'éparpillement, ramener une partie d'elle-même qui pendait, telle une jeune mariée ramassant la traîne de sa robe. Elle retroussa doucement sa chemise de nuit et me laissa la contempler tout mon soûl pour m'éviter une commotion trop brutale. De longues minutes durant, je pus me repaître de cette géographie chaotique : les seins avaient presque disparu tant les protubérances annexes s'étaient multipliées mais l'aréole était reconnaissable par sa largeur, celle d'une soucoupe, presque d'une assiette. Je détectai ainsi les tétons, deux noisettes que je pris dans ma bouche autant par conscience professionnelle que pour me fixer des repères. J'aurais voulu, comme à l'école, y planter des petits drapeaux. Au lieu des plaines, éminences, ravins habituels, ce n'étaient que glandes hypertrophiées, mamelles anarchiquement distribuées, rouleaux de couenne, nappes de graisse stagnantes. Paysage après blizzard, grand cataclysme flasque. Les fesses elles-mêmes avaient perdu de leur rondeur, piquetées de dizaines de capitons tant la peau, incapable de contenir la poussée interne, avait lâché à chaque point de la circonférence, creusant failles et crevasses. Le sexe restait invisible, inaccessible par les voies ordinaires. Lorraine tint à enlever sa chemise de nuit, ce qui provoqua grand remue-ménage mais ne fit guère de différence. Tout ce volume défiait mon savoir, brouillait mes mesures : je procédai à de brefs relevés topographiques, explorai avec mes mains, essayant de distinguer les parties, les articulations, les régions principales. Je pouvais considérer ma partenaire sous deux angles : comme un magma qui me réduirait en bouillie si jamais je glissais sous elle ou comme un continent aux provinces diverses où je pouvais nomadiser à ma guise pourvu que j'acquière un autre sens de l'espace. Lorraine me rappelait ces mammifères marins, phoques ou lamantins, gauchement échoués sur le rivage et qui procèdent par bonds maladroits jusqu'à la mer quand ils sont poursuivis. Elle appartenait à un autre ordre de la création, nous étions deux espèces essayant d'entrer en contact en forgeant un langage commun.

Cette disposition d'esprit me sauva. Bientôt j'apprivoisai cette masse débordante, goûtai la suavité de cet entassement de gélatine. J'imaginai là-bas, derrière ces collines, la fente roséolée et décidai de partir à sa recherche. La peau de Lorraine, douce sur le buste, présentait ailleurs une consistance de papier mâché, un peu filandreuse, partout où elle frottait contre une autre surface. D'énormes bouteilles de talc et des tubes de crème pour érythème fessier du nourrisson étaient posés sur la table de nuit et emplissaient des étagères. La boule humaine coopérait du mieux possible et m'indiquait la marche à suivre, guidait mes doigts sur son épiderme distendu. Elle haletait comme un soufflet de forge à mesure que j'approchais du Saint-Graal, écartais ses énormes poteaux, décollais péniblement une cuisse de l'autre. J'aperçus enfin la toison, mince confetti végétal posé sur cette toundra adipeuse. Mais pas un instant je ne parvins à la toucher. Partout la chair coulait en torrents menacant de m'engloutir. Je nageais dans cette femme comme dans l'océan, remontais des courants adverses, me défendais contre des marées trop fortes, des houles suffocantes. Je me noyais, réémergeais, plongeais à nouveau. J'étais ivre, vautré dans cette immensité d'où s'écoulaient, copieuses, des eaux dont on ne savait si elles étaient de plaisir ou le résultat de la rupture d'une digue. Comme si une bonde avait sauté sous la pression, transformant Lorraine en femme fontaine. Je me faisais l'effet d'un insecte juché sur le dos d'une baleine dont je recueillais l'exquise sudation. Je me voyais sommé d'émoustiller cette volumineuse.

Comment dire : ce fut étrange et beau. Malgré moi, j'étais follement excité mais d'une excitation toute mentale. Je me mis nu à mon tour, laissant Lorraine me toucher, promener ses doigts sur ma peau, me prendre dans sa bouche. Sa maladresse de novice était plus bouleversante que le savoir-faire d'une épouse aguerrie. Dora, revenue entre-temps, s'écria :

— Sébastien, Lorraine, vous êtes magnifiques, vous êtes des dieux.

A son tour, elle se mit à embrasser la jeune fille, à pétrir ses tétons, à les pincer, à les palper. Lorraine s'échauffait, des secousses la parcouraient comme un bol de gelée qu'on agite. Ce bibendum soufflait, gémissait, hululait, sa voix, douce, était celle des sirènes la nuit qui appellent les marins à proximité des récifs. Des images aquatiques me venaient, monstres océaniques, poulpes géants s'accouplant, s'enchevêtrant à des profondeurs vertigineuses. Elle manifestait une gracilité dans la lourdeur qui nous étonna. A Dora revint l'honneur d'accéder la première à son sexe, minuscule corail carmin qui aurait pu être celui d'une petite fille et que j'entrevis quelques instants avant que de lourdes tentures ne le recouvrent à nouveau. Rien de plus chaste que les très corpulents puisque l'épaisseur cache leur nudité. Enlisée jusqu'à l'encolure, au prix d'un effort soutenu, ma maîtresse léchait Lorraine dont je tenais les deux jambes écartées tel un athlète les colonnes d'un temple. Notre hôtesse aurait souhaité une pénétration en bonne et due forme mais l'angle d'ouverture des cuisses et leur énormité rendaient la chose impossible à moins d'être assisté par une escouade de déménageurs. Il fallut user à la place d'un vibromasseur de bonne taille au doux ronronnement de chat. Le siège dura plusieurs heures car Lorraine prenait goût au plaisir et n'était jamais rassasiée. Nous luisions comme des gladiateurs et je m'effondrai épuisé, mon sexe reposant sur la joue de la monumentale tel un gros insecte humide. Elle sanglotait de bonheur. Et le sanglot, jaillissant sous les paupières, se terminait comme une vague peu après, quelque part entre les hanches et les genoux, petite rivière rebondissante chargée de sel et de joie. Dans cette pièce s'était jouée la métamorphose de la méduse en amante. Paul, depuis la chambre adjacente, les portes étaient grandes ouvertes, ne perdait pas une miette de la scène et nous regardait saillir sa sœur avec avidité. Dora dut aller une autre fois calmer son appétit renaissant, elle avait noué une petite faveur dorée autour de son phallus pour bien l'isoler du reste du ventre. Quand il jouit, poussant un hurlement déchirant, la maison se mit à trembler et je crus que toute la ville de Versailles allait se soulever de terre. Un mystère s'était joué là, nous avions été tous quatre transformés.

Quand nous fîmes nos adieux, un crépuscule blanc tombait par les fenêtres. Lorraine et son frère pleuraient encore au milieu des draps trempés, des oreillers défoncés et une puissante odeur marine montait de leurs corps en vrac. En bas, Mme Lesueur, revenue entre-temps du cinéma – elle était allée revoir *Vingt Mille Lieues sous les mers* –, nous attendait, résignée, sur une chaise de la cuisine, prête à endurer l'impudeur de ses rejetons. Je me demandais si elle avait entendu la clameur terrassante de son fils. Elle nous avait préparé un chocolat chaud agrémenté d'un cake au citron, il était huit heures du soir. Dora, lyrique, ne tarissait pas d'éloges à l'endroit des « enfants », invoquait une fois de plus notre apostolat. Avec elle il fallait se maintenir en permanence dans le sublime : nous n'étions pas de vulgaires trimardeurs du sexe mais des colosses d'amour ligués pour le bonheur de l'humanité asservie. Mme Lesueur, digne et pincée, dit simplement : j'ai prié pour vous. Sans qu'on sache si c'était pour excuser notre inconduite ou faciliter son succès.

— Nous aussi, rétorqua Dora du tac au tac. Vous savez, Madame, qu'en jouissant, nous confortons le Seigneur dans sa gloire, nous célébrons sa création.

La maîtresse de maison vacilla sous cette affirmation et ne poursuivit pas l'entretien. Elle nous consentit une petite rallonge sur les émoluments promis. Les jumeaux, enthousiastes, vagissaient au premier étage et nous suppliaient de rester. Nous revînmes en taxi de Versailles. Rarement comme ce soir-là, je compris le sens du mot sacerdoce : nous étions devenus des saints profanes, nous mériterions un jour la canonisation.

— Le but suprême de toute existence, disait Dora, est de marier la vérité et la beauté. Qu'importe que le monde nous dénonce comme fous et malades. Ce qui est folie selon l'esprit humain est raison selon Dieu.

— Dora, répétais-je exalté, tu m'as remis au monde, tu m'as rendu foi en l'être humain. Comment pourrai-je, après cela, retourner au pays de la médiocrité ?

Plus tard, nous sortîmes banqueter dans un grand restaurant, puis danser dans un club de la rive droite. Nous revînmes à l'aube, ivres de félicité. Les globes laiteux des réverbères pâlissaient. Les rues sortaient de la nuit, drapées dans une lueur violette. Tandis que nos pas résonnaient sur l'asphalte et que les boulangeries embaumaient, par leurs soupiraux, le croissant et la baguette, Dora rêvait à voix haute : nous allions créer des phalanstères d'amour, recruter les garçons et les filles les plus beaux, les plus éloquents, pour consoler les malheureux, multiplier les œuvres pies. Elle irait voir Monseigneur Lustiger, le grand rabbin Sitruk, le recteur de la Mosquée de Paris, et les persuaderait d'ouvrir des maisons de charité près des lieux de culte. C'est en allumant la minuterie dans l'entrée de notre immeuble que nous découvrîmes sur le mur de l'escalier, écrit en gras, à la bombe aérosol :

« Virgile Coutances et Dora Anse-Colombe sont deux putes. »

Sur les portes de chacun de nos studios, une autre inscription disait :

« Salope payante à partir de 100 euros ! »

CHAPITRE VIII

Le grand saccage

Depuis notre escapade à Versailles, la peur m'étreignait la nuque comme les serres d'un rapace. Une menace rôdait partout, chaque piéton cachait un agresseur potentiel, chaque entrée d'immeuble recelait un piège. Toute la ville m'épiait, chuchotait sur mon passage. Les coups de téléphone anonymes se multipliaient, nous changions de numéro, passions en liste rouge, le nouveau était immédiatement détecté. On venait la nuit peindre des propos insultants sur nos portes, à la craie ou à la peinture ; des souris, des rats crevés étaient déposés sur notre paillasson, des notes glissées dans ma boîte aux lettres avec des têtes de mort ou un faire-part de condoléances à mon nom. Je lisais cette prose avec effarement. Je ne pouvais plus décrocher le combiné ou descendre dans la rue sans craindre le pire.

Nous hésitions à porter plainte, conscients d'être nous-mêmes à la limite de la légalité. J'avais beau effacer les graffiti avec un chiffon et du white-spirit, on commençait à jaser dans l'immeuble. La voisine du dessous, une vieille dame affable qui sentait l'odeur un peu fade du passé et à qui nous rendions de menus services était montée me voir plusieurs fois : elle entendait sur notre compte des choses horribles. Des calomnies, n'est-ce pas ? Un fonctionnaire assidu comme moi ne pouvait embrasser des mœurs aussi dissolues ? Le syndic préparait une assemblée spéciale des copropriétaires pour demander notre expulsion. Nous rassurâmes notre vieille amie, lui offrîmes un thé et des gâteaux. Mais les périls augmentaient. Dora n'en avait cure. Elle me répondait avec la douce voix du fanatique :

— Il ne faut pas en vouloir à ceux qui nous haïssent. C'est la rançon de notre ferveur. Leurs crachats, recevons-les comme une pluie de roses...

Les tensions s'étaient brusquement ravivées entre nous. Pour elle, les lois de l'hospitalité ne souffraient pas d'exception. Tout homme qui la désirait, si cacochyme fût-il, lui tournait la tête. Elle allait au-devant des ruines, les sollicitait avec un zèle qui confinait à l'immolation. Son corps n'était que l'instrument de Dieu ; elle l'offrait à crédit, même à l'œil. Elle se voulait l'otage de tous ses poursuivants, y compris des plus misérables, précieux en raison même de leur misère. Elle entrait maintenant dans les hôpitaux, visitait les malades au stade terminal, les vieillards en longue durée et les cajolait, les excitait doucement. Ces organismes émaciés, faméliques la bouleversaient, elle leur prodiguait son extrême-onction à elle. J'imaginais ces agonisants, emportant comme ultime vision de la vie l'image d'une jeune femme nue, se caressant près d'eux, entre les respirateurs artificiels et le goutte-à-goutte, leur offrant un avant-goût du Paradis. Cela valait bien le prêchi-prêcha consolateur d'un quelconque ensoutané. On la chassait, on menaçait d'appeler la police, elle entreprenait à leur tour les infirmières, les docteurs. Je l'attendais dehors au café, fou d'angoisse, craignant qu'elle ne reçoive quelque mauvais coup. Elle s'en sortait toujours plus ou moins. Mais prise dans une spirale de dégringolade, ma déraisonnable prophétesse frôlait chaque fois le drame. Dans le métro, elle avait failli être étranglée, une fois encore, par un clochard, une sorte d'armoire à glace brenneuse qui empestait la pourriture et l'ulcère et à qui, un soir d'hiver, à la station Crimée, alors qu'un bivouac de sans-logis s'était formé sur les quais, elle avait prêché l'amour par le partage, ne cessant d'écarter les jambes devant lui pour l'affoler. Elle n'avait dû la vie sauve qu'à l'arrivée inopinée de deux contrôleurs qui l'avaient empêchée d'être balancée sur la voie. Avec un sourire de démente, elle accueillait les toqués, les puants, atteignait des sommets dans l'oblation, ne distinguait plus la béatitude de la douleur. Après ces marathons copulatoires, elle pouvait dormir une semaine d'affilée, ensuite de quoi, rajeunie, elle reprenait son fardeau philanthropique, retournait se faire dépecer. Elle aurait pu mourir sous les assauts par simple esprit de sacrifice. Si j'avais été moins lâche, je l'aurais arrachée à son hypnose. Elle ne m'écoutait pas, me retournait d'un sourire. Avec elle c'était le renversement perpétuel de la folie en raison, de la laideur en beauté, du crachat en caresse. Mais du crachat, elle ne remontait plus vers la poésie, la mécanique était cassée. Elle avait beau afficher des airs supérieurs, elle ne nous trompait plus : elle n'était qu'une nymphomane atteinte de logorrhée, une roulure jacassante. Je ne décrirai pas les situations borgnes où Dora m'entraîna, les tripotages sordides d'où nous ressortions à grand-peine. Elle s'était acoquinée avec des hardeuses brisées, des grands bourgeois déclassés, des gitons faméliques, des tapins toxicos, des petits gredins cupides. Notre métier nous avait rattrapés. Nous devenions des prolétaires du sexe.

Arrive un moment où les événements se bousculent et précipitent une conclusion qui prend l'allure d'un désastre. Incarcérés dans notre manie, nous ne comprenions plus le train ordinaire du monde. A nouveau Dora me dégoûtait mais d'un dégoût mêlé de chagrin qui n'entamait en rien l'amour que je lui vouais : elle avait repris cet air de fille perdue, les épaules tombantes, assommée par sa propre vacuité. Son corps partait en charpie, un réseau de varices courait sur ses cuisses comme si on l'avait griffé avec un sarcloir. Elle bombait sa croupe telle une oie et avait fini par arborer l'uniforme de sa profession, mauvais genre, poufiasse militante. Jeans trop serrés qui eussent convenu à une adolescente anorexique, décolletés extravagants, grosse bouche peinturlurée, yeux liquides noyés sous le khôl. J'avais envie de la secouer, de la jeter sous la douche, de la débarbouiller. Je lui disais :

— Il y a des filles trop propres qu'on a envie de salir. Et des filles sales comme toi qu'on a envie de passer à la machine.

Elle hurlait alors :

— Je suis encore trop belle pour toi, tu t'es regardé ?

L'épuisement la vieillissait : toutes les lumières lui étaient cruelles, lui faisaient un sourire dur et son haleine exhalait un parfum amer. Elle passait de la volubilité à l'abattement, riait à gorge déployée puis sanglotait. Elle lisait maintenant des vies de saints, enviait les larmes coagulées de sang que certains versaient et qu'ils appelaient « les roses des yeux », soutenait que Dieu la mettait à la torture pour l'éprouver. Parfois, quand le mouron était trop fort, elle faisait relâche, s'effondrait, me racontait les demeurés qui bavent, les poivrots aux relents fétides, les érections tristes comme un crépuscule d'hiver, les queues énormes, douloureuses qui ne débandent jamais. Sans oublier les dégueulasses, les péquenauds, les dingues qu'elle attirait comme un aimant. Je m'emportais, lui conseillais d'arrêter, elle me citait un mystique chrétien :

— Nous devons aimer ardemment ce que le monde a en horreur et avoir horreur de ce que le monde aime passionnément.

— Je me fous des mystiques, tu n'es pas obligée de te taper la lie de l'humanité.

— Je vais te dire, Seb, ces pouilleux, je ne les mérite même pas tellement ils sont au-dessus de nous. Et puis ce sont mes enfants. J'ai l'impression d'accoucher d'eux chaque fois qu'ils sortent de moi.

J'en restais sans voix. Dora, ange et martyre, battait la campagne, ravie de me précipiter avec elle dans le gouffre. Elle n'était pas méchante, elle était juste fêlée. Cet enchevêtrement de vitalité et d'insanité me faisait redouter le pire.

Nous ne nous touchions plus. Et quand par hasard le désir nous réunissait encore, ma maîtresse faisait preuve d'une laborieuse vulgarité, s'époumonait, gigotait à la façon de ces canards au cou tranché qui continuent à courir.

— A quoi riment ces trémoussements ? On dirait qu'on t'égorge.

Elle ricanait, les nerfs malades, me repoussait :

— Ne t'approche plus. Si tu veux coucher, faut payer. Comme les autres, tu entends ?

Elle beuglait telle une poissarde, m'envoyait des bordées d'injures.

— Regarde-toi, espèce de pauvre type ; même quand tu baises, tu n'es qu'un petit fonctionnaire qui fait là où on lui dit de faire. Tu n'as pas quarante ans et tu sens déjà le formol.

Elle raffolait d'une réplique tirée d'une série B américaine.

— Tu as peut-être une grosse queue mais t'as pas de couilles !

Elle s'énervait, déchirait les rideaux, les serviettes, renversait les verres, lançait les chaussures contre les miroirs.

— Je vais te dire, Seb, même un impuissant me fait plus jouir que toi.

L'animosité me gagnait à mon tour. Je lui aurais volontiers fracassé la tête sur le lavabo. Je lui détaillais ses moindres défauts, reproduction exacte de sa nullité spirituelle. Je m'emparais de ses sacrés bouquins et les déchirais, les lançais par la fenêtre. La bataille dégénérait, elle tentait de me griffer avec ses ongles, je la saisissais au cou, la giflais furieusement, elle tombait par terre en sanglotant. Je l'achevais par quelques fielleries, ruinais en deux mots son messianisme de la fange.

— Tu n'es qu'une pute répugnante. Tu finiras en mère la vérole qui suce pour un euro.

La fureur la reprenait. J'avais acheté pour me défendre une batte de base-ball que je cachais sous mon lit. Dora s'en emparait, me frappait aux bras et aux jambes durement, guerrière exaspérée. Elle avait envie de me tuer, elle aussi, de me rayer de sa vie. Si elle l'avait ordonné, je me serais laissé massacrer sur place : mourir de ses mains était mon ultime ambition. Nous étions en sang, les cheveux arrachés. Toute la laideur accumulée entre nous explosait. Puis, horrifiés par le spectacle de nos amours navrantes, nous arrêtions d'un commun accord. Nous nous demandions pardon et concluions la paix dans un coït bâclé. Nous retournions alors dans le siècle pour y quêter une trêve. Dora rêvait de maternité, d'enfants bistre, ocre, chocolat clair. Quant à moi, effectuant un revirement complet, je suppliai mon supérieur, Jean-Ignace de Guiolet, de m'expédier n'importe où, en Biélorussie, en Tasmanie ou à

Oulan-Bator. Je voulais travailler au rayonnement de la France. Il me rit au nez : j'avais perdu ses faveurs. Son livre avait été pilonné six mois après sa sortie et son second manuscrit refusé. Je serais placardisé à Paris pour toujours. Le poste le plus minable en Europe ou en Asie était encore trop beau pour moi !

Indésirables

J'aurais dû alors interrompre ma vie parallèle, demander l'aide d'une association. Je m'entêtais dans cette voie comme dans un suicide lent. Je recevais depuis quelques semaines une étrange cliente. Elle s'appelait Cindy bien qu'elle ne fût pas plus américaine que moi, conséquence des séries télévisées sur le choix des prénoms. C'était une femme de type nord-africain, sans âge, aux joues creuses d'où saillait un long nez, avec une bouche épaisse, des pommettes hautes, une dureté de pierre dans le regard. Cette poupée malsaine, à l'allure de junkie, parlait d'une voix cassée avec une intonation de banlieue aussi snob que l'accent pointu de certains nantis du VIIe. Chaque fois qu'elle se mettait nue, j'avais un haut-le-cœur : sa fente rasée, percée d'un anneau d'argent, semblait une plante carnivore prête à me dévorer. Elle était d'une maigreur à rayer les baignoires, les deux fémurs saillants, les côtes efflanquées, des vergetures sur le haut des cuisses et sur les hanches. Elle ne dégageait aucune odeur, phénomène encore plus inquiétant qu'une personne sans ombre. Dès sa première visite, elle avait évalué froidement mon érection, m'avait installé en elle avec préservatif. J'avais eu l'impression de mettre mon sexe dans un nid de frelons. Nous avions enchaîné en trois minutes trois positions différentes. Après quoi, elle m'avait sorti d'elle, avait eu ce mot terrible que je ne suis pas près d'oublier :

— Quand on veut goûter la soupe, une seule cuillerée suffit.

— Elle a quel goût la soupe ?

— Mangeable.

Elle gargouillait au niveau de l'estomac comme une bouteille d'eau minérale si bien que, fidèle à mon habitude, je la baptisai aussitôt : la Grande Gazeuse. Et la rangeai sous cette rubrique dans mon ordinateur. Dans sa bouche, une dent en or brillait d'un éclat terni sur fond de chicots jaunis ou noirs. C'était un or mat, un or de pauvre, de piètre qualité. Quand je l'embrassais (je l'ai dit, Dora m'avait contraint à repratiquer le baiser sur les lèvres), j'allais avec ma langue chercher cette pépite au contact lisse alors que toute sa dentition irrégulière râpait, accrochait les papilles. En écartant les jambes sur mon lit, Cindy m'ordonnait toujours du même ton abrupt :

— Allez, homme de joie, prouve-moi que tu es une bonne bosseuse !

Cette qualification m'avait blessé et je ne comprenais toujours pas pourquoi cette créature frigide se rendait chez moi. Un jour que la Grande Gazeuse se rhabillait, bizarrement nerveuse et agressive, la sonnette vibra. Un carillon sans répit avec des stridences de sirène de guerre. C'était bien une guerre qui se profilait ici. Le son, porté par la pression continue d'un pouce, montait l'escalier, se répercutait dans les étages jusqu'à mon crâne où il éclatait à la façon d'un bourdon de cathédrale. Sans demander mon avis, Cindy, qui n'attendait que ce signal, courut répondre à l'interphone. Avant même que j'aie flairé un piège, on tambourinait à la porte, un martèlement de brute. Je fus pris d'un accès de panique qui me fit presque vomir. J'aurais voulu disparaître sous le lit, sauter par la fenêtre. Cindy ouvrit la porte, prit ses affaires sous le bras et s'éclipsa. Entrèrent deux individus, mal vêtus, mal rasés dont j'eus du mal à discerner s'ils étaient des clochards, des rôdeurs ou des mauvais garçons. Ils firent quelques pas sans conviction dans la pièce : ils n'étaient même pas costauds, offraient un gabarit à peine supérieur au mien. Je m'enhardis :

— Qu'est-ce que vous faites chez moi, qu'est-ce que vous voulez ?

Sans me prêter la moindre attention, ils entamèrent un conciliabule dans une langue étrangère, du russe peut-être, tels deux comédiens qui répètent leur texte avant d'entrer en scène. Ils haussaient les épaules, reprenaient plusieurs fois la même phrase, se chamaillaient sur un mot. Enfin le plus petit des deux vint s'asseoir sur mon lit, me convoqua près de lui comme on siffle son chien. Il passa son bras autour de mon cou et, se présentant sous le nom de « Ralph », prononça avec un fort accent slave :

— Alorrs ? On baise ma femme Cindy sans payer ?

— Votre femme ? Mais... c'est moi qu'elle paye, elle est une cliente.

Ralph, avec des yeux plus incrédules que sadiques, me considéra de bas en haut, me fit lever et ouvrir la bouche tel le maquignon qui vérifie les bêtes à la foire.

— Toi ? Te fairre payer ? Tu te fouttres de moi ?

J'étais si paralysé que je réaliserais beaucoup plus tard à quel point ces phrases semblaient apprises par cœur et mal récitées.

— Tu as baisé Cindy cinq fois. Elle être notre meilleure monteuse. Tu nous doivre 1 500 euros.

— Je vous le répète, c'est moi le gigolo.

Alors ledit Ralph eut un rictus où la douceur le disputait à la menace et, d'une pression du bras, me renversa sur le lit. Mes jambes se soulevèrent, je partis en arrière comme une poupée. Je me relevai, affolé. Son compère, aussi grand qu'efflanqué – lui c'était « Brandon » –, tendit sa paume vers moi et dit, laconique :

— 1 500 euros.

— Mais je ne les ai pas et si je les avais, ils seraient à moi. Demandez à Cindy !

Je reçus un premier coup de poing sous le nez. Mes oreilles se mirent à bourdonner, ma lèvre à saigner. Je détalai, tentai de ramper sous le lit, piaillai comme un matou. Jamais je n'avais affronté une telle situation. Ils me tirèrent en arrière par les mollets. Le fait d'avoir affaire à deux pauvres types, deux pieds-nickelés des Balkans ou des Carpates m'inquiétait plus encore. Ils me relevèrent de force, me toisèrent avec un regard qui n'augurait rien de bon. Entre deux battements de cœur précipités, je notai à quel point ils semblaient en piteuse santé. Ils affichaient le visage fripé, les joues hâves de qui ne mange pas à sa faim. Je les sentais capables de me réduire en bouillie pour une bouchée de pain. A leurs yeux, je devais incarner le comble de l'abjection : un homme pute qui lèche des femmes, un concentré de gonzesse en quelque sorte. Si je tentais la moindre résistance, ils me démoliraient. Je disposais bien de la batte de base-ball mais je craignais que cette arme, entre leurs mains, ne se retourne contre moi.

— OK, prenez tout l'argent.

J'eus le réflexe même du pleutre : amadouer l'agresseur pour susciter sa clémence. Ils me contemplaient avec leurs trognes d'épaves épuisées. Je vidai mes poches, leur tendis quelques billets.

— Je vous donne tout.

— Ta gueule, la pétasse ! dit Ralph, employant une grossièreté appliquée qui semblait, là encore, apprise depuis peu. Mes résistances avaient dû les exaspérer. J'exagérerais en disant que je fus passé à tabac. Brandon me balança une dizaine de torgnoles en travers de la figure, la main pliée en forme de crochet pour que je sente la petite tête dure des articulations. J'eus droit aussi pour la forme à une dérouillée dans le ventre et sur le dos. Mais comment dire, une dérouillée amortie, retenue comme si mes agresseurs s'économisaient, répugnaient à se fatiguer pour la médiocre somme qu'on leur avait allouée. Tandis que j'encaissais, je n'avais qu'une obsession : ne pas vider mes boyaux devant eux, ne pas leur donner ce plaisir supplémentaire. Chier de trouille dans mon froc eût constitué la honte suprême. J'avais passé trente-huit années de ma vie sans me battre, hormis des empoignades au lycée dont Julien m'avait toujours sorti. Enfin les deux bougres s'arrêtèrent, me contemplèrent comme le peintre sa toile en se massant les phalanges. Ralph sortit un petit tube de sa poche et dans un grand éclat de rire me barbouilla la face de rouge à lèvres.

— Qu'elle être belle, la fiancée, bien maquillée...

Morve et sang convergeaient sur mon menton. Il me saisit par les cheveux, son haleine chaude sentait l'ail. Je crus qu'il allait me terminer par un direct dans le plexus mais il me lâcha et je m'effondrai comme une poupée de chiffon. Brandon hocha la tête en indiquant la porte, les deux racailles sortirent en se remettant ostensiblement en place les bijoux de famille. Je courus aux toilettes évacuer ma terreur et me regardai dans la glace : je n'étais pas défiguré, à part un hématome à l'œil droit, deux joues écarlates presque violettes et une bouche rouge gonflée comme un organe génital. J'allai aussitôt chez Dora lui raconter ma mésaventure. Son absence de réaction m'anéantit. Elle me soigna avec diligence mais sans plus.

— C'est Dieu qui nous teste, ne t'en fais pas. Plus on nous rabaisse, plus nous approchons de la lumière.

J'avais beau lui répéter que nous étions tombés sous la coupe d'une bande, peut-être la pègre d'Europe de l'Est, elle ne voulut rien entendre.

— S'ils me rançonnent, je paierai. S'ils me battent, je le prendrai comme une souffrance nécessaire.

Aucun de mes arguments ne l'ébranlait. Je n'avais plus rien à attendre d'elle. Je tentai de mettre de l'ordre dans mes pensées. Je me répétai l'expression de « grand banditisme » avec des frissons. Qui étaient-ils ? Avions-nous été dénoncés ? Je comprenais que Cindy, la femme à la bouche d'or, avait servi d'appât, que les deux vauriens voulaient m'affoler mais dans quel but ?

Pour nous enrôler dans leur organisation ? Toute la nuit, tapi sous mes couvertures, seul (Dora et moi faisions chambre à part désormais), la porte bloquée par un meuble, j'élaborai les scénarios les plus noirs. J'avais oublié que la prostitution est d'abord un business. Je me croyais libre, j'étais hypothéqué. Ma peur me dictait des histoires terrifiantes : le contact d'un « honnête homme » avec le milieu relève toujours de la déflagration. La société me présentait l'ardoise, mes amis m'avaient prévenu. Seul l'amour-propre me retenait d'appeler Julien au secours.

Dégringolades

Une semaine plus tard, un mercredi, je rentrais du bureau, me tenant sur mes gardes, quand je vis une voiture de police au bas de mon immeuble. Je compris qu'il y avait eu du vilain. Dora venait d'être agressée chez elle et emmenée à l'hôpital. Ses jours n'étaient pas en danger. Non contents d'avoir vandalisé son appartement, ses assaillants lui avaient fêlé le nez, brisé les côtes, provoqué un traumatisme crânien. Sans raison apparente, par pure violence. Je retrouvai ma maîtresse dans une chambre des urgences de l'Hôtel-Dieu, bandée, perfusionnée, et je sentis la tristesse me glacer. Sa pseudo-sagesse d'initiée ne l'avait pas protégée. Une expression d'horreur, d'incrédulité se peignait sur son visage. Les lèvres décolorées, les yeux dilatés par l'effroi, elle offrait un masque de gisante. En pleurant, elle me confirma qu'il s'agissait probablement des deux truands qui s'étaient déjà introduits chez moi. La description concordait. Avec une sauvagerie de fanfarons, ils lui avaient pointé la lame cruciforme d'un tournevis sur la gorge. Puis ils l'avaient passée à tabac sans un mot d'explications, sans exigences, comme s'ils exécutaient un contrat. Elle avait tenté de les apaiser, de les aguicher. Cette fois la prêcheuse n'avait pu convertir les barbares en agneaux. Le banquet de délicatesse avait dégénéré en repas de fauves. L'ange était tombée dans la boue.

— Seb, tout est de ma faute, je te demande pardon, quitte-moi. Je t'ai entraîné dans un océan de saletés.

J'essuyai ses larmes, lui certifiai que tout allait s'arranger, que je la protégerais. Je n'y croyais pas moi-même. Nous avions libéré trop de forces qui allaient se retourner contre nous.

De retour au studio, je remplis en vitesse une valise, pressé de quitter ces lieux maudits. Le gérant de l'immeuble m'avait laissé un message sur mon répondeur me priant de résilier mon bail au plus vite. La copropriété ne pouvait tolérer plus longtemps le scandale que nous représentions. Un autre appel du commissariat du IVe arrondissement me demandait également de venir signer la main courante. J'allai me réfugier rue Pavée, à quelques blocs de là, dans un petit hôtel jouxtant une synagogue protégée jour et nuit par la police. J'y restai dix jours ne montant chez moi qu'en coup de vent pour changer d'affaires, prendre mon courrier. J'avais provisoirement suspendu mes travaux mercenaires sauf pour les clientes qui me recevaient chez elles. Dès la sortie du bureau, j'allais voir Dora qui allait mieux mais restait accablée et envisageait enfin de s'exiler loin de Paris. Elle me suggéra quelques destinations dont je me souviendrais plus tard.

Un matin, au sortir d'une nuit affreuse où les cauchemars m'avaient coupé la respiration, laissé la bouche sèche, j'allai au Chat qui Fume prendre mon café croissant comme d'habitude. Le patron, un alcoolique repenti au débit pâteux, m'avertit qu'un gamin la veille avait déposé une lettre pour moi. Elle était de Dora : d'une écriture maladroite, elle m'annonçait qu'elle quittait la France. Elle préférait se retirer, elle me portait malheur. Elle m'aimerait toujours. Comme un fou, je me ruai hors du café, courus vers l'Hôtel-Dieu ; je ne pouvais croire à ce que je venais de lire. Elle n'allait pas me plaquer une deuxième fois. A l'angle de la rue des Francs-Bourgeois, presque déserte à cette heure, une vieille Mercedes couleur rouille, à la calandre chromée, pila net devant moi alors que j'avais déjà mis un pied sur la chaussée. Je m'affalai presque sur le capot. Il ne s'agissait pas d'un accident. Le conducteur, le coude négligemment sorti de la fenêtre ouverte, les yeux cachés par une paire de Ray Ban bleutées, m'ordonna de monter. Je le reconnus à son accent, c'était Ralph. Avant que j'aie pu me remettre de ma surprise, un avorton aux cheveux gras flottants descendit de la porte arrière, m'attrapa par le col de la veste et me poussa sans dureté à l'intérieur de l'habitacle avant de prendre place à ma gauche. Celui-là, avec ses yeux couleur de terre et ses dents pourries, je ne l'avais jamais vu. Pour des raisons que je ne m'explique toujours pas, je me laissai faire. Ralph, à la nuque épaisse et rasée – il semblait avoir touché un petit pécule, portait un costume presque convenable –, démarra immédiatement dans un bruit de ferraille, dérapa sur le macadam et vira dans une artère plus large. Des effluves d'eau de toilette bon marché emplissaient le véhicule. Pour la forme, je criai tout de même :

— Où m'emmenez-vous ?

Mon ravisseur hirsute arborait une tête cadavérique qui semblait toujours sur le point de se détacher du cou et pivotait sur elle-même avec une rapidité stupéfiante. Il s'adressait à l'autre par monosyllabes dans une langue qui pouvait être du russe, de l'albanais ou du turc.

— Je vous préviens, si vous n'arrêtez pas, je vais sortir, alerter la police.

Mon voisin me fit « chut » en retroussant ses lèvres, ce qui lui donna un air plus patibulaire encore. Il n'avait cure de mes avertissements. Ses dents de devant, gâtées, étaient implantées de guingois comme les poteaux renversés d'une clôture.

— Nous sommes amis de Cindy. Pas t'inquiéter toi, dit Ralph pour me calmer.

L'évocation de cette momie sexuée ne fut pas pour me rasséréner. Nous quittâmes le Marais, prîmes la rue de Rivoli puis le boulevard Sébastopol, direction gare de l'Est. Dix fois, dans les embouteillages, j'aurais pu ouvrir la portière, me fondre dans la multitude. Le regard dur de mon coéquipier m'en dissuada ; je l'imaginais me coursant d'une foulée souple et me filant une trempe au milieu des badauds qui détourneraient les yeux. A croire que je me laissai enlever volontairement pour trouver une issue à cette crise. A Barbès, nous bifurquâmes sur le boulevard Rochechouart et ralentîmes peu après les magasins Tati. Ralph dégrafa sa ceinture de sécurité et vint d'un pas traînant m'ouvrir la portière comme l'aurait fait un chauffeur de maître. Il semblait un pouilleux parodiant le monde des rupins. Avec célérité, son acolyte sortit un foulard de sa poche et me banda les yeux. Seuls des voyous de sang-froid pouvaient ainsi kidnapper un homme en plein jour sans craindre l'intervention de la police. Mon ange gardien, me bloquant le bras dans un étau, me fit entrer dans un hall d'immeuble : je trébuchai sur un seuil de pierre, grimpai quelques marches, franchis une porte. Nous descendîmes ensuite un long escalier dans ce qui me parut être un boyau assez étroit. Mon nez enregistrait des effluves de pourriture, d'eau stagnante. Nous marchions dans des sous-sols, une âpre odeur de désinfectant de latrines m'agressa. On déverrouilla une autre porte, le bandeau me fut ôté : j'étais dans une pièce basse meublée d'une table de camping éraflée et d'un fauteuil de cuir râpé qui partait par lamelles entières. La cigarette et la bière avaient tellement imprégné les murs qu'on aurait pu boire et fumer rien qu'en les reniflant. Le plafond tremblait d'un rythme sourd, irrégulier. Je devais être quelque part dans la loge d'une salle de spectacle ou d'un club, peut-être l'Elysée Montmartre qui se trouve dans le voisinage. Des malabars venaient m'apporter à manger à heures fixes, me conduisaient aux toilettes. A toutes mes questions, ils opposaient un mutisme absolu. Le cycle de la perdition était enclenché.

Deux jours plus tard, je fus transféré à une heure de Paris, de nuit, les yeux à nouveau bandés. Nous cahotâmes longtemps sur un chemin accidenté. Je me retrouvai dans une cave de ciment, basse de plafond, glaciale, sans fenêtre. Une rampe de néon clignotait en permanence sans s'allumer franchement. Elle émettait un éclair cru, verdâtre qui rendait toutes choses lugubres. Un filament noir grésillait à l'intérieur du tube, toujours sur le point d'exploser. Je comprenais trop bien ce qui m'arrivait. Je pensais aux terrifiantes maisons de dressage où les souteneurs enferment leur cheptel et l'éduquent à coups de viols et de passages à tabac. Dora avait eu raison de prendre la poudre d'escampette. J'aurais dû fuir avec elle. Je fus dépouillé de tous mes effets personnels, portefeuille, carte d'identité, clefs, monnaie, dossiers du ministère et jusqu'aux tickets de métro. Mon cachot se composait d'un matelas taché posé à même le dallage, d'une chaise aux barreaux manquants et surtout d'un grand établi de menuiserie perforé d'entailles de couteaux qui suggéraient d'abominables sacrifices. Dans un coin, un lavabo de céramique blanche, à l'émail brisé, constellé de fêlures, laissait couler un filet d'eau continu. A une poutre pendaient des crocs de boucher ainsi qu'une poulie sans corde. Des traînées de salpêtre suintaient sur les murs entre des graffiti inscrits à la pointe d'un canif, initiales, cœurs grossièrement esquissés, appels au secours. Une volée de marches conduisaient à une porte de métal noire de fumée qu'on aurait dite léchée par une langue de feu. Combien de personnes avaient été martyrisées ici ?

Je fus vite fixé sur mon sort. A peine installé, je vis entrer un être de taille moyenne, un plateau à la main où fumait un bol de café près d'une tartine de pain beurré et de morceaux de sucre jauni. Affamé comme j'étais, je me ruai sur ce pauvre festin. La personne m'avait apporté entre-temps un seau hygiénique, du papier toilette et une bouteille d'eau. Dans la mauvaise lumière du réduit, j'aperçus un visage gonflé comme un gâteau mal cuit, rond d'un côté, creux de l'autre, posé sur un corps petit et trapu. Le crâne arborait une brosse blonde, le torse et les jambes étaient tout de cuir vêtus, à la façon d'un motard à la retraite qui aurait gardé l'uniforme et remisé le véhicule au garage. Deux proéminences sous le blouson me firent penser que j'avais affaire à un individu de sexe féminin. D'une voix de rogomme, elle me lança :

— Mange, petit, tu en auras besoin.

Si je m'étais douté de ce qui m'attendait, j'aurais, je crois, rendu sur-le-champ mon déjeuner !

Peu après, ma nourricière revint escortée par deux courtaudes de son acabit : une vieille à tête de gitane avec une verrue de la taille d'une prune sur la lèvre inférieure où poussait un épi de poils durs et un autre épouvantail, au physique de videur, à la face boucanée de corsaire. Celle-ci portait un tee-shirt rouge vif sur lequel était inscrit en lettres gothiques noires : « J'suis pas méchante mais faut pas m'chercher ».

Toutes trois m'allongèrent sur la table de bois et avec des gestes précis, prévenant une éventuelle dissidence de ma part, me tirèrent le pantalon jusqu'aux genoux sans ôter mes chaussures. Je songeai immédiatement à une tournante sans bien en concevoir la réalisation pratique : comment une femme peut-elle violer un homme ? La gitane et la pirate me bloquèrent les épaules, les hanches et les jambes, m'enfermant dans un étau impossible à desserrer. La motarde s'enduisit les paumes d'un liquide gras, s'assouplit les poignets en faisant craquer les articulations puis agrippa mon sexe. Elle aurait pu d'une torsion m'arracher l'appareil génital tout entier. Au lieu de quoi, elle me branla en bonne et due forme avec une vivacité qui n'était pas déplaisante. Vous connaissez l'anatomie masculine : nous sommes d'une mécanicité navrante. Tout pénis agité de bas en haut avec vigueur finit par cracher sa semence, quel que soit le moyen utilisé. J'éjaculai donc, sans vraiment me laisser aller, sous l'œil torve des viragos. Je fus étonné de la douceur du châtiment, de cet aller simple pour le paradis, gratis en plus.

Une heure plus tard, alors que j'avais enfilé un pyjama de serge bleue qui allait devenir mon uniforme, mes matons revinrent. Cette fois la motarde et la bohémienne me plaquèrent sur la table et c'est la pirate qui me manuellisa. Ses lourdes paupières se fermaient et elle bavait dans l'effort. Elles revinrent toutes les heures jusqu'au soir, m'agrippant la racine à tour de rôle. Et recommencèrent le lendemain dès le lever du jour. Tel serait donc mon calvaire : j'allais payer au centuple les agréments de ma vie de courtisan. Puni par l'organe du plaisir qui deviendrait celui du malheur. Je serais vidangé sans discontinuer, étrillé, malaxé, attendri comme une masse de viande par trois bouchères folles.

J'entrai alors dans la plus sombre des nuits. Fofo, Natache et Jaja, c'étaient les petits noms de mes tortionnaires, ne manquaient pas une occasion d'empoigner mon engin et de le secouer. Elles surgissaient de l'ombre silencieusement, leurs mains ouvertes comme des palmes géantes, avec une lippe méprisante. Elles venaient me délester parfois en pleine nuit, braquaient sur moi le rayon d'une lampe-torche alors que je récupérais à peine. D'une bourrade, elles me réveillaient et leurs souffles nauséabonds, mélange de dents cariées, d'alcool et de mauvais tabac, leurs traits hideux me frappaient comme une hallucination. Elles m'avaient baptisé « chou farci » au bout de quelques jours parce que mon gland avait pris une coloration cramoisie, presque violette. Quand elles étaient d'humeur à rire, elles me collaient leurs gros seins sur la bouche :

— Régale-toi, chou farci, excite-toi.

Leurs griffes sales et longues me manipulaient sans ménagement. Aucune équivoque dans leur intervention : j'aurais pu être un thermomètre, une ampoule. Elles ne me lâchaient pas jusqu'à conclusion de la besogne et s'essuyaient ensuite les mains sur le pantalon. Elles fumaient tout en me « traitant », j'étais plongé dans une tabagie permanente et je regardais fasciné leurs poignets gonflés, leurs avant-bras aux poils sombres, épais comme des fougères. Juchées sur moi tels des vampires, on aurait dit qu'elles voulaient m'expurger de mes toxines. Mon sexe avait enflé et le simple fait de le toucher m'arrachait des cris comme si on l'avait plongé dans un bouquet de lames de rasoir. La nuit, de l'autre côté de la porte, au milieu du gong des poêles et des casseroles, j'entendais leurs voix de harangères mêlées de quintes de toux, de rires gras, d'interjections haletantes entrecoupées de crachats. Elles beuglaient des chansons de corps de garde. Cela finissait en un crescendo d'invectives, de cris, de râles d'outre-tombe. Je percevais le fracas d'une lutte, de chaises renversées, de lourdes assiettes brisées dans l'exaspération. Le lendemain, celle qui avait reçu sa dégelée, toujours la même, Fofo la motarde, arrivait les joues rouges, les oreilles entaillées, l'œil poché, la couperose brillante comme un voyant sous les paupières.

Au bout d'une semaine, je m'étais montré si docile que mes kapos ne venaient plus qu'une à une : à toute heure, la clope au bec, un baladeur sur les oreilles pour me traire. D'un signe de tête, on m'intimait de grimper sur la table, de baisser mon froc. Je n'éjaculais plus qu'un liquide translucide mêlé à du sang et si je me retenais, je recevais une gifle. Un début d'infection urinaire m'élançait jusqu'aux reins. Avec le temps j'avais compris la structure subtile du trio : Jaja la pirate était la chef, Natache la gitane sa seconde et Fofo la souffre-douleur attelée aux tâches serviles. La moitié de son visage, je l'ai dit, était froissé, elle avait dû subir une attaque et peinait à ouvrir son œil gauche. Une fois je tentai avec elle la complicité et proposai de lui rendre la pareille avec les doigts là où le cuir grossier du pantalon faisait à l'entrejambe de gros plis.

— Te fatigue pas, bonhomme, j'aime pas les mecs.

Quoique j'essayasse tant bien que mal de rester propre, de me laver dans le minuscule lavabo, je sentais l'ordure me gagner, les parasites élire domicile sur moi, se partager ma carcasse en quartiers. Etendu en chien de fusil dans ma souillarde, je dégageais une odeur épouvantable.

Répression

Un matin où j'avais souffert le martyre, mon pénis avait gonflé à la taille d'une pomme de terre et suppurait en permanence, je me cabrai. Jaja, vêtue d'un treillis militaire et d'un ceinturon à tête de mort, venait d'arriver, traînant les pieds jusqu'à moi, lourde et louche. Elle devait être soûle ou épuisée. Avant même qu'elle m'ait adressé le signe habituel, je lui fis un non résolu de la tête, me recroquevillai sur ma paillasse. Elle mit un moment avant de réaliser, expédia une bordée de jurons et dégaina son portable :

— Chou farci se rebiffe.

Les deux autres rappliquèrent illico. Natache, noyée dans une chemise de nuit maculée de traces douteuses, tenait à la main une poire à lavement et un seau. Elles me coincèrent comme le tueur sa victime au fond d'une impasse, me saisirent par les bras et les jambes, me portèrent sur l'autel du sacrifice. Je me débattis en vain. Natache m'arracha le pantalon, le jeta au loin tandis que Jaja en maugréant m'introduisit la poire à lavement dans le rectum. Sentant mes intestins gonfler, la membrane durcir, je me contractai. Mais attaqué de toutes parts, sollicité aussi sur l'autre front, je lâchai tout et crus mourir dans une hémorragie de merde et d'urine. Elles me laissèrent, gisant dans mes déjections, et me lancèrent une vieille serpillière pour nettoyer.

La correction n'était pas finie. Elles revinrent peu après avec une trayeuse électrique rouillée qu'elles branchèrent sur une prise de courant. J'avais lu quelque part d'horribles histoires à ce sujet et savais que si la machine se mettait en marche, elle aspirerait tous mes intérieurs, provoquerait une hémorragie. Dans un entrechoc d'objets métalliques, Fofo posa près de la table un récipient de métal duquel sortait un câble terminé d'une ventouse analogue à un déboucheur d'évier. Elle colla le capuchon de caoutchouc sur ma verge, vérifia chaque élément, tube, valve, canule, et alluma l'appareil. Un tremblement saisit la machine, la panique explosa en moi, je me mis à hurler, supplier, demander pardon. Jaja m'envoya une torgnole en pleine figure, m'intimant l'ordre de la boucler. Elle avait besoin de concentration. Le manchon adhérait de plus en plus à la tête du gland par une succion douce et progressive, je sentis le méat s'ouvrir comme une bouche. Jaja passa à la vitesse supérieure, la pression augmenta, tirant tout le bas-ventre. La pompe bourdonnait et j'attendais à chaque instant que des flots écarlates éclaboussent le baquet. J'allais être embouteillé comme du vin nouveau et c'est mon sang qui remplirait la cuve. Je résistai pourtant de toutes mes forces. Mais au même moment une injection d'eau savonneuse dans les intestins, toujours opérée par Fofo, préposée aux basses besognes, me submergea. Un frisson me ploya l'échine, je tentai par des convulsions de tomber sur le sol, les gorgones me maîtrisèrent comme on calme un épileptique. Une atroce décharge me traversa la colonne vertébrale et je m'évanouis.

Après ce supplice, toute velléité de rébellion brisée en moi, les harpies reprirent leur routine. Désormais le claquement du commutateur, aussi régulier qu'une horloge, indiquait l'heure de ma médication. Chacune descendait à son tour avec ses pognes énormes qui sentaient la bière, la nicotine et l'eau de vaisselle et considérait sans émoi la tubéreuse cramoisie qu'était devenue ma virilité. Je voyais les faces de gargouilles au-dessus de moi, secouées parfois d'accès de jovialité incongrue. J'étais de plus en plus long à venir et les masturbatrices s'énervaient de ma lenteur, souffraient de crampes, devenaient apoplectiques, le poitrail ruisselant de sueur comme des coureuses de fond. Elles devaient appartenir à une caste inférieure dans le monde du crime. Fofo avec son visage torve et son menton en galoche laissait transparaître parfois une mélancolie qui me touchait. Je tentais toujours de nouer un dialogue, elle balançait la tête en signe de dénégation, restait muette. Jaja dont le cuir chevelu se dégarnissait par plaques entières, tel un chien atteint de pelade, grinçait des dents. On eût dit le concassage des grains dans un moulin à café. Elle souffrait d'arthrose et la deuxième phalange de son index se tordait à la façon d'un vieux sarment. Me manipuler lui causait des douleurs telles qu'elle sous-traitait de plus en plus aux deux autres. Quant à Natacha, elle peinait à endiguer une salivation trop abondante et les eaux de la bouche lui sortaient en filets sur le menton.

Constatant ma faiblesse, les sorcières ne fermaient plus la porte : elles écoutaient la radio, jouaient aux fléchettes, gloussaient à chaque coup marqué et leurs rires rouillés se terminaient en bruyantes explosions de glaires. Elles beuglaient, peut-être même s'enlaçaient-elles à en juger par certains vagissements qui me parvenaient. J'imaginais ces créatures cabossées, velues comme des guenons, en train de se lécher le museau ou le reste et j'en demeurais perplexe. Parfois, incommodées par mon odeur, elles me lavaient au jet d'arrosage comme du bétail et les eaux souillées allaient s'évacuer dans une rigole. Pour humiliante qu'elle fût, cette douche m'apaisait. Croupissant dans mon cul-de-basse-fosse, je déclinais, secoué par la fièvre, saignant des gencives, perdant mes cheveux par poignées.

Les malfaisantes disparaissent

Là-dessus, un étranger, un médecin d'origine maghrébine, vint m'examiner et mon régime s'améliora quelque peu. J'eus droit à une soupe claire une fois par jour, à un plat de nouilles agglomérées, à des pommes de terre bouillies. Et Fofo la motarde, qui m'avait pris en pitié, faisait semblant de me branler, donnait le change en agitant vaguement la main autour de mon aine. La captivité me rendait fou. A force de retourner les mêmes questions dans ma tête j'en étais venu à une seule conclusion : c'est Dora qui m'avait trahi une seconde fois et tout planifié, se laissant rouer de coups pour mieux me confondre. Et mon délire prenant l'aspect d'une évidence, j'en venais à concevoir les pires vengeances sur sa personne. En même temps, je l'invoquais la nuit quand l'obscurité m'oppressait comme une main géante sur ma poitrine et que la terreur me coupait le souffle.

Un jour, mes tourmenteuses manquèrent à l'appel. La porte resta ouverte. Stupidement, je m'étais attaché à leur présence. Au moins s'occupaient-elles de moi. Quand j'entendais le frottement de leurs savates, leurs éructations, j'en étais presque soulagé. Je prenais leurs sévices pour des soins. Je les attendis des heures comme trois mères nourricières, n'entendant que le croassement lointain d'une corneille et le goutte-à-goutte du lavabo mal fermé. Au bout de quelque temps, je rampai jusqu'aux escaliers : les gonds de la porte étaient rouillés, la serrure arrachée, couverte de plaques verdâtres comme lèpre autour d'une bouche. D'une voix inaudible, je demandai du secours. J'avais faim. Je grimpai les marches sur les genoux, mes jambes ne me portaient plus, et arrivai dans une pièce étroite occupée par une table de cuisine et un réchaud à gaz. Une odeur de graisse rancie rendait l'endroit presque irrespirable. Partout des assiettes pleines de sauce tomate séchée et de mégots, des sacs-poubelle crevés dégorgeant leurs ordures étaient pris d'assaut par les cancrelats. Sur un fourneau trônait une énorme casserole de pâtes où la moisissure avait tissé un filet bleuté, une gaze translucide. Des bouteilles de bière avaient roulé par terre et craché des archipels mousseux peuplés de légions de fourmis. J'explorai les alentours, me tenant aux murs pour ne pas chanceler. Sur une chaise défoncée, dans un couloir attenant, je retrouvai toutes mes affaires soigneusement lavées, repassées et pliées. Pas un ticket de métro, pas un centime d'euro ne manquait. On y avait adjoint deux billets de cent d'un vert éclatant qui me rappelèrent d'étranges souvenirs. J'étais trop faible pour m'interroger sur ces égards et je n'en saisirais le sens que plus tard. A gauche d'un couloir, une grande pièce délabrée abritait trois matelas infects posés par terre. Mes geôlières avaient à peine vécu mieux que moi. Elles avaient donc levé le camp et ne viendraient plus me dégorger. Un spasme me saisit le ventre dont je ne sus s'il était d'épouvante ou de regret. Je me sentis presque trahi : mes marâtres me laissaient orphelin. Je descendis dans la cave me recoucher.

Je dormis là je ne sais combien de jours d'affilée. Je ne voulais plus partir, pareil à ces détenus qui ont perdu le goût de la liberté. Ma prison m'était devenue un havre, j'étais sûr que les Repoussantes allaient surgir d'un instant à l'autre. Seul le froid humide me tira de cette litière où je me décomposais. Je me traînai une nouvelle fois jusqu'à la cuisine, ouvris un garde-manger qui était plein. Comme si une main attentionnée y avait disposé fromage, pommes, yaourt, jambon et autres victuailles. Je dévorai trop vite n'importe quoi et rendis tout. Je m'appliquai ensuite à mâcher lentement.

Je repris un peu de forces. Je m'habillai de neuf, brûlai sur la flamme du réchaud l'immonde pyjama et me décidai à quitter cette bauge. Un battement d'ailes, mésange ou étourneau sautillant sur le rebord d'un œil-de-bœuf, me fit sursauter. Je poussai la porte qui n'avait plus ni verrou ni serrure. Le jour, strié de pluie fine, me débarbouilla comme une douche glacée. Je fus aveuglé et m'effondrai presque : une aube grise, déchiquetée se levait. Je fis quelques pas dehors, me retournai : j'avais été incarcéré plusieurs semaines dans une maison de garde-barrière au bord d'une voie désaffectée. Les traces de rail couraient encore dans l'herbe croisant à la perpendiculaire un chemin crevé de fondrières et creusé de marques de pneus. La route et le train avaient disparu en même temps. J'avais rarement vu bicoque si anodine dans sa désolation. J'aperçus au loin les pylônes d'une ligne à haute tension et des barres d'immeubles multicolores. J'étais donc bien en région parisienne, dans ce cancer de béton et d'acier que la capitale a érigé autour d'elle pour repousser la nature. Je sortis à pas prudents, presque effrayé d'entendre le crissement de mes souliers sur la terre. Je regardai une dernière fois la maison, les fenêtres murées avec des planches de contreplaqué, orbites sans yeux, le plâtre ravagé par une éruption cutanée, les jointures bâillantes du toit. Des herbes folles, quelques plantes maigrelettes partaient à l'assaut de la façade. Je perdis la tête, me mis à vociférer, à jurer. Je saisis des cailloux dans un petit remblai contigu et les lançai contre le bâtiment. Le bruit mou de leur impact contre le mur me calma. A bout de souffle, je tombai à genoux. Et je remerciai Dieu d'être vivant.

CHAPITRE IX

Les labyrinthes du repentir

Mano solo : c'est le sobriquet dont on m'affubla à l'hôpital le plus proche de mon lieu de détention, à l'est de Paris, où j'allai me faire soigner. Au service d'urologie, où je restai dix jours en observation, on me suspecta d'onanisme frénétique. Nul ne crut à une infection mal soignée. Je souffrais également d'anémie, de fonte musculaire, de diverses maladies de peau et la nuit de grands carillons résonnaient sans fin à mes oreilles. On me rasa la tête, les jambes et la région du pubis. Toutefois mon statut de diplomate dont faisaient foi mes papiers me valut une certaine considération. Je n'étais pas seulement un va-nu-pieds, une de ces épaves qui encombrent les salles d'attente et grèvent le budget de la Sécurité sociale. Je dus subir les interrogatoires d'une psychiatre encore jeune, Mathilde Ayachi : c'est elle qui émit l'hypothèse d'une masturbation compulsive et morbide, proche de l'automutilation. Elle était assez belle, une grande brune aux yeux verts, au visage allongé, un baladeur toujours fiché dans une oreille. Mais les gloires physiques me laissaient froid désormais. Agacé par son insistance inquisitoriale, je m'enfuis un matin, emportant avec moi une dose massive d'antibiotiques chipés à l'infirmerie.

Reddition en rase campagne

Un être et un seul pouvait m'aider désormais : Julien. Je n'avais pas de nouvelles de ma famille depuis des mois et les mômeries gauchisantes de mes parents ne m'auraient été d'aucun secours. Quel sentiment étrange, ignoble en un sens, que d'aller chercher assistance chez celui que je vomissais, il y a encore peu. A tout hasard, j'appelai Dora plusieurs fois : sa ligne était déconnectée. Je contactai également le café Au Chat qui Fume pour savoir si elle avait par hasard laissé un message. Je tentai de joindre quelques-unes de mes ex-clientes dont j'avais gardé le numéro. Toutes me rembarrèrent, feignant de ne plus savoir qui j'étais. La plus désagréable fut Florence, mon initiatrice d'il y a neuf ans, devenue grand-mère entre-temps et qui me raccrocha carrément au nez. On était en décembre, dans le froid tout devenait coupant jusqu'à l'acte de respirer. J'allai donc, émacié, la boule à zéro, la face terreuse, sonner à l'adresse de Julien, rue Fontaine dans le IXe arrondissement. Ne voyant plus son nom, je frappai chez la concierge. Une femme sans âge, en tablier, tira le rideau derrière une porte en verre.

— M. Drancourt n'habite plus ici, il est marié.

— Savez-vous où il a déménagé ?

— Non, monsieur.

— Il vous a bien laissé une adresse où faire suivre son courrier ?

— Non, monsieur, il a chargé la Poste de la réexpédition. J'ai du travail, je suis désolée.

A sa place se dressa un énorme rottweiler dont les griffes raclaient le verre et qui aboya en me montrant ses crocs immaculés, les muqueuses obscènes de ses babines. Je me rendis alors rue de Rennes, au bureau de Julien. Il n'y travaillait plus. Une jeune secrétaire à la voix douce m'apprit qu'il avait ouvert son propre cabinet, rue de la Paix, dans le Ier arrondissement. Prise d'une soudaine compassion – je grelottais dans mes vêtements élimés – elle me donna 20 euros pour manger et je lui baisai presque les mains de remerciement. Je n'étais plus de taille à refuser quelque aumône que ce soit. J'arrivai en début d'après-midi au 10 rue de la Paix. Une belle plaque de cuivre près d'un portail en bois sculpté massif indiquait Drancourt et Associés. J'hésitai, me rappelai cette anecdote d'André Breton errant devant la maison de Tristan Tzara tandis que ce dernier agonisait, incapable d'entrer alors qu'ils étaient brouillés depuis seize ans. Julien, je ne l'oubliais pas, avait organisé mon jugement et je craignais qu'il n'utilise mon dénuement pour m'humilier plus encore. Je profitai d'une personne qui sortait et m'engouffrai dans la cour, laquelle abritait un losange de gazon et une statue à l'antique d'où jaillissait une fontaine au murmure inaudible. Je sonnai à une deuxième porte, pénétrai dans un hall grandiose aux plafonds décorés de fresques. Un vieil ascenseur grillagé me hissa avec des hoquets d'asthmatique jusqu'au quatrième. Une dame en tailleur me pria d'entrer. Je lui fis part de mon souhait de voir maître Drancourt d'urgence. Elle eut une moue dubitative, me proposa un rendez-vous la semaine suivante. J'implorai presque, arguai de ma qualité d'intime. Elle disparut derrière une porte. Le faste des locaux, leur immensité m'intimidèrent : c'était un dédale de couloirs, de pièces, une ruche ardente où des personnes des deux sexes allaient et venaient d'un pas pressé. La dame qui m'avait reçu revint une heure après et prit un air navré pour m'avertir que maître Drancourt n'était pas disponible. Assommé, je m'apprêtais à repartir quand, sur le pas de la porte, elle me rappela. Elle s'entretenait maintenant au téléphone en chuchotant. Elle raccrocha, se releva et, presque dans mon oreille, m'avertit qu'exceptionnellement, maître Drancourt consentait à me recevoir. Mais il souhaitait que je lui écrive sur une feuille les motifs de ma requête. Mortifié, je griffonnai hâtivement : « Julien, je t'en prie, je vais mal » et pliai le message en quatre. L'assistante m'invita à la suivre dans un cabinet particulier. Nous croisâmes des adultes enrobés, fumant cigares, longeâmes plusieurs corridors encombrés de rayonnages aux livres reliés. Pour finir, elle me fit entrer dans un cagibi sans fenêtres qui sentait l'eau de Javel et où une chaise pivotante trônait entre un aspirateur, un seau de métal et une serpillière. Trois heures plus tard, j'étais encore seul dans mon réduit, partagé entre le dépit et l'espoir, me retenant pour ne pas m'enfuir, quand un jeune homme à l'air studieux m'annonça que maître Drancourt m'attendait au fond du deuxième couloir sur la gauche. Inutile de frapper. Je me sentis faible, la fatigue tomba sur moi comme une pierre. Je chancelai, me raccrochai aux murs couverts de gravures anciennes, de photographies d'art. L'une d'elles me frappa qui représentait la statue d'un Christ en plâtre à l'entrée d'un aéroport. Sur le socle était écrit en espagnol : « Montez et vous vous en repentirez ». J'y vis comme un avertissement et faillis rebrousser chemin.

Une toux discrète retentit non loin. Julien m'avait entendu. Je ne pouvais plus reculer. Les craquements du plancher m'avaient trahi. Je tirai cérémonieusement une porte capitonnée, entrai dans une vaste pièce meublée d'un bureau Empire presque vide et d'une grande sculpture africaine, trois fétiches chevauchant une pirogue. Dans un angle se dressaient deux ordinateurs à écran extra-plat. Ce n'étaient pas de ces tumeurs en plastique d'un gris pisseux qu'on voit dans les administrations mais le mariage accompli de l'acier et du verre, deux oiseaux emmanchés sur un col gracile. Et dans chacun de ces quasi-miroirs, un globe terrestre roulait sur son axe sans fin, dans un mouvement quasi hypnotique. Une vague de honte me submergea, me rendit stupide. Julien me tournait le dos, assis dans un fauteuil, regardant par la fenêtre. Il ne me dit pas bonjour. Tout ce que je lui demandais, c'était de me traiter en être humain. Je l'appelai : il ne bougea ni ne répondit. Je me raclai la gorge discrètement.

— Julien, c'est moi Sébastien, je suis là.

Il demeurait immobile, fixant je ne sais quel point à l'horizon, m'exposant sa magnifique crinière, enduite de gel et qui dessinait sur sa nuque une cascade pétrifiée, d'un noir de plomb, sans un cheveu gris.

— Julien, parle-moi s'il te plaît, dis quelque chose.

J'avais les nerfs à vif. Cet intolérable silence accroissait mon sentiment de destitution. Machinalement je m'agenouillai et sentis les larmes affluer sous mes paupières.

— Julien, dis-moi que je ne suis pas complètement indigne de toi.

Je me pris le visage entre les mains et laissai libre cours aux sanglots refoulés depuis longtemps. J'étais secoué de pleurs aussi ridicules qu'irrépressibles, ils s'insinuaient comme du sang sous le col de ma chemise, dans ma bouche. Sans réfléchir et peut-être influencé par la photo que je venais de voir, je m'allongeai de tout mon long, les bras en croix sur le tapis précieux qui recouvrait le plancher, un de ces tapis épais et brossés de belle laine que seuls des êtres bien nés ont le droit de fouler. J'y enfouis mon visage, avide à mon tour d'être le paillasson sur lequel d'autres pieds de haut rang viendraient se décrotter. Je perçus le bruit d'un corps qui s'approchait de moi. Je relevai le front : deux grosses chaussures de valeur à bout rond, pareilles aux volutes d'une carrosserie précieuse, se tenaient à hauteur de mon nez. Elles brillaient, sentaient bon le cuir ciré et m'examinaient comme un objet incongru, un détritus tombé devant elles par inadvertance. Elles allaient sans doute m'écraser la nuque, me piétiner ainsi qu'il convient à un rebut. Mais Julien se pencha, me releva de terre. A travers le rideau de mes larmes, j'osai poser mes yeux sur lui. Sa beauté me frappa, une beauté mûrie par le temps et qui avait perdu les affèteries de la jeunesse. Un visage empreint de majesté et de bienveillance. Pour rester dans l'orbite de cette face rayonnante, j'aurais traversé la France à genoux. Rien ne comptait désormais au monde que lui et moi, unis à jamais dans une alliance indestructible. J'étais devant lui comme un excrément sur un drap de soie, un pouilleux devant son prince. Et le prince dans sa gloire accepta de serrer la vermine dans ses bras.

— Comme tu as dû souffrir, Sébastien !

Le reniement de Pierre

Julien me logea provisoirement dans une chambre de bonne attenante à ses bureaux et située deux étages au-dessus sous les combles. J'y accédais par l'escalier de service. Depuis quelques années, j'étais abonné aux quartiers des domestiques. Un vasistas avec store rabattant ouvrait sur un pan de toit en zinc hérissé d'antennes. Les toilettes se trouvaient sur le palier. Un médecin me soignait confidentiellement : il avait enveloppé mon organe dans une sorte de cotte de mailles imbibée de pommade analogue aux étuis péniens de certaines tribus primitives. Le rapiéçage de ma virilité prendrait du temps et le résultat n'était pas garanti : certaines lésions ne guériraient peut-être jamais. Peu m'importait. Tous les soirs, passant par une porte dérobée, je me glissais en catimini dans le bureau de Julien et me délivrais d'une voix haletante.

Je ne lui dissimulais rien de mon existence inféconde jusqu'à ma passion pour Dora. Il m'écoutait sans me chapitrer, l'air grave. Dans les épisodes les plus poignants, il me serrait contre lui en signe de sympathie. Quand j'eus terminé, il fit le point. Tout d'abord une plainte avait été déposée contre moi au commissariat du IVe arrondissement par notre propriétaire : il nous accusait d'abus de confiance, de racolage ainsi que de proxénétisme. Seul mon statut de haut fonctionnaire l'avait retenu d'entreprendre cette démarche plus tôt. Plusieurs photos avaient été prises à notre insu par des locataires de l'immeuble montrant un va-et-vient d'inconnus jusqu'à mon studio. Sur certains clichés, la police avait reconnu des bandits notoires, ce qui me rendait coupable de collusion avec le crime organisé. En perquisitionnant chez moi, elle avait ouvert dans mon ordinateur les dossiers établis sur mes clientes depuis neuf ans, quelques milliers en tout, avec descriptions minutieuses et particularités anatomiques. Plus grave encore, elle avait mis la main sur les vidéos de mes ébats avec mes « anges » prises par Dora pour nos fameuses réunions de « debriefing ». C'était un délit grave : violation de la vie privée avec possibilité de chantage éventuel. Quant aux voyous qui m'avaient séquestré, Julien sortit d'une enveloppe trois clichés les représentant. Cindy s'appelait en réalité Leila ben Saher, binationale franco-algérienne, originaire du Constantinois, plusieurs fois condamnée pour trafic de drogue, racolage et proxénétisme. Ses hommes de main relevaient exactement de ce qu'on appelle « les caïds du pain de fesse ». Ralph, de son vrai nom Branko Stavajic, bulgare d'origine monténégrine, avait été plusieurs fois condamné à Sofia, Hambourg et Berne mais n'avait pas de casier en France ; Brandon alias Enver Harjberg, un Albanais du Kosovo, avait été trois fois emprisonné par la Kfor à Pristina pour mauvais traitements envers des filles qu'il livrait aux contingents britannique et français. Tous les autres, y compris les Trois Hideuses (de leur vrai nom Yvette, Concha et Janine), gravitaient autour de ceux-là : une belle brochette de gangsters cosmopolites. A l'énoncé de ces informations, j'eus la chair de poule.

— Tout cela, conclut Julien en remettant les clichés dans une enveloppe de papier kraft, n'est pas bon, je ne te le cache pas. S'il y a procès, je te paierai le meilleur avocat car je ne puis assurer ta défense moi-même, étant ton meilleur ami.

— Un procès, mais pourquoi ?

— Tu es marqué, Sébastien, et mon travail sera d'effacer cette marque. Et je n'ai pas fini de te dépeindre le tableau.

— Qu'est-ce que j'ai fait d'autre encore ?

— Tu n'as commis qu'une seule faute mais une faute énorme aux retentissements multiples. Par exemple, une procédure de radiation est engagée contre toi au ministère.

— Ça n'est pas possible ?

— Tes chefs ne peuvent plus te couvrir. Tes erreurs professionnelles auraient pu passer. Mais tes absences répétées et ta disparition ont exaspéré les esprits.

— J'ai été enlevé, Julien. Je ne pouvais demander à mes ravisseurs d'envoyer un mot d'excuse au Quai d'Orsay ?

— C'est un climat général. Tout le monde maintenant dans la maison connaît ton « hobby ». Tu es la gangrène qui corrompt l'esprit de la haute fonction publique. Ton crime est aussi grave que le trafic de drogue ou l'espionnage au profit d'une puissance étrangère. Les syndicats sont chauffés à blanc contre toi. Le Comité des Sanctions disciplinaires t'a provisoirement suspendu.

— C'est injuste, au moment où je retrouvais de l'intérêt pour la diplomatie !

— Affronter des juges, Sébastien, n'est rien en comparaison d'un séjour dans une prison surpeuplée où tu cohabiteras avec des tueurs, des crapules qui te livreront en pâture aux autres dès qu'ils apprendront qui tu es. Ils n'établiront aucune distinction entre un gigolo pour dames et un prostitué pour mâles.

— Je n'ai quand même pas mérité tout cela, je n'ai tué personne.

— Je suis d'accord, c'est disproportionné mais la loi est la loi et tu t'es fait détester avec tant de constance. Même ceux d'entre nous qui voulaient t'aider, tu les as traités en adversaires.

— Je sais, Julien, encore une fois je vous demande pardon. Mais je ne veux pas aller en prison. J'ai tellement peur... Après tout ce que j'ai traversé, je ne le supporterai pas.

Julien eut un claquement de langue désapprobateur et se leva brusquement.

— Tu aurais dû y penser avant : tu as voulu t'égarer dans les étages inférieurs de la vie. Là où tu excellais, tu as démissionné pour te précipiter dans un milieu irrespirable.

Le ton tranchait comme un rasoir, il plaidait à charge.

— Même cette fille, la quarteronne, l'afro-ashkénaze, elle t'a chamboulé, elle a flairé en toi le petit homme rangé qui voulait son quart d'heure de fièvre. Tu t'y es frotté, elle t'a brûlé. Tu n'as pas la carrure, mon pauvre Sébastien, pour quelqu'un qui parle directement à Dieu. Regarde-toi : tu n'es pas un homme du gouffre mais de la terre ferme, du pré carré.

— Je sais tout ça. Est-ce une raison pour m'accabler ?

— Je ne juge pas, c'est juste un constat. Tu es civilement mort.

Il avait dit ces derniers mots froidement comme il aurait signalé une averse pour l'après-midi.

— Tu veux dire qu'il n'y a rien à faire ?

Julien ne répondit pas, se rassit à son bureau et prit des notes sur un bloc. J'étais au supplice. Un temps interminable s'écoula. Quand il eut fini, il arracha la feuille et me la montra. Il s'agissait en réalité d'un dessin, un homme pendu à un gibet.

— Qu'est-ce que ça signifie ?

— Voilà ce que je veux t'éviter : la déchéance. Il y a peut-être un moyen d'y échapper.

— Tu es sérieux, tu ne dis pas ça pour me rassurer ?

J'étais dans l'état de grâce du pécheur qui quête l'absolution et se sent prêt à marcher sur le feu si on le lui commande.

— C'est une voie escarpée et je concevrais qu'elle te rebute.

— Rien ne me fera reculer, je te le promets.

Julien vint vers moi et les deux mains posées sur les bras du fauteuil, son visage collé au mien, me parlant presque dans la bouche, m'ordonna :

— Accuse Dora, mets-lui tout sur le dos...

— Accuser Dora ?

— Rends-la responsable de tout, sauve-toi, Sébastien, et tant pis pour elle.

Il se tut pour guetter ma réaction. Je n'en eus aucune.

— Nous avons enquêté à son sujet : gros passé psychiatrique. Episodes de décompensation, internement à trois reprises. On a retrouvé chez elle d'importantes sommes d'argent en devises, différents passeports, probablement des faux... Elle est la source de tes ennuis. Elle t'a poignardé dans le dos une première fois et t'a encore abandonné une seconde. Elle a la trahison dans le sang. Crois-moi : elle, à ta place, n'hésiterait pas.

Vous pourriez croire que j'allais tergiverser, refuser avec indignation ce type de marché. J'aimais Dora pourtant mais d'un amour sans foi ni loi, gâté par trop de parjures, de retournements réciproques. La frousse aidant, je me résolus à la dénoncer. Le souvenir de sa lettre à Suzanne me renforça dans cette conviction. Julien avait raison : elle m'avait entraîné dans les divagations sensuelles pour mieux me détruire. Mentalement, je réécrivais notre histoire, omettant que j'avais choisi cette voie bien avant de croiser son chemin. Ma mémoire opéra un court-circuit radical et relut le passé proche de façon sélective. J'avais tant besoin de rejoindre la société des hommes ordinaires ! Julien me tendit un papier à en-tête du cabinet qu'il avait préparé. J'y affirmais cette chose risible, quand j'y repense aujourd'hui, que mademoiselle Dora Anse-colombe, maquerelle et prostituée notoire, m'avait contraint à la vénalité sous la menace d'une bande organisée, n'hésitant pas à briser ma réputation et ma vie de famille. Je pris le beau stylo à plume vermeille de Julien avec son capuchon de nacre et signai en m'appliquant.

— Félicitations, Sébastien, c'est très courageux ce que tu viens de faire. Tu sacrifies une toquade malsaine à un intérêt supérieur. Tu es sur la bonne voie.

Comme il s'y entendait pour convertir ma lâcheté en bravoure !

— Maintenant, nous allons prendre soin de toi : mentalement et physiquement. Tu en as besoin.

Il se leva, m'étreignit.

— Le cauchemar est bientôt fini, ne t'inquiète pas.

J'enfouis ma tête dans son épaule et sentis derrière mes paupières la brûlure des larmes qui montaient.

— Il y a encore une chose que je dois te dire. Une broutille...

Une cure de chasteté

L'hôpital psychiatrique est le couvent des Modernes : c'est là qu'ils vont expier les fautes commises sur terre. Ma trente-neuvième année fut la plus courte de ma vie. Je la passai tout entière dans un brouillard chimique, à l'hôpital de la Pitié-Salpêtrière sous la supervision du docteur Ernest Chavez, une sorte de géant taciturne de lointaine ascendance ibérique. Suivre un traitement était la condition fixée par Julien pour m'aider : il en était persuadé, mon choix de la « déviance » à trente ans avait une origine précise. J'étais seul responsable de ce qui m'arrivait, nul besoin de chercher un bouc émissaire en dépit du document signé contre Dora pour me protéger pénalement. Je m'étais trompé de route tout simplement et je payais ce choix d'existence. Dieu merci, les choses s'arrangèrent mieux que prévu : grâce à l'éloquence de Julien, le ministère accepta de me réintégrer dans mon poste antérieur. Un accord fut conclu entre la direction du personnel, le Conseil de discipline et les syndicats qui passèrent l'éponge. On mit mon comportement sur le compte d'un épisode dépressif grave en voie de résolution. Mon propriétaire de la rue du Bout du Monde abandonna ses poursuites : un sérieux graissage de patte avait tempéré ses ardeurs judiciaires. Quant à la plainte contre Dora, elle fut classée sans suite : on n'avait retrouvé d'elle ni affiliation à la Sécurité sociale, ni comptes bancaires. Sa propre famille ignorait où elle se trouvait. Des avis de recherche avaient été placardés dans la plupart des consulats français. Mes affaires du studio étaient déposées dans un garde-meuble et les ouvrages religieux rangés dans un carton particulier.

Les deux premiers mois de mon séjour à l'hôpital, je dus dormir dans un pavillon spécial au Service des Addictions graves, un lieu propre sans déchets humains ni crachats, sans vieillards édentés, ni filles de salle traînant les pieds. Il s'agissait d'établir que je ne serais pas fiché comme délinquant sexuel. J'y côtoyais d'autres individus de mon acabit, pédophiles, toxicomanes, coprophages, exhibitionnistes, alcooliques, violeurs. Tant d'agitation pour échouer avec ce troupeau d'épaves et de psychopathes ! Chaque soir, on me projetait des films X avec des électrodes fixées aux génitoires et au pénis qui se déclenchaient à la moindre excitation. Le dosage des volts était gradué. Je suis fier de dire que je ne reçus pas la moindre décharge de courant : dès que j'apercevais un sein nu, j'étais en proie à la révulsion. De toutes les façons j'étais sous castration médicamenteuse et les doses d'anxiolytiques qu'on m'administrait inhibaient tout instinct. La camisole de force, je l'ingurgitais chaque matin sous forme de comprimés. Je n'aimais pas la compagnie des autres malades, leur proximité me salissait. Un jour je me trompai de chambre et ouvrant par mégarde la porte, je vis dans la pénombre juste éclairée par un plafonnier bleu trois hommes qui... Je les dénonçai immédiatement à l'infirmier-chef et demandai à être évacué du service. Après consultation avec Julien, le docteur Chavez acquiesça : nous allions commencer des entretiens en tête à tête pour une durée indéterminée, quatre fois par semaine, plus une lourde pharmacopée quotidienne jusqu'à disparition totale des symptômes. Je serais logé dans un appartement thérapeutique, boulevard Saint-Marcel. Julien prendrait en charge la partie financière. Je ne pourrais jamais le remercier de ses libéralités.

C'est peu dire que je suivis les avis du docteur Chavez, je collaborais avec enthousiasme à mon rachat. Je me récitais ses analyses comme des poèmes, subissais ses chapitrages comme une pluie de douceurs. Je m'étais cru libre alors que j'étais pris sans le savoir dans une nosographie, tout devenait clair, ce galimatias éclairait les recoins les plus ténébreux de mon esprit. A chaque début de séance, Ernest Chavez me répétait en tapotant un crayon à papier sur le bord du bureau :

— Je ne suis pas votre adversaire, Sébastien, mon travail n'est pas de vous condamner mais de comprendre le cheminement qui vous a mené où vous êtes aujourd'hui. Mon seul souci est de vous réinsérer dans le circuit d'une sexualité adulte et mesurée. Je ne vois pas en vous un homme malade mais un homme sain provisoirement égaré. Vous êtes même un extrémiste de la normalité puisque vous avez voulu l'étendre jusqu'à des domaines qui ne sont pas les siens, convertir la prostitution en activité bénigne. Vous n'êtes pas un « pervers instinctif », vous êtes un normal excessif. Mais ça ne marche pas comme ça en société : tout n'est pas banal et faire des passes encore moins.

Les diagnostics du docteur Chavez m'impressionnaient, sa voix grave, bien timbrée m'emportait. Chaque fois qu'il laissait tomber sur moi une sentence péremptoire, j'étais pétrifié : cet homme savait mieux que moi qui j'étais. Je laissais donc la formidable machine hospitalière se glisser dans mes veines, modifier ma formule sanguine, réorganiser mes neurones. L'avouerai-je ? J'étais presque content de souffrir, je pensais mériter ma punition et racheter ainsi mes écarts de conduite. Je m'abîmais dans la consolation des psychotropes, réclamais ma dose. Le docteur

Chavez et son assistante Juliette Bondoufle (je les avais surpris un soir en train de s'embrasser) n'avaient nul besoin de me tirer les vers du nez : je me confessais volontiers et sur tous les tons, n'omettant aucun épisode, même peu ragoûtant. Le docteur exigeait un récit complet avec détails à l'appui : dès que j'esquivais ou usais d'euphémismes, il se fâchait, me forçait à utiliser le bon mot, arguant que je devais affronter le mal pour mieux l'expurger. Un faux pas au début m'avait rempli de honte : comme je lui narrais un incident particulièrement cru, il me sembla le voir se troubler. Il m'obligea à répéter dix fois les scènes croustillantes, sifflant d'admiration, rougissant, croisant et décroisant les jambes. J'osai alors lui demander :

— Pardon, docteur, mais vous ne seriez pas excité tout de même ?

Il se récria en gloussant :

— Vous êtes insensé, Sébastien : croire que l'énoncé de vos péripéties pourrait me toucher. Et pourquoi pas me faire bander pendant que vous y êtes ? C'est votre fantasme de toute-puissance qui parle une fois encore.

— Pardon... j'avais cru.

— Regardez vos démons dans les yeux, mais de grâce ne pensez pas que cela m'atteigne de quelque façon.

Pour me punir de cette bévue, le soir même je m'allongeai de longues heures dans un bain glacé. Je devais payer par la douleur tout un poids de plaisirs indus volés à la société. Si j'avais osé, je me serais entaillé le sexe avec un rasoir, me serais débarrassé de cet organe inutile et turbulent. Le docteur désapprouva ces gestes extrêmes quand je les lui relatai : il n'entendait pas me châtier – « nous ne sommes plus au Moyen Age, Sébastien » – mais canaliser ma libido.

— Votre problème, c'est l'orgueil, cette illusion infantile d'omnipotence où le monde extérieur devient une projection de votre volonté. Vous croyez possible aujourd'hui d'effacer votre corps comme hier de le donner à n'importe qui. Votre empressement à vous persécuter, je le trouve encore suspect. Vous en faites trop, Sébastien, ce qui prouve que vous n'êtes pas guéri.

Deux mois plus tard, Chavez rendit son verdict.

— Cette baise sans visage, car il faut appeler les choses par leur nom, est-ce que ça ne traduit pas une haine profonde des femmes que vous annulez par la quantité ? Une autre, toujours une autre pour ne jamais rencontrer votre semblable ?

— Oui, docteur.

Chavez me disséquait maintenant en posant des questions. Cela évitait de bloquer la cure par des affirmations trop abruptes et laissait l'interprétation ouverte.

— Et votre haine des femmes, est-ce qu'elle ne suit pas logiquement votre haine de vous-même ? Si bien que vous méprisez à ce point votre corps que vous le cédez à des anonymes.

J'admirais l'enchaînement des séquences et m'efforçais d'adhérer au portrait qu'il traçait de moi.

— Et si votre destin de gigolo était un choix de misanthropie ? Si c'était votre manière de vous tenir à distance de vos contemporains en les réduisant à l'appareil génital ?

J'approuvais une fois encore.

— Et votre passion du racolage, ce bonheur dans l'avilissement ? Est-ce qu'elle ne s'enracine pas dans votre petite enfance : trop de couvades, de câlins, de promiscuité avec votre maman, un père absent, un frère inexistant. Les sensations que vous cherchiez ne sont-elles pas autant de régressions vers les pulsions infantiles primaires ? Et cette habitude de vos premières années, des bonbons reçus en échange d'un déshabillage, ça vous détraque toute une vie, vous ne croyez pas ? C'est comme ça qu'on finit – pardonnez-moi l'expression – par louer ses parties.

Une certaine brutalité langagière ne déplaisait pas au docteur Chavez qui lui prêtait des vertus positives.

— Les mères, Sébastien, les mères sont une calamité : elles ont pris le pouvoir dans la famille, il y a trente ans, et fabriquent à la chaîne des êtres immatures et vaguement réfractaires. Qu'est-ce que vous êtes sinon un échec typique de l'éducation contemporaine, jouisseur, irresponsable et puéril ? Ces tee-shirts que vous portiez : « Born to fuck, Natural born fucker », derrière la provocation, n'était-ce pas un appel au secours ? Votre rupture avec votre milieu social n'a-t-elle pas été aussi énigmatique que votre docilité du début ? Votre dépendance sexuelle, elle prolonge quoi ? je vous le demande, la dépendance au sein maternel, c'est évident !

Il avait raison, il avait tout compris.

— Et ce prurit de faire le bien ? Une pure manœuvre de l'esprit pour cacher vos appétits : un enrobage qui ne trompe personne. Déguiser la tendance la plus égoïste dans un vêtement altruiste, quel misérable subterfuge !

— C'est si vrai !

— Et puis cette volonté d'être aimable, de prolonger la comédie sociale sous d'autres formes avec vos clientes ? Et votre insignifiance personnelle, ce côté falot, sans aspérités, comme si vous aviez choisi d'être le jouet des circonstances ? Cet effrayant conformisme qui vous permet de glisser d'une personnalité à une autre sans heurt ? Gentil mari, bon fonctionnaire d'un côté, maniaque sexuel de l'autre.

— C'est exact.

— Et cette jeune femme, magnifique d'après le portrait que vous en faites – vous n'auriez pas une photo par hasard ? –, qui vous entraîne dans l'intempérance au nom de la Bible et que vous suivez comme un petit garçon ? Avouez que vous avez marché dans son laïus, qu'elle vous a bluffé avec son Tout-Puissant ! Vous l'avez échappé belle, vous savez !

— Je sais, grâce à vous, docteur, merci, merci.

— Et grâce à vos amis, ne l'oubliez jamais.

Vers la délivrance

Au bout du quatrième mois, insensiblement, ma thérapie évolua, le docteur Chavez cessa de m'écouter. Il m'employait désormais pour de petits travaux de secrétariat. Il préparait un livre sur le fétichisme que je devais saisir pour lui sur ordinateur. Pendant que je tapais, il allait s'enfermer dans un autre bureau avec son assistante. Quand je m'asseyais face à lui pour m'épancher, il me congédiait avec douceur :

— Plus tard, Sébastien, plus tard, je vous connais par cœur et surtout n'oubliez pas vos médicaments. Pas un jour sans gélules !

Je ne lui en voulais pas, j'avais presque honte d'avoir accaparé son attention si longtemps. Il m'avait apporté le réconfort de l'institution. Grâce à lui j'avais bridé mes instincts : mon sexe soigné était devenu une crevette rose reposant sur son lit d'algues, un animal peureux. Voir mon prépuce, minuscule et mou, maintenant de la taille d'un ongle, me rassurait : un objet si petit ne pourrait jamais plus pénétrer une femme. J'étais tombé sous le régime du recroquevillement. Le soir je m'asseyais au bord du lit et me demandais comment j'en étais arrivé là. L'âge est le triomphe des lois de la pesanteur, les bourses pendent, le dos se voûte, la tête s'incline ; nos membres et nos organes prennent leur autonomie et se détachent du reste. Chaque époque de l'existence a son odeur : l'enfance sent le lait, l'adolescence le fauve, l'âge mûr le parfum et la vieillesse le médicament. Quand je me regardais dans une glace, j'étais méconnaissable : comme si une main avait empoigné une partie de mon visage et l'avait chiffonné jusqu'à le réduire à un tas de rides et de crevasses. Pour faire bonne mesure et sur les conseils du docteur Chavez, je m'étais inscrit à la Fédération abolitionniste, le Foyer Bleu : mon expérience du « trottoir » permettrait à d'autres âmes égarées dans les bas-fonds d'en sortir à leur tour. J'animais des groupes de parole, bénévolement, et les responsables, ravis de mon assiduité, me demandèrent de parrainer les candidats à la réinsertion. Je retournai deux ou trois fois dans le Marais, dans le quartier des Sodomites tranquilles, repassai rue du Bout du Monde et lui trouvai des airs de province apaisée. Comment avais-je pu y connaître de tels soubresauts ? Je pris même un verre au Chat qui Fume, personne ne me reconnut. La page était tournée.

J'eus une autre joie, la visite de mon aîné Adrien à l'hôpital. La nuit précédant nos retrouvailles, j'avais fait un rêve étrange. J'étais sur un radeau au milieu d'une mer agitée. Une secousse épouvantable nous renversait, je me retrouvais au milieu d'un banc de poissons, des rascasses peut-être, à travers lesquelles apparaissait le visage de Dora qui m'entraînait au fond de l'océan. Ce songe me laissa un goût épouvantable dans la bouche. J'évitai toutefois d'en parler au docteur Chavez : comme il l'avait dit, le plus dur était fait. Nous avions rendez-vous, Adrien et moi, à la cafétéria du service, une salle en sous-sol aménagée sur une dalle de béton, comprenant des chaises en plastique et un bar presque toujours fermé où se donnait rendez-vous tout un peuple d'abrutis qui bavaient et trépignaient pour cacher leur désœuvrement. Nous mîmes un certain temps à nous reconnaître. J'avais en face de moi un grand garçon de dix-huit ans avec les beaux yeux de sa mère et une chevelure exubérante. Il me dépassait d'au moins cinq centimètres et ne savait que faire d'un corps trop vite devenu trop grand et trop fort. Ses semelles chuintaient sur le linoléum, il portait une sorte de pantalon sac dont le fondement lui tombait sur les genoux. Il se dandinait d'un pied à l'autre, répétant à tout bout de champ OK, OK, comme un mantra destiné à le protéger d'une intimité excessive. Ce paquet d'hormones en ébullition avait le verbe court. Il délivrait ses messages comme des télégrammes : il venait de passer son bac S et tentait d'intégrer des grandes écoles. Il était le digne fils de son père, le bon éléve type. Une fois ces informations énoncées, nous n'eûmes plus rien à nous dire. Il me considérait probablement comme un vieux schnock qui avait perdu la boule. Il est vrai qu'avec mes pantoufles, mon pantalon à velours côtelé, mon col roulé déchiré aux coudes et les cinglés qui nous tournaient autour, je n'étais pas très reluisant. Pas vraiment un modèle d'identification paternelle, comme aurait dit le docteur Chavez. Je me sentis laid, avarié. A la fin, terrassé par cette distance entre nous et alors que je venais de lui poser deux fois la même question, je fondis en larmes. Je me couvris le visage, lui répétant : excuse-moi, excuse-moi, c'est l'émotion, je ne vous ai pas vus grandir, tu es déjà un adulte, j'ai raté l'enfance de mes enfants. Il fronça les sourcils, s'essuya la bouche avec sa manche. Son déhanchement s'accéléra, il se mit à battre du pied sur le sol à toute allure. Au même instant, deux débiles entamèrent une querelle près de nous avec des cris gutturaux. C'en fut trop pour lui. Il bondit presque.

— Bon, faut que j'y aille !

Il me tendit la main, ce fut le pire. Je me suis levé à mon tour pour l'embrasser, je l'ai senti réticent, presque horrifié. J'ai tenu bon, pensant à ces tantes, amies, cousines de ma mère qui m'infligeaient, enfant, leurs baisers et que j'appelais les limaces, m'essuyant la joue après leur passage.

— Adrien, pardonne-moi, je t'en supplie.

Il est resté les bras ballants le long du corps. Je l'ai laissé partir. Il s'est dirigé en chaloupant vers la sortie, a opéré une brusque volte-face. D'une voix atone, il a eu ce mot étrange que je ne comprends toujours pas.

— Tu sais, papa, c'est toi qui avais raison.

Ma mâchoire s'est affaissée, je n'ai rien pu articuler. Quand j'eus recouvré l'usage de la parole, il était parti.

CHAPITRE X

La vie nouvelle

Aujourd'hui, j'ai quarante ans, je me sens guéri. Mes amis m'ont repêché in extremis : la générosité aura été leur plus belle vengeance. Tout ce que je maudissais jadis, le mariage, la vie de famille, la carrière diplomatique, me semble délicieux et dégoûtant ce que je tenais alors en haute estime. Je me répète cette parole de l'Evangile : brûle ce que tu as adoré, adore ce que tu as brûlé. La seule vue d'un couple en train de s'embrasser me chavire, les bébés dans leurs landaus me tirent des sanglots. Je nourris des rêves tout bêtes de maison de campagne, de grands feux de cheminée auprès d'un chien, d'une ronde de bambins qui rient et se chamaillent. Je n'aurai pas trop du reste de mon existence pour me racheter du mal que j'ai causé à Suzanne et aux petits. Comme nous étions heureux ensemble !

Le paria et les parvenus

Le soir de mon anniversaire, je fus convié à un grand raout en mon honneur chez Julien. Il habitait boulevard Suchet, au bord de l'hippodrome de Longchamp, un bel immeuble en pierre de taille de quatre étages posé comme un morceau de sucre de canne sur une pelouse d'un vert éclatant. Des silhouettes très décolletées, en talon haut et en short, rôdaient sous les allées ombragées dans la chaude lumière du crépuscule. De cette faune à demi nue, je ne voulais rien savoir. On était en juillet, l'asphalte avait cuit tout le jour, une sorte de brouillard poisseux flottait au-dessus des arbres. Dans le hall, dont le sol de marbre luisait comme un miroir, je dus m'annoncer à un portier plus galonné qu'un général de l'Armée Rouge. Il me considéra avec suspicion, tenta d'évaluer d'un regard mon rang social, mon importance pour le maître des lieux. Sous ses yeux, je me sentis pitoyable avec mon costume de location, mon crâne dégarni où n'avait repoussé à l'arrière qu'un vilain buisson de ronces. Je me fis l'effet de ces invendus défraîchis qu'on solde en fin de saison dans les grands magasins. Je repensai à cet ancien des Rolling Stones qui avait quitté le groupe, à ses débuts, pour faire carrière. Dix ans plus tard, il se retrouvait à la porte du stade de Wembley : ils étaient les vedettes du show et lui vendait des saucisses à l'entrée. Un ascenseur silencieux, tapissé de glaces tamisées, m'emmena au 5e étage où j'entrai de plain-pied dans un appartement immense. N'ayant plus aucun usage du monde, je serrai la main du premier valet, tout de noir vêtu, croyant qu'il s'agissait d'un invité. Il me l'accorda à contrecœur et la retira tout de suite, froissé par cette faute de goût. Je le suivis sans rien voir jusqu'à un salon bruissant d'une cohue affairée :

ils étaient tous là, debout, en chemise blanche, pantalons de lin, toilettes éclatantes comme des bouquets de pierreries. Ils bavardaient, sirotaient des cocktails dans une double pièce à haut plafond donnant sur une terrasse ornée de fleurs et de petits palmiers. D'abord je ne reconnus personne, j'eus un éblouissement : le lieu se mit à tanguer telle une cabine de navire en pleine tempête. Je fus frappé par cet océan de visages aux bouches ouvertes, aux yeux curieux qui exprimaient la surprise, l'attente, la commisération. Ils avaient cousu sur leur face une sorte de rictus convenu. Ils semblaient préparer depuis des heures la cérémonie de bienvenue. Les voix flûtées, haut perchées se turent dès que j'apparus. Je devais avoir l'air d'un hibou surpris dans le rayon d'une lampe car Jean-Marc vint à moi avec des prévenances de frère et me serra contre lui. Sa nuque faisait un bourrelet au-dessus du col. Il y eut une bousculade, des sifflets. La foule des invités fit mouvement vers moi, la pieuvre amicale me cerna. Les effusions, les accolades ne cessaient plus, j'étais un colis passant de bras en bras dans le centre de triage d'une grand-poste. Tout le monde voulait toucher la vieille pute fanée, constater que j'étais bien vivant et métamorphosé. Jean-Marc me cornaquait, me présentait aux uns et aux autres, gardait sa main sur mon épaule. C'était bon de se sentir aimé et dirigé. Mon père et ma mère seraient là d'une minute à l'autre accompagnés de mon frère Léon et de son épouse. J'étais le condamné en marche vers la salvation, je brûlais de m'amender. L'air vibrait d'une émotion difficile à réprimer.

Suzanne à son tour vint m'embrasser. Je ne l'avais pas revue depuis cinq ans, nous ne nous parlions que par avocats interposés. Sa distinction qui m'avait tant séduit quand je l'avais rencontrée, il y a vingt ans, dans le parc de la Tête d'or à Lyon, me frappa à nouveau. Ses cheveux épais, aux reflets roux, sagement lissés, étaient partagés par une raie. Elle portait une robe de soie noire. A son bras gauche brillait une montre en or et à l'autre poignet un petit bracelet serti de diamants avec une perle au milieu. Chez elle, comme toujours, l'opulence se marquait par la discrétion. Elle dégageait une froide sympathie, un équilibre précaire entre l'exaspération et la politesse. Elle me baisa les joues ou plutôt les frôla et me considéra, sans animosité, comme une erreur de jeunesse, un bobo sur le doigt qui vous a pincé un instant mais cicatrisera vite. Elle me glissa : tu as l'air fatigué ! Elle était parfaite, sans défaut, à peine plus maquillée qu'autrefois, irradiant une beauté plus distante. Elle interrompit notre conversation pour donner quelques ordres brefs et précis aux domestiques. Elle avait cet air de fausse complicité que prennent les bourgeoises de gauche pour parler au personnel. J'allais oublier de le préciser : Suzanne a épousé Julien. C'était la petite chose dont il voulait m'entretenir quand nous nous étions retrouvés dans son cabinet, il y a sept mois, au sortir de ma « captivité ». Il était seul, elle était libre, accablée de chagrin. J'étais leur trait d'union.

— C'est aussi pour toi que je l'ai fait, m'a dit Julien, pour cultiver ton souvenir.

J'en ai été touché. Suzanne est enceinte de six mois et attend un garçon. Même son ventre s'est arrondi avec tact.

Mes deux aînés – ils habitaient là maintenant et Julien était devenu en quelque sorte leur deuxième père – étaient sortis mais tâcheraient de revenir avant la fin de la soirée. Quant à Zabo, ma petite fille, âgée de treize ans, elle dormait chez une copine et je ne la verrais pas. Celle-là ignorait les vertus du pardon. Léon, mon cher frère, vint me saluer à son tour. Il était mieux à quarante-huit ans qu'à vingt-cinq, il avait minci, gagnait bien sa vie. Il me présenta à son épouse, Eléanore (« avec un a » précisa-t-il) et je dus admettre avec un pincement de cœur qu'elle était gracieuse, voire trés jolie. Je repensai à la théorie du docteur Chavez selon laquelle Léon avait sombré dans l'obésité parce qu'il portait sur lui tous les mensonges de la famille au lieu de les répartir sur chacun de nous. Chaque fois que l'un de nous mentait, surtout moi, il prenait quelques kilos supplémentaires. Maintenant, mes supercheries éventées, il avait retrouvé une corpulence normale. Mon gros fœtus de frère était devenu plus beau que moi. Il me parla gentiment comme un aîné à son cadet : son indulgence me blessa plus qu'une insulte. Quand je pensais à tout le mal que je lui avais souhaité, plaisantant avec ma mère, l'imaginant explosant dans sa graisse à table ou s'envolant, telle une montgolfière, dans le lustre ! Il croyait en moi et me le dit simplement avec des mots qui me touchèrent. Il était devenu avocat d'affaires, spécialiste en fusions-acquisitions.

Enfin Julien arriva, rayonnant, flanqué de son escorte, laissant dans son sillage un murmure de dévotion et de respect. Il tapa dans ses mains et nous invita à rejoindre la salle à manger, une vaste pièce pareille au pont d'un yacht avec ses voiles translucides, ses meubles laqués. Les doubles fenêtres donnaient sur le boulevard Suchet, la Porte d'Auteuil et laissaient entrevoir au loin le sommet de la Tour Eiffel. Des serveurs en gants blancs nous attendaient au garde-à-vous autour d'une immense table de quarante couverts, étincelante de coupes de cristal et de vaisselle dorée. Les places étaient attribuées. J'étais assis à la droite de Julien tandis que Suzanne nous faisait face à l'autre extrémité, maîtresse de maison dont chacun se disputait les faveurs. On nous servit du Pétrus 1960 et malgré moi, bien que je le trouve passé, je fus impressionné, ne pouvant m'empêcher de calculer le prix de chaque rasade qui me tombait dans la gorge. Autour de nous étaient installés Jean-Marc, Gérald, Théo et Mario, tous accompagnés. Seule Fanny manquait au rendez-vous : elle avait promis de venir, avait laissé un message il y a quinze jours. Elle évoluait quelque part entre le Costa Rica, Trinidad et la Colombie avec un énième fiancé. On l'attendait d'une minute à l'autre. Je n'osais regarder quiconque dans les yeux tant j'étais intimidé. Nos moi passés étaient assis à côté de nous comme autant de fantômes, ils nous permettaient de mesurer l'intervalle écoulé, de nous comparer. Dix ans, c'est le temps d'une mue : chacun d'eux avait progressé, pas moi. J'avais juste splendidement raté ma vie. Julien heurta un verre avec son couteau et réclama le silence.

— Mes amis, nous sommes réunis ce soir en l'honneur de Sébastien. Il y a dix ans, jour pour jour, nous célébrions dans un restaurant de la rue Oberkampf ses trente ans. Vous savez ce qui s'est passé entre ces deux dates. Mais Sébastien, je crois, veut nous dire quelque chose...

Je le suppliai muettement de m'épargner cette épreuve mais il me hissa de mon siège avec un sourire engageant. Je me dressai, mes genoux tremblaient. Un bourdonnement fiévreux s'empara de l'assistance.

— Mes amis...

Ma bouche semblait agglomérée par de la mélasse, mes tempes allaient exploser. Le sang me monta au visage.

— Mes très chers amis... je vous dois tant...

Je ne pouvais plus parler. J'accusais le coup, me voûtais. J'étais hors d'haleine, mes épaules me rentrèrent, comme des ailes repliées, dans le thorax. J'étais sur le point de m'affaisser, mes jambes de flanelle ne me soutenaient plus. Julien me rattrapa, me posa sur mon siège, me tapa dans le dos en guise de réconfort. Son œil patricien s'humanisa.

— Ce que Sébastien essaye de nous dire, c'est que rien ne remplace l'amitié, n'est-ce pas ?

J'opinai du chef. J'avais les nerfs à vif, je me sentais le point de mire de tous les regards.

— Sébastien – il éleva le ton –, tu as voulu expérimenter le grand dérèglement mais...

Julien ne finit pas sa phrase. Sa fougue semblait retombée, son visage s'était rembruni. Il était plus affecté qu'il ne le laissait paraître. Tant que les mots ne seraient pas prononcés en public, les événements passés continueraient à nous diviser. Il fallait les dire pour les mettre sous clef.

— Sébastien, tu as cru...

Julien marqua une autre pause, déglutit. Sa pomme d'Adam saillait. Lui aussi n'arrivait plus à s'exprimer. Il respirait lourdement. Je fus ému par cette fragilité : ça n'était facile pour personne. J'aurais voulu lui exprimer ma solidarité. Je voyais Suzanne, là-bas, au bout de la table qui déchiquetait nerveusement des miettes de pain, les yeux baissés. Quand elle les relevait, elle fixait sur son ex-mari un regard dur, sans aménité. Elle avait l'air prodigieusement agacée d'une telle réjouissance à mon propos. Tous mes amis, d'ailleurs, paraissaient embarrassés, jouaient avec leurs couverts, buvaient machinalement. Peut-être avais-je surestimé leur clémence ? Julien enfin toussa, releva sa mèche d'un mouvement brusque de la main. Le malaise était clos. Une salve d'applaudissements éclata au fond de la salle. On applaudissait Julien même quand il se taisait, comme si on trouvait ses silences géniaux. Il parut amusé par cette claque spontanée, repéra le petit clan des flagorneurs puis soudainement, au lieu de reprendre la parole, me décocha un sourire qui me chavira. Je dus me retenir pour ne pas fondre en larmes comme un veau.

— Au diable les discours... Bienvenue, Sébastien, bienvenue parmi les tiens.

D'autres vivats crépitèrent. C'est idiot mais je frissonnai. La défaveur était finie, la parenthèse de désordre refermée. Alors ce fut une ruée vers moi, on me félicita, on m'entoura. Je ne sais si Julien avait arrangé ce mouvement ou s'il fut spontané mais cela resta comme le plus bel instant de ma vie. Je passai le reste du dîner dans une sorte d'hébétude heureuse : les rideaux ondulaient dans l'air nocturne, le champagne pétillait dans les coupes. Je n'étais plus ce petit tas de saletés qu'on tentait de repousser sous le tapis, plutôt un diamant dont on avait dégagé la gangue. J'avais traversé le purgatoire, je baignais maintenant dans la chaude lumière des repentis.

Dissonances

A un moment, je me levai, cherchant les toilettes, me retrouvai par mégarde dans les cuisines : elles avaient la froideur d'un bloc opératoire avec une table de travail en acier poli, des casseroles en étain et en cuivre scintillantes comme du verre. Deux marmitons, presque des gosses, s'y agitaient sous les ordres d'un chef rougeaud qui avait ôté sa toque en raison de la température. Tout l'endroit disait : opulence, ordre, sécurité. Je repensai à l'entrée majestueuse de l'immeuble, aux moulures des plafonds, aux toiles qui ornaient les murs et que Jean-Marc m'avait détaillées, des Arroyo, des Niki de Saint Phalle, des Gaston Chaissac et même un petit Basquiat. Je me sentis minuscule. Julien avait acquis cette formidable aisance que donne l'argent. Dire que nous étions partis à armes égales ! Au détour d'un couloir, je tombai sur Suzanne qui sortait d'une salle de bains. Je la croyais fâchée. Elle se jeta à mon cou, le buste agité de frémissements et me dit :

— Oh, Seb, tu n'as pas mérité tout cela. C'est allé trop loin, beaucoup trop loin.

L'avoir là, pendue à mon cou, me fit perdre tous mes moyens. Je n'étais pas digne de ce pur-sang de luxe, elle allait mieux à Julien qu'à moi ! Stoïquement je répondis :

— Peut-être avais-je besoin de ces épreuves pour comprendre !

Suzanne me regarda comme un blessé à qui l'on doit cacher la réalité de son mal.

De retour dans la salle à manger, je découvris un débraillé général, un ouragan de gaieté : les chemises s'étaient ouvertes, les décolletés aussi, l'alcool avait délié les langues et les corps. On eût dit qu'ils avaient profité de mon absence pour se laisser aller. Il faisait une chaleur poisseuse, des rafales de vent soufflant du Bois tout proche nous rafraîchissaient à peine. Tout à coup, Julien, un peu gris, monta sur une chaise :

— Chers amis, dans l'émotion, j'ai oublié de vous annoncer deux nouvelles importantes. Gérald abandonne l'écriture et la musique et rejoint un grand groupe de presse. Quant à Léon, le frère de Sébastien, depuis trois ans maintenant membre de notre club, il rallie mon cabinet où il dirigera le secteur agro-alimentaire. Autrement dit, il va pouvoir intenter procès à toutes les firmes qui furent jadis responsables de sa surcharge pondérale. Il leur fera payer au centuple les affres de sa jeunesse. J'en fais le serment solennel devant vous : dans cinq ans, nous aurons brisé McDonald's, du moins en France !

Les acclamations qui suivirent me firent l'effet d'une armée en marche prête à me submerger. Julien avait enfin trouvé une cause à sa mesure, il pouvait canaliser son énergie pour le bien commun. Il me revint qu'il avait été aux alentours de sa dix-huitième année membre du minuscule « Parti Rattachiste » qui demandait l'adhésion de la France aux Etats-Unis comme 52e membre de l'Union. Ce n'était pas le moment de le lui rappeler. Pour la première fois depuis deux heures, j'osais contempler mes amis en face. Ils avaient passé l'éponge avec une grandeur d'âme qui me soufflait. Les anciens conjurés de réfectoire étaient de flamboyants quadragénaires. Je les imaginais dans quelques années : grosses cylindrées, cigares et embonpoint. Et alors ? de quel droit osais-je les juger ? Ils avaient bien vieilli, je les sentais gorgés d'optimisme, j'étais le seul à accuser mon âge. Aucun n'était vraiment devenu ce qu'on attendait de lui : Mario, par exemple, avait effectué, si j'ose dire, sa « sortie du placard » à l'envers. Après le départ de son amant Prakash pour le Pakistan, il s'était découvert un goût soudain pour le beau sexe, avait eu plusieurs aventures et vivait maintenant avec une femme de dix ans son aînée, spécialiste d'opéra. Il donnait des conférences sur sa métamorphose, racontait ses longues années dans le mensonge. Le milieu gay lui en avait tenu rigueur, des articles venimeux étaient parus contre lui. Jean-Marc restait flanqué de Sabine, son épouse légitime, figée sous son masque de cheveux blancs (elle se teint dans cette couleur depuis cinq ans pour anticiper la vieillesse). Sur le visage détruit de cette dernière demeuraient de beaux fragments, comme des témoignages de la lumière d'autrefois. Elle avait arrêté le théâtre, vivait recluse chez elle sans s'occuper des enfants. Il était question de l'interner. Mais à quelques mètres de là, tirant sur une épaisse natte noire, dans une pose intéressante, se tenait la nouvelle maîtresse de Jean-Marc, une graphiste de vingt-six ans sortie de l'école des Beaux-Arts de Bordeaux. Jean-Marc avait donc eu raison de son épouse volage : ce champion de la monogamie arborait sa double vie sans vergogne, piétinait ses principes avec allégresse. Même Gérald qui avait gardé l'uniforme de son ancienne condition, le style « artiste », foulard de soie blanche autour du cou, pieds nus dans des sandales, s'affichait avec une grande blonde très bronzée qui dégageait un érotisme d'ambiance et semblait emblématique de sa nouvelle condition : chic et chatoyante. Il était trop tard pour moi, j'avais perdu la main.

Je me forçais à parler à mes parents. Malgré ses effusions, mon père ne pouvait cacher l'effarement que je lui inspirais : je n'étais pas de sa race, il avait enfanté une sorte de bâtard non conforme à ses attentes. Il était ravi que Julien et tout le groupe de Ta Zoa Trekei me prennent en charge. Il me félicita pour leur transformation politique : quoi, je n'étais pas au courant ? La bande avait viré à gauche, oh, une gauche très modérée à son goût, sous l'influence de Suzanne. C'est elle qui avait converti Julien au progressisme.

— Une sacrée bonne femme, celle-là, dommage que vous ayez rompu, enfin, on n'est pas là pour remuer la merde, hein fiston ? En tout cas tu as des copains formidables, ne les quitte plus.

Il vitupérait toujours la canaille vaticanesque, mosaïque et coranique. Mais il respirait la prospérité lui aussi, ses affaires roulaient, il venait de racheter trois agences immobilières dans le quartier Montorgueil et voulait se porter acquéreur du Rocher de Cancale, un café dans la même rue, célèbre point de rencontre des personnages de la *Comédie humaine*. Prévenant mes objections, il m'asséna :

— Je ne le fais pas de gaieté de cœur, crois-moi, je profite des contradictions du capitalisme. Si demain le système s'écroule, je rends tout au peuple.

Quant à ma mère, appuyée sur l'épaule de Léon, je lisais dans son regard cette sentence à mon endroit : tu m'as déçue. J'avais perdu mon statut de chouchou. Elle militait plus que jamais pour le respect de la nature et le refus de la vivisection, organisait des opérations coup de poing chez les fabricants de foie gras, interrompait les corridas à Nîmes, Arles, Pampelone, jetait du haut des tribunes des litres de sang sur les picadors et le torero. Elle se faisait gifler, insulter. Rien ne la décourageait : martyre de la cause animale, elle préférait affronter la haine des foules plutôt que se renier. Mon père allait la chercher en garde à vue, payait les frais d'avocat. Mon frère Léon lui aussi avait embrassé ce combat : il m'expliqua que la terre rétrécissait, que poissons et insectes d'Afrique remontaient vers l'Europe et que demain le paludisme sévirait peut-être à nouveau en Provence. Comme pour illustrer ses dires sur le dérèglement des espèces, une mouette entra en trombe dans le salon, vira autour d'un lustre et, avec des piaillements effarés, se fracassa dans un miroir confondu avec une fenêtre. Ma mère, poussant des hauts cris, se précipita pour la soigner. Ce pauvre volatile, qui symbolisait il y a dix ans pour moi la liberté, gisait maintenant à terre, les pattes brisées, le col tordu, fourvoyé dans un espace hostile.

— Qu'est-ce que c'est con les mouettes ! s'esclaffa Julien.

On but beaucoup ce soir-là, beaucoup trop. On se sentait peut-être obligé d'engloutir des quantités d'alcool pour faire passer mon retour. Je m'abandonnais à une chaude somnolence. Toutes les dix minutes, l'un de mes amis appelait Fanny sur son portable, lui laissait des messages pressants. Elle nous gâchait la fête avec son absence prolongée. J'étais là sur mon petit tas de fumier et eux sur leurs trônes respectifs. Je me promenais de table en table, comme une bête curieuse. Ma présence interrompait à peine les conversations : les femmes parlaient ceinture abdominale, mode, psychanalyse, les hommes investissements financiers, football, développement personnel. La rapidité avec laquelle j'étais passé du statut de proscrit à celui de pardonné me stupéfiait. Personne ne m'évitait, personne ne me recherchait vraiment. J'avais espéré, je ne sais quoi, un petit quelque chose en plus. Je surprenais des bribes de dialogues dont je m'étonnais. Théo Vandervelt, le bellâtre de la bande, maintenant marié à une Iranienne de vingt-sept ans, s'écriait survolté :

— Les jeunes font l'amour, les vieux bouffent. Et quand les vieux font encore l'amour, ils trouvent ça moins bon qu'un vrai repas.

Il était visiblement éméché. On tentait de le faire taire. Je crus même l'entendre dire en me désignant à un groupe d'hommes :

— Lui là-bas, il paye pas de mine. C'est pourtant un fou de la touffe, un expert en saillies...

Le reste m'échappa. Les rires gras qui suivirent me blessèrent. Je fis comme si de rien n'était. J'avais dû me tromper, il n'avait pas pu dire ça. J'attendais mes enfants qui n'arrivaient pas. Je leur avais apporté des livres illustrés, fac-similés de la collection Hetzel, *De la Terre à la Lune*, *Sans famille*, *Robinson Crusoé* De guerre lasse, je les donnai à Suzanne occupée à une furieuse partie de poker. Elle eut un sourire agacé :

— Sébastien, nos enfants sont tous des ados, ils ne lisent plus ce genre de littérature.

Près d'elle, Julien riait, fumait, diva entourée d'admirateurs,. Ils avaient uni leurs deux intelligences pour fonder une redoutable association. Mon ex-belle-mère, paraît-il, adorait son nouveau gendre qui le lui rendait bien.

Vers deux heures du matin, la compagnie s'était clairsemée. Dans la chaleur, les plus beaux élans s'étaient coagulés, chacun venait sans conviction me serrer la main. J'étais seul, sur la terrasse, dans mon coin de défaite, allongé sur un rocking-chair. On m'avait collé un cigare dans la bouche et un verre de fine à la main. Derrière les immeubles, une grosse lune blanche roulait sur elle-même à la manière d'un bloc de fromage. Gérald, totalement soûl, se crut obligé de me tenir compagnie. Il peinait à laisser ouverts ses yeux vitreux.

— Tu sais, Sébastien, ce n'est pas de gaieté de cœur que j'ai renoncé à écrire. Je n'ai même pas renoncé du tout, en dépit de ce que proclame Julien. Si je trouvais un bon sujet, je m'y remettrais tout de suite.

Il se reversa à boire, les mains hésitantes. Poliment, je remarquai :

— Si je pouvais t'aider, Gérald, j'en serais ravi.

— Mais justement tu peux, c'est amusant que tu dises ça, c'est incroyable.

Il rapprocha sa chaise vers moi.

— Ecoute-moi, Seb. J'ai une proposition à te faire. Réfléchis bien, c'est une idée en or.

— Je ne comprends pas.

— Bon, c'est simple... le moment est peut-être mal choisi. Tant pis, je me jette à l'eau.

Il toussa, but une gorgée d'un liquide ambré.

— Voilà : si j'écrivais ta vie ? Dans le détail. Tu me dicterais, je retranscrirais et donnerais à l'ensemble un ton littéraire. Bien sûr, je te dédommagerais et même grassement. Double avantage : tu te libères en racontant et moi je brode une histoire à la fois tragique et érotique.

— Mais Gérald...

— On appellerait ça *L'homme de petite vertu, Splendeurs et misères d'un courtisan.* Ton nom serait masqué, ton identité aussi. Tu serais dentiste, ingénieur, médecin, peu importe.

— Gérald, il ne m'est rien arrivé d'intéressant, je te jure.

— Menteur !

Il me parlait, sa figure écrasée contre la mienne, avec une haleine tellement alcoolisée que je craignais d'attraper son ivresse.

— Tu t'envoies en l'air pendant dix ans avec des inconnues. On en bavait tous d'envie dans le groupe et tu me dis que ce n'est rien. Dis donc vieux, t'as pas dû t'em... t'embêter.

Il éclata de rire de façon un peu trop sonore, un rire proche du hennissement. Je souris moi aussi et mis la proposition sur le compte de l'ébriété.

Tombée au champ d'honneur

C'est par un message sur mon répondeur, dans le minuscule studio d'un dénuement carcéral que Julien m'avait loué pour six mois, Porte d'Aubervilliers, que j'appris la nouvelle. Fanny avait été retrouvée morte, en état de décomposition, dans son appartement de la rue de l'Oratoire, en face du Louvre. Tout le monde la croyait partie en Amérique Centrale d'où elle devait revenir le 10 juillet au matin afin d'assister à mon anniversaire. En réalité elle s'était barricadée quinze jours avant dans sa chambre, entassant meubles, armoire, chaises devant la porte. Son corps, gonflé comme une outre, était devenu un paquet d'immondices rongé par les vers. La grande chaleur du début d'été avait accéléré le pourrissement. Elle s'était donné la mort en avalant une dose massive de barbituriques qui avaient provoqué un arrêt du cœur doublé d'un étouffement général. Elle était en dépression depuis longtemps : une carrière de cinéma qui n'avait jamais vraiment démarré, une vie amoureuse en dents de scie. Et son gagne-pain habituel, créatrice d'événements, ne l'amusait plus. En expliquant qu'elle partait deux semaines en voyage, elle avait découragé toute recherche avant cette date. Seule l'odeur pestilentielle avait alerté la concierge qui avait dû appeler les pompiers pour débloquer la porte. Comme si Fanny avait pris un malin plaisir à dégrader sa plastique, à laisser à ses adulateurs l'image d'une charogne repoussante.

Elle nous avait brûlé la politesse de façon cavalière et sa dérobade relativisait d'un coup ma déviance. Au-delà du chagrin, sa mort frappa le groupe entier comme un crime de lèse-majesté. Elle s'était détachée lentement tel un navire qui part à la dérive. Pas une lettre d'explication, pas une confidence. Qu'elle ait pu leur jouer la comédie du bonheur atterrait Julien. Il se sentit poignardé dans le dos et une fois encore bafoué dans sa volonté de contrôle. Je le retrouvai au funérarium de l'hôpital Lariboisière où Fanny reposait, le cercueil déjà scellé, les embaumeurs n'ayant pas réussi à remodeler son visage. Un long couloir réfrigéré ouvrait sur une dizaine de box, aux portes coulissantes, analogues à des chambres de motel. Dans une salle annexe, d'autres caisses de bois s'entassaient, les morts en liste d'attente. De chaque alvéole sortaient des chants funèbres et tout au bout du couloir, deux personnes âgées, khmères ou vietnamiennes, priaient devant un autel bouddhiste improvisé, à partir de cartons empilés les uns sur les autres sur lesquels brûlaient des bâtonnets d'encens. Notre réduit était le seul à avoir exclu tout symbole religieux : Fanny ne croyait en rien, Dieu n'était pas son fort. Des femmes en deuil passaient et repassaient, soutenant un garçonnet ou une veuve en larmes. Julien, carré dans un fauteuil, cuvait son dépit, insensible à cette atmosphère recueillie.

— Pourquoi ne m'a-t-elle pas appelé au secours ? J'aurais trouvé les mots pour la consoler.

Il tapait du pied, se frottait les mains l'une contre l'autre.

— C'est ma faute, Seb, comme avec toi. Je n'ai pas su vous donner un idéal, j'ai été un mauvais berger...

Je protestai mollement. Alors, de but en blanc, dans cette pièce confinée, délicieusement fraîche en ce début de matinée, face à ce cadavre qui avait été notre meilleure amie, il m'avoua un épisode récent de sa vie. Il y a deux années, juste avant qu'il n'épouse Suzanne, il avait appris par hasard que son père, frappé d'une attaque cérébrale, se mourait dans un hôpital de Briançon. Il ne l'avait pas revu depuis vingt-sept ans mais sa haine contre lui n'avait pas faibli. Il s'installa dans un hôtel de la vieille ville pour une durée indéterminée, lui rendit visite : il le reconnut à peine sinon par l'éclat méchant de ses prunelles et la contraction de ses maxillaires qui le terrifiait, enfant, car elle annonçait toujours une raclée. Le vieux refusa de le voir, battit des mains mais, devenu aphasique, n'avait plus moyen d'exprimer sa volonté. Julien mit en scène la comédie du fils aimant qui vient soulager le personnel des soins d'un malade sénile. Après chaque repas, il sortait de force son père du lit, lui montrait les Alpes. Ce dernier puait la peur, faisait sous lui, sachant parfaitement ce qui se tramait. Son fils le soutenait sur quelques mètres puis profitant de ce que les couloirs étaient vides, ôtait son bras par inadvertance, s'exclamait : oh pardon, ça m'a échappé. L'autre s'effondrait à terre. Julien lui enjoignait : lève-toi mais lève-toi donc. Des images de lui battu par son géniteur ou abandonné en pleine forêt, à la tombée de la nuit, lui revenaient. Profitant de ce qu'il n'y avait aucun témoin, il s'asseyait à côté du malade, égrenait la liste de ses forfaits, creusait la plaie des souvenirs. Le père, terrorisé, poussait des cris, tendait la main vers son fils. La seule chose qui liait ces deux êtres était l'absence de pitié : toute personne en état de vulnérabilité excitait leur sadisme. Pendant des années, Julien s'était entaillé le corps et la peau, adonné aux arts martiaux pour endiguer sa haine, la retourner contre soi. Excellent comédien, il sut donner le change aux infirmières et aux médecins. Chaque fois qu'il entrait dans la chambre du vieux, ce dernier ouvrait des yeux épouvantés.

— Une promenade, mon petit papa, comme au bon vieux temps ? Si tu es sage, je te donnerai un sou pour ta cagnotte.

Le père avait succombé au bout de quinze jours de ce traitement. Son fils qui le tenait par le col du pyjama l'avait brutalement lâché au détour d'un corridor et le cœur du vieux l'avait lâché en même temps. Alors que ce dernier rendait l'âme, il l'avait obligé à se relever, avait récité à toute vitesse la liste de ses saloperies, jusqu'à ce qu'un aide-soignant arrive pour le seconder et constater le décès. Julien avait regretté que tout cela se termine si vite et aurait encore bien torturé son père pendant un mois.

— Ne me juge pas, Sébastien. Tu ne peux savoir comme ce dénouement m'a fait du bien. Chaque jour, c'était une coulée de miel dans ma gorge, les ignominies passées, remboursées une à une avec intérêts. Je sais qu'il a eu d'autres enfants, qu'il les a terrorisés eux aussi et j'aurais voulu qu'ils soient là pour assister à son agonie. J'ai hanté ses dernières nuits comme il a hanté ma jeunesse. Le voir faible, paralysé, m'a fait croire en une justice immanente.

Julien m'avait agrippé le haut du bras et le serrait fort. Il était blanc, les pupilles contractées. Je crus qu'il allait se trouver mal.

— Une chose encore. Je ne devrais pas te le dire, surtout à toi en ce moment. Mais je crois à la franchise entre amis. Pendant tout le temps où j'allais voir mon père à l'hosto, j'ai eu des bouffées érotiques délirantes. Tous les soirs je partais en quête d'une nouvelle partenaire. Tu me connais, je suis plutôt prude mais là, j'avais perdu la tête. J'ai compris à ce moment ce qui avait dû t'arriver. J'étais possédé moi aussi. Et tout s'est arrêté au lendemain de la mort du vieux.

Il me sourit, il allait mieux depuis. Il m'en offrit la preuve en soulevant sa chemise. Son torse était vierge de tout stigmate, il n'y avait plus aucune trace des mutilations qu'il s'était infligées à l'exception d'une petite boursouflure pourpre sur le flanc droit : la marque du fer rouge. Il me montra son corps intact comme une preuve de triomphe sur soi. Je trouvai touchant de voir ce potentat m'avouer ses faiblesses et quêter mon approbation. Soudain je me souvins de la mort de mon grand-père en 1997. Ancien militant communiste, il s'éteignait à l'hôpital Laennec d'un cancer à la gorge. Mon père se précipita un jour à son chevet en brandissant le journal, d'un air extatique. C'était au temps du krach des économies d'Asie du Sud-Est.

— Papa, ça y est, le capitalisme s'effondre, c'est l'acte final, tu peux partir tranquille, on va gagner.

Sa jubilation m'avait stupéfié. Au cimetière, quelques semaines plus tard, il sifflotait en montrant à tout le monde un article prometteur sur la dégringolade du baht en Thaïlande. Peut-être la mort d'un père est-elle toujours une occasion de liesse pour ses fils ?

Une si belle matinée

Les obsèques de Fanny eurent lieu au Père-Lachaise. Nous découvrîmes à notre stupéfaction qu'elle y avait acheté à prix d'or, il y a dix ans, une concession. Même morte, elle tenait à côtoyer le gotha. Il est peu de nécropoles où les vanités humaines éclatent comme celle-ci, où les défunts rivalisent encore pour ériger des sépultures monumentales à leur gloire. Malgré nos recherches, aucun parent, cousin d'Afrique ou d'Asie ne se manifesta bien que N'Guyen soit un nom très fréquent chez les Vietnamiens Il faisait un temps radieux. Les enterrements, l'été, ont toujours un air de gaieté folle, la splendeur de la nature émousse la tristesse du deuil. Devant la tombe, des gerbes d'une insignifiance convenue s'entassaient, dégageant une odeur fade. Les employés prenaient des mines graves et j'aurais préféré les voir gagnés par le fou rire. Des allées fraîchement arrosées montait une bonne odeur de terre nourricière, alimentée par tous ces cadavres gras et prospères. C'étaient mes premières funérailles, j'étais un novice de la mort et je tentai de prendre un air de circonstance. La veille Julien m'avait expliqué qu'il avait déjà acheté sa tombe en province, dans le Pas-de-Calais, laissant en blanc la date de sa mort, et qu'il allait la fleurir une fois par an. Nous n'étions qu'une petite vingtaine, plus quelques collègues et amies à elle. Au début de la cérémonie, très simple, il y avait eu un quiproquo : derrière une tombe voisine, une large pierre en marbre blanc un peu tape-à-l'œil, se dressait un homme grand, mal rasé tenant à la main un petit garçon, très beau, aux traits lointainement sinisés. Mario les pria de se joindre à nous s'ils le souhaitaient : l'homme perdit contenance, eut un geste de dénégation et s'enfuit avec l'enfant en trébuchant sur le gravier. Sans doute s'était-il trompé d'enterrement. Il me fallut quarante-huit heures pour réaliser à quel point l'enfant avait la fixité du regard de Fanny et les mêmes poignets menus terminés par de longs doigts aux articulations souples (Fanny, je m'en souvins, pouvait se déboîter le poignet jusqu'à toucher le dos de son avant-bras avec son index). Je m'en voulus de ne pas avoir poursuivi l'homme dans les allées afin d'en savoir plus. Mieux que moi encore, notre amie avait cloisonné sa vie à la manière d'un agent double. Après toutes ces années, nous la connaissions à peine et cette lacune dans le dispositif de surveillance mutuelle accablait Julien. Je me rappelai des cachotteries assez révélatrices : experte en cuisine vietnamienne, elle ne livrait, par exemple, que la moitié de ses recettes, omettant l'ingrédient capital qui donnait à l'ensemble sa saveur. Le plat devenait insipide. Elle jurait ensuite ses grands dieux vous avoir délivré des indications complètes. Julien se promit de mener une enquête exhaustive sur ses amants les plus récents et griffonna quelques lignes dans un carnet. Cet acharnement me plut, j'y vis une preuve de fidélité. Aucun discours ne fut prononcé. Seul Gérald, qui avait apporté un clavier électrique posé sur tréteaux, eut, avant de jouer, quelques mots :

« Chère Fanny, nous ne savions jamais où te trouver quand tu vivais. Tu surgissais à l'improviste, du bout du monde. Désormais, tu as une adresse fixe : c'est ici que nous viendrons te voir, te raconter nos projets. Voici quelques airs que tu aimais : j'espère que tu les entends là où tu te trouves. »

J'ai trouvé Gérald magnifique ce matin-là. Il ne cherchait plus à donner l'image désuète du pianiste rongé par l'alcool et les nuits blanches et réussit à tirer de cette boîte à rythmes des sons émouvants. Il joua d'abord un gospel « Blessed is my lord in the pastures of Heaven » puis « Ah vous dirai-je maman » sur un tempo de jazz et enfin il entonna au micro d'une voix frêle l'air favori de Fanny : « Un rien t'habille, un vaurien te déshabille ». Nous reprîmes en chœur le refrain en souriant comme si la musique transfigurait l'horreur de la perte en quelque chose de serein, de détaché. Gérald enchaîna sur un boogie-woogie. Julien, plaquant quelques accords à la main droite, vint chanter à ses côtés, un couple se mit à danser et la petite cohorte que nous composions battit des mains, marquant la cadence. D'autres cortèges, revenant de leur cérémonie, s'arrêtaient pour nous écouter à mi-chemin de l'indignation et de l'envie. J'imaginai une jolie veuve, une belle orpheline quittant les siens, les yeux encore embués de larmes, pour venir danser avec nous, conjurer les spectres et le malheur. J'eus honte de cette pensée et la refoulai avec effroi. Je connais peu d'endroits qui donnent envie de vivre autant qu'un cimetière : le peuple des morts y exhorte collectivement les vivants à aimer ce bas monde. N'eût été le décès de Fanny, ce fut une matinée exquise.

Quelques lignes jetées en passant

Un matin, mon voisin de palier, un étudiant kurde en architecture, Kendal, frappa à ma porte pour me remettre une lettre, à l'en-tête d'une étude de notaire d'Apt dans le Vaucluse. Elle avait dû tomber de la boîte, quelqu'un l'avait jetée à la poubelle où il l'avait retrouvée par hasard en vidant les ordures, s'étonnant de la voir non décachetée. Un certain maître Jérôme Varnier tenait à ma disposition un document confidentiel qu'il devait me remettre en main propre ou à défaut me faire porter par un tiers assermenté. Le document concernait Mademoiselle Fanny N'Guyen récemment disparue. J'ai remercié Kendal, l'ai invité à prendre un café, à parler de sa famille, de son pays. Il vivait en Irak dans la zone autonome du Nord, quelque part entre Kirkouk et Sulaymaniyya. La concierge de l'immeuble, une femme mélancolique à l'alcoolisme discret, m'avait fait cadeau d'un chat pour égayer ma solitude. C'était un tapis à moustache suractif avec des yeux de sorcier qui rétrécissaient à la lumière : il ronronnait comme un moteur de bateau, sautait partout, attaquait mouches et insectes, s'enroulait autour de mes épaules pour s'endormir et me mordillait le nez le matin quand il avait faim. Je l'avais baptisé « Meshouga » (fou en yiddish). Ce gouttière authentique adorait Kendal, faisait la navette entre son appartement et le mien mais se montrait allergique à Gérald qui venait chaque matin à 11 heures précises enregistrer mes dépositions sur dictaphone. Comme le docteur Chavez, Gérald s'appesantissait de façon pénible sur les sous-entendus égrillards, les détails orduriers. Son insistance me mettait mal à l'aise. Pour se justifier, il invoquait les contraintes littéraires du réalisme et se démenait pour obtenir les vidéos enregistrées par Dora et qui restaient confisquées par la Police Judiciaire. Je me confiais à lui machinalement : tout ce que je pouvais dire ou faire ne portait plus à conséquence. Vient un moment où un être est désamorcé. J'étais guéri peut-être mais j'avais perdu aussi le goût de la vie. Le remède avait tué le mal et le malade. Julien accélérait les démarches pour me réintégrer au ministère, il avait réussi à obtenir le versement de mes salaires pour les douze derniers mois. Je le remerciais, je lui donnais l'occasion de se sentir bon à mes côtés. J'apercevais de temps en temps mes deux aînés mais nous n'avions guère à nous dire : le contre-exemple flamboyant de leur beau-père m'avait éclipsé. Quant à Zabo, la cadette, j'avais renoncé à la revoir.

Un mois passa. Je retrouvai l'enveloppe du notaire d'Apt enfouie sous une pile de journaux, hésitai à la jeter, appelai tout de même l'étude de Maître Varnier. Un avoué, après m'avoir fait décliner mon identité, ma date de naissance, ma profession, mon numéro de Sécurité sociale, le nom de mes enfants et celui de ma mère, tous éléments qui m'authentifiaient comme tel, m'apprit que Fanny N'Guyen, six mois auparavant, avait confié au notaire de sa famille (sa mère avait possédé une maison dans la région) une lettre à me remettre en main propre en cas de décès. Cette transmission devait se dérouler dans une totale confidentialité. Justement un clerc de l'étude montait à Paris dans quelques jours pour d'autres affaires.

Le clerc en question sonna chez moi un soir vers 18 heures, me soumit à un interrogatoire en règle, vérifia ma carte d'identité, m'interrogea sur Fanny, me remit enfin le document. C'était une longue missive de près de six feuillets d'une écriture ample et ronde. En l'ouvrant, je flairai comme un parfum de désastre. Je m'assis et mon rythme cardiaque s'accéléra à mesure que je progressais dans la lecture.

Sébastien,

Nous avons toujours eu des relations étranges. Tu n'avais jamais l'air d'être sensible à ma présence et pendant des années, je me suis sentie transparente pour toi. Je croyais tous les hommes à mes pieds : tu me prouvais que je n'étais pas irrésistible. Tu m'enseignais, par ta distance, qu'on n'a pas qui on veut mais qui veut bien de vous. Pour me consoler de cet affront, je te décri-

vais toujours comme le puritain du groupe, le cul serré. Quand j'ai appris la manière dont tu avais évolué, j'en ai été soufflée. Je me serais bien proposée comme cliente si je n'avais eu peur de subir encore une de tes rebuffades.

Ce n'est pas pour me plaindre que je t'écris. Quand tu me liras, il est probable que je ne serai plus. Je t'épargne les raisons de mon départ : elles ne regardent que moi. Je tiens seulement à t'avertir d'une chose : tes ennemis ne sont pas ceux que tu crois et tes amis non plus. Je m'explique et tant pis si cela te déplaît ! Dès que tu t'es livré en amateur au commerce du corps, Julien est entré dans une colère folle. Il l'avait appris en te faisant suivre sans relâche. Il détient dans un coffre, sous la forme d'un épais dossier, la recension de tes faits et gestes depuis huit ans. Des indicateurs étaient attachés à tes pas, certains ont même sympathisé avec toi sans que tu le saches. Julien a une âme de flic et une absence totale de scrupules. Quand il a compris que tu t'éloignais de nous, que tu t'affranchissais de sa tutelle, il a connu un véritable effondrement moral. Il errait, hagard, incapable de travailler, demandant à chaque instant : où est Sébastien, que fait-il ? Tu l'avais ravagé, plongé dans le désespoir. Il se désolait de ton bonheur comme d'une offense personnelle, seule ta détresse l'aurait rempli de joie. L'idée que tu menais peut-être une existence plus riche que la sienne sans lui proposer de la partager le mettait hors de lui. Tu étais la cheville ouvrière de Ta Zoa Trekei, son second ; sans toi la bande n'avait plus de raisons d'être. Quand Suzanne t'a quitté, Julien s'est précipité dans ses bras, elle l'a soigné, heureuse de trouver un proche plus mal en point qu'elle. Chacun allait humer chez l'autre l'odeur de ta désertion. Ce fut l'alliance de deux abandonnés unis par une commune rancœur. Alors Julien a mobilisé tous les membres de notre clique et a décidé de te punir : il exagérait tes crimes, soulignait ta « lèpre morale », s'emportait contre les tièdes, assisté de Jean-Marc qui s'est montré dans l'affaire d'une servilité à l'épreuve des balles. Pendant des heures, nous intriguions pour savoir comment te ramener à la raison. Il nous était intolérable que tu ne nous aies pas demandé l'autorisation de te vendre à temps partiel. Nous te l'aurions peut-être refusée mais au moins, nous aurions été partie prenante.

Julien a décidé d'une riposte graduée : d'abord ton jugement dans l'appartement de Mario, cérémonie ridicule en un sens puisque de fait tu n'étais déjà plus avec nous. Mais il voulait se réapproprier ton départ, faire comme s'il en était la cause. Il souhaitait une expulsion solennelle, à la manière stalinienne. Cela devait avoir un effet d'électrochoc. Ta désinvolture les a ulcérés. Et que tu n'éprouves ni remords ni regrets d'être exclu les a rendus fous. La vengeance s'est réveillée, telle une bête assoiffée de sang. Julien a commencé à tresser autour de toi un filet qui devait t'étouffer, il voulait te précipiter dans un océan de catastrophes. Le temps envenimait sa rancune au lieu de la guérir. Tenir ton sort entre ses mains le ravissait tel un enfant qui dépèce une mouche vivante. Il te dépeignait en public comme un invertébré, une limace rampant vers des vulves. Il nous a dit textuellement :

— Sébastien doit devenir comme un chien errant sur la route et n'avoir que nous pour le ramasser.

Excité par ton ex-belle-mère – une personne assez effrayante, je dois dire –, qui intriguait derrière le dos de sa fille (elle a même essayé d'enrôler ton aîné qui a décliné et pris ta défense), il a réussi à te présenter comme un monstre qui allait nous salir tous. Que tu sois à la fois pervers et sentimental le hérissait. Tu étais devenu l'épine dans notre cœur, tu étais marqué par la proscription comme l'arbre par la hache. Sa haine a croisé notre lâcheté et l'a galvanisée. Quand ta compagne, Dora, t'a rejoint pour exercer la même profession que toi, l'occasion se présentait enfin de te châtier de façon exemplaire. En même temps, Julien voulait faire coup double, envoyer aux autres un avertissement, les tenir par la peur. Le groupe commençait à se disperser, tu as été l'agent involontaire de sa résurrection. Il nous a mouillés dans cette affaire pour qu'aucun de nous ne soit tenté de faire défection. Ce fut un travail digne d'un grand politique. Je pense que tu devines le reste. Il a commencé par engager et payer des hommes de main, des petits truands de Saint-Ouen, mi-gitans mi-yougos pour te menacer, te harceler. On dit qu'il fréquente de par son métier de gros bonnets du milieu qui l'ont aidé pour les contacts. Il a ourdi ses intrigues avec précision. Chacun à notre tour a été prié de coucher avec Dora. Pas un instant elle ne s'est doutée de qui nous étions, nous donnions des fausses identités Je l'ai vue trois fois à l'hôtel Bristol, bien que je ne sois guère attirée par les filles. Elle ne ménageait pas sa peine et m'a impressionnée par sa véhémence, son lyrisme. Je comprends qu'on puisse perdre la tête pour une telle créature : Gérald s'en était, je crois, entiché, ce qui lui a valu une formidable engueulade de Julien avec injures et menaces à l'appui. A ton endroit la guerre d'usure se poursuivait. Je suis stupéfaite que tu n'aies rien soupçonné, connaissant la bande et ses mœurs. Cela crevait les yeux pourtant. Julien réussit à nous persuader que tu étais en danger, qu'il fallait te sauver malgré toi.

Il avait espéré que tu céderais, tu étais coriace. Suzanne, maintenant son épouse officielle, désapprouvait ces démarches sans les combattre. Alors Julien, secondé par Jean-Marc et ta belle-mère, choisit de passer aux grands moyens. Ils engagèrent d'autres hommes de main, une bande de Moldaves russophones, assez frustes, affiliés à la mafia syro-libanaise. Ils leur ont inventé des biographies fictives, les ont fait répéter pendant des semaines. Julien risquait gros : être radié du barreau, traîné en justice si l'affaire s'ébruitait mais il était prêt à tout pour te corriger. Tu étais sa chose, il t'aimait tant qu'il préférait te détruire plutôt que de te perdre. Dès qu'il flanchait, ta belle-mère, toujours à l'insu de sa fille, le sermon-

nait, avec l'énergie que tu lui connais : elle te jugeait de « trop basse extraction », ne te pardonnait ni les profanations du lit conjugal ni la flétrissure que tu avais imposée à leur famille. Tu étais une tache de boue sur leur blason. S'il n'avait tenu qu'à elle, elle t'aurait fait abattre comme un chien. Sa férocité effrayait même Julien.

Tu connais la suite : ils ont décidé de vandaliser vos appartements, d'envoyer ce duo de voyous t'administrer une bonne rossée puis cogner Dora afin d'installer autour de vous un climat de terreur. Nous devions voter pour entériner leurs décisions. Toujours cet amour des procédures cher à Julien, le respect formel du droit. Je nous dois cette justice de préciser que les discussions furent houleuses. Plusieurs fois, nous faillîmes en venir aux mains : je ne te dirai pas qui furent tes défenseurs et tes détracteurs les plus acharnés. Nous étions tenus par un lourd secret et nous aurions tué, je crois, quiconque aurait parlé à l'extérieur. Julien nous avait enrégimentés, il mettait dans ses phrases une force de conviction qui nous emportait. Arriva le clou de ton supplice qui devait te briser une bonne fois pour toutes : t'enfermer avec trois viragos, trois ex-détenues, pour te « faire passer le goût de la bagatelle ». L'idée de la branlette mortelle venait de Théo qui l'avait lue dans une bande dessinée. Tu aurais pu mourir mille fois. Cela leur importait peu. Parallèlement, ils ont démoli, par des coups de téléphone anonymes, ta réputation au ministère. Ils s'y entendaient pour user de la grande arme de la calomnie. Le résultat a dépassé leurs espérances. Ils n'avaient pas prévu la fuite brutale de Dora mais ta docilité les a remplis d'aise. Cette petite conspiration leur a coûté une fortune en faux papiers, location de voitures, de maisons, achat du silence des comparses, paiement des contrats. Tu as coopéré avec une bonne volonté touchante et ton bruyant repentir a donné raison à Julien : il est persuadé de t'avoir arraché au trottoir, se voit comme ton bienfaiteur. Maintenant qu'ils t'ont récupéré, ils te tiendront sous leur coupe jusqu'à la retraite, tu ne leur échapperas plus. De toute façon, ils ont brûlé et détruit toute trace de leur machination. Même si l'un d'eux vendait la mèche, il n'existe plus aucune preuve matérielle.

J'aurais dû te prévenir plus tôt. Mais la loyauté au groupe primait sur tout. Je ne t'aurais rien dit si je ne m'apprêtais à tirer ma révérence. Tu as les éléments en main, tu as même le choix de ne pas me croire. Mais je serais partie avec plus d'amertume encore si je ne t'avais pas averti.

Je t'embrasse tendrement,

Fanny.

P-S. Tu as reçu au café Au Chat qui Fume durant cette année quelques lettres d'une certaine Miss Caramel. Je suppose qu'il s'agit de Dora. Gérald les a interceptées, se disant mandaté par toi.

P-S bis. Ton frère n'a jamais trempé dans le complot : trop neuf dans le groupe, trop émotif, trop tendre, il n'était pas jugé fiable par Julien.

J'ai eu un frisson désagréable. J'aurais préféré ne jamais recevoir cette épître. Je l'ai relue trois fois, mes oreilles bourdonnaient, mon visage était brûlant. Le cœur me manqua : je m'allongeai sur le lit, fermai les yeux. Le mur et le plafond s'arrondirent, creusèrent un maelström où je tombais sans fin. C'est mon chat qui me sortit du coma en me léchant les mains. Je me relevai presque asphyxié, respirai à la fenêtre à grandes goulées. Au loin, la Tour Eiffel, illuminée, portait ses brillants au long du corps telle une femme entretenue qui veut en jeter. Je ne pouvais plus rester dans cette pièce. Je marchai toute la nuit dans la ville et me retrouvai à l'aube devant l'église Saint-Gervais où nous avions improvisé un bivouac d'amour, un soir, Dora et moi. Comme je m'y attendais, la porte du baptistère était ouverte. Je m'allongeai sous la nef avec les autres sans-abri à même le sol, parmi la crasse et la vermine, dans la chaleur de notre commune déchéance. Avant de fermer les yeux, je m'abandonnai à un grand éclat de rire qui résonna sous les voûtes. A ce degré de laideur, ne restait qu'une franche hilarité.

Épilogue

J'ai quarante ans et de nouveau je vais par les rues comme un fou, les yeux consumés par les corps. De nouveau les cheveux des femmes sont des incendies dans la lueur du couchant, des orages rôdent dans l'inflexion de leurs hanches, au carrefour de leurs jambes. Même la cambrure des statues me trouble. Il y a trop à aimer, trop à désirer. Je pleure devant la beauté du monde, je ne serai jamais à la hauteur de la Création. Je me souviens de cette phrase du Talmud que Dora m'avait apprise : pour chaque homme, il existe une heure où les portes s'ouvrent, où la Vérité devient perceptible.

J'ai arrêté mon traitement, jeté les médicaments. Chaque jour, je reprends des forces. Cette longue épreuve m'a mûri. Je suis enfin maître de mon destin, certain de mes inclinations. On appartient au monde que l'on a fait soi-même, pas au monde d'où l'on vient. Pour la première fois depuis longtemps, j'ai senti ce matin mon sexe gonfler, l'amour de la vie revenir en moi. L'érection comme une arche de ferveur.

Avec mes amis, je continue à jouer au déchet reconnaissant. Je survis de leurs aumônes, je courbe l'échine. Je n'arrive pas à les détester, la haine m'attacherait trop à eux. Je vais dîner chez les uns et les autres, j'évite l'affrontement, je prépare mon échappée. L'esquive sera ma seule rétorsion. Je laisserai Meshuga à mon voisin Kendal.

Maintenant que j'ai acquitté ma dette, la luxure me reprend, fond sur moi comme une peste exquise. Je suis en état de famine absolue, des images impudiques tourbillonnent dans ma tête. Le jour, tel un enfant, je dessine à perte de vue des sexes féminins : un œil vertical avec des cils tricotés au long des paupières. Parfois l'œil s'entrouvre et laisse perler une larme. La nuit je suis terrassé par la convoitise, j'entends des râles voluptueux, des soupirs indécents, je bats le rappel silencieux de mes anges, je les remercie, elles m'ont sauvé, elles m'ont enseigné la sagesse et l'ardeur. Maintenant je sais qu'il n'y a pas de professions maudites, il n'y a que de maudits professeurs de discorde. L'idée qu'à chaque heure, chaque seconde des millions de gens sur cette terre s'enlacent et se dévorent, qu'une même chaîne de plaisir traverse la planète et monte jusqu'aux cieux, cette idée-là m'électrise, me ravit, me renverse.

Une après-midi de septembre, je me retrouve dans l'arène, au carrefour Saint-Denis, à la hauteur des Grands Boulevards. La rue flambe parmi la foule des Kurdes et des Afghans qui attendent un passage pour l'Angleterre, des Tamouls et des Pakistanais qui font le pied de grue au marché aux esclaves, leur diable à la main devant les magasins de confection, des mendiants qui poussent leurs caddies, des poules de peep-shows qui se laissent toucher en cabine. Les mouettes rayent le ciel, virevoltent au milieu des nuages floconneux. Là, j'avise une belle dame sans merci, une Cap-Verdienne à l'accent portugais avec de magnifiques tresses, des épaules larges comme des reposoirs. Elle a sous les yeux un semis de taches noires comparables à des graines de pavot et à côté de l'œil droit un patch de peau plus claire qui déborde sur la pommette. Elle veille debout sur cet empire de labeur et d'angoisse, coiffée d'un béret incliné sur le côté, contemple avec détachement le troupeau humain qui vagit à ses pieds. Je l'aborde, je l'élis entre toutes, ma déesse d'ébène, ma Vénus callipyge. Elle m'accorde une visite guidée à tous les étages de son corps. C'est une géante d'un mètre quatre-vingt-huit, un bloc de muscles avec des fesses et des seins proéminents. Elle est gentille, me caresse la tête, me donne ses mamelons couleur framboise à manger. Lentement, comme un rideau de théâtre, elle ouvre les jambes et je peux la voir dans toute sa majesté admirer son bouquet royal, ses muqueuses purpurines. Je lui demande la permission de laper, de boire à la source. Je suffoque, je vais mourir de saisissement. Elle se retourne, me présente son majestueux derrière, un bloc de marbre presque plat au sommet. Ses fesses ont un poli de galet bleu à force de noirceur : je les écarte et je suis aveuglé par ce soleil obscur dont la ténèbre illumine, cette goutte d'encre qui s'éclaircit à mesure que je la fixe. Je hume le Trône majestueux, je perds la tête, je me régale du petit cratère pimenté aux stries roses. Je suis un pirate prenant d'assaut ce formidable galion africain. Alléluia, beauté absolue, paroxysme de merveilles ! Rien sur terre n'égale ce spectacle. Si le Paradis n'est pas là, il n'est nulle part.

Après des mois de recherches, j'ai pu joindre enfin Dora hier au téléphone. Dora mon infante tant calomniée, ma chute et ma rédemption, ma défaite et ma victoire : elle a gardé intact son empire sur mon cœur. Sa piété lubrique m'est devenue indispensable. Je lui dois tout, elle m'a régénéré. Elle vit, recluse, dans un petit village de montagne en Martinique. Sa grand-mère la soigne, la dorlote. Nous avons parlé une heure, mêlant les larmes et les rires. Nous nous sommes pardonné nos doutes et nos erreurs. Nous reprendrons ailleurs notre œuvre salvatrice en dépit des méchants et des obtus. C'est notre mission : la meute vénale nous réclame. Nous connaîtrons d'autres sabbats, d'autres matins triomphants. Nous vivrons heureux et nous aurons beaucoup d'amants.

Dieu est amour.

TABLE

Cet ouvrage a été composé et imprimé par

FIRMIN DIDOT

GROUPE CPI

Mesnil-sur-l'Estrée

pour le compte des Éditions Grasset
en janvier 2005

Imprimé en France
Première édition, dépôt légal : décembre 2004
Nouveau tirage, dépôt légal : janvier 2005
N° d'édition : 13636 - N° d'impression : 71983
ISBN : 2-246-64151-9